走进
永安

燕城飞歌 绿海流韵

福建省炎黄文化研究会
福建省作家协会 编

海峡出版发行集团 海峡书局
THE STRAITS PUBLISHING & DISTRIBUTING GROUP

图书在版编目（CIP）数据

走进永安：燕城飞歌 绿海流韵 / 福建省炎黄文化研究会, 福建省作家协会编. —— 福州：海峡书局, 2012.3

ISBN 978-7-80691-752-7

Ⅰ.①走… Ⅱ.①福… ②福… Ⅲ.①中国文学：当代文学－作品综合集 Ⅳ.①I217.1

中国版本图书馆CIP数据核字（2012）第028039号

责任编辑：陈月生
装帧设计：卢　清　郑必新
封面摄影：李锡奎
彩页照片：由中共永安市委宣传部提供

走进永安

燕城飞歌　　绿海流韵

编　　者：福建省炎黄文化研究会　福建省作家协会
出版发行：海峡书局
地　　址：福州市东水路76号出版中心12层
网　　址：www.hcsy.net.cn
邮　　编：350001
印　　刷：福州超辉印刷有限公司
开　　本：787毫米×1092毫米　1/16
印　　张：17.5
字　　数：290千字
版　　次：2012年3月第1版
印　　次：2012年3月第1次印刷
印　　数：1－6000册
书　　号：ISBN 978-7-80691-752-7

定　　价：38.00元

燕城远眺

燕城夜色

青山绿水美家园

城市广场

永安吉山枢纽互通

小区晨练

永安市标：群燕腾飞

"国家园林城市"一瞥

永安地质博物馆

福建·永安笋竹旅游文化节

中国重汽海西汽车有限公司新车下线

纺织产业

水泥产业

尼葛开发区

中国"林改"第一村——洪田村

永安现代供排水工程

国家级重点文物保护单位——安贞堡

省级重点文物保护单位——会清桥

国内最早的笋业同业公会旧址——笋帮公栈

永安抗战文化遗址

原中国国民党中央直属台湾党部旧址——复兴堡

省级非物质文化遗产——安贞旌鼓

福建闽派古琴故里

国家级非物质文化保护遗产——大腔戏

国家级自然保护区——天宝岩

国家级森林公园——九龙竹海

国家重点风景名胜区——桃源洞

国家重点风景名胜区——鳞隐石林

秀水吉山行

"一线天"景点

永安市交通示意图

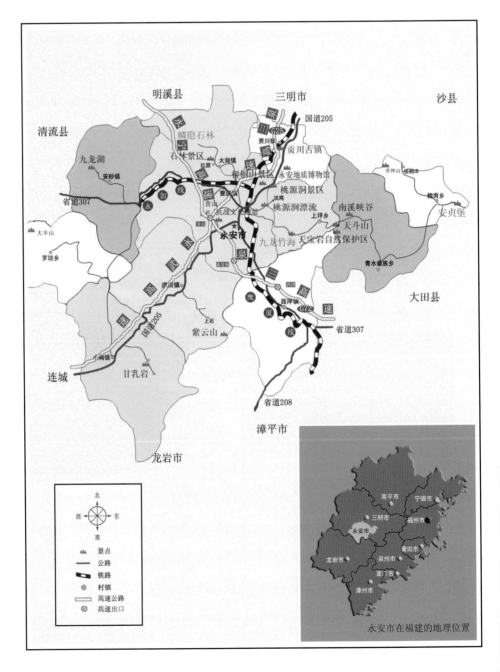

永安市在福建的地理位置

前　言

　　永安市别称"燕城"，位于闽中偏西，闽中大谷地南端，沙溪河中游地段，处武夷山脉与戴云山脉过渡地带，是闽西北交通枢纽和重要的物资中转、集散地。

　　永安，地兼山河之利，物揽水陆之美，物产富饶，是闻名遐迩的中国魅力城市、中国优秀旅游城市、国家园林城市、国家地质公园和中国笋竹之乡、中国竹子之乡、中国金线莲之乡。

　　永安，历史悠久，人杰地灵。拥有源远流长的文化传统和历史文化底蕴。早在新石器时代，永安就有人类生息活动。漫长的历史长河，独特的乡土风情，孕育了宋代理学家陈瓘、明代著名音乐家杨表正，我国第一架飞机研制者、航空先驱李宝焌、刘佐成，著名新闻记者邹韬奋等一大批杰出人物。源于明代中叶的青水大腔戏被专家誉为中国戏剧剧种的"活化石"，列入国家首批非物质文化遗产名录；被专家誉为"闽中瑰宝"的国家重点文保单位安贞堡，以其独特的建筑艺术及恢弘的气势闻名遐迩；吉山抗战文化遗址，承载着"东南抗战文化名城"的厚重历史；中国国民党中央直属台湾党部旧址"复兴堡"，见证了台湾光复的历史与国共合作的壮丽篇章。

　　改革开放以来，永安蓬勃发展，方兴未艾，到处充满了生机和活力，永安成了"福建省综合经济实力十强县（市）"，县域经济实力连续 17 年位居福建省"十强县（市）"行列，是"十强县（市）"中唯一的山区县（市），近年来先后获得国家园林城市、全国绿化模范县、全国绿色小康县和教育、科技、卫生、体育等30多项国家荣誉称号。

2011年，是实施"十二五"规划重要开局之年。由福建省炎黄文化研究会和福建省作家协会联袂组织的"走进永安"采风团，深入永安各地采访。他们高兴地看到，永安市正着眼于"十二五"高位开局、高点突破，立足科学发展、加快转变、先行先试、奋力争先，全力打好"六大战役"，有力促进了经济社会又好又快发展。兴奋之余，经过一段时间的潜心创作，终于捧出了这一采风成果《走进永安——燕城飞歌 绿海流韵》。

本书收录的32篇文章，含访谈录、报告文学、散文、随笔、游记等多种形式，为读者展现了永安市激情飞扬的魅力，也给读者无尽的回味和启迪。

编 者

2012年2月

本书编委会

目录

前言

怡居宜业篇

"闽中明珠"闪耀海峡西岸/3　　　　　　　　　段金柱

中国魅力城市　福建经济十强/12　　　　　　　庄永章

感受魅力山城/22　　　　　　　　　　　　　　何少川

绿色之都/30　　　　　　　　　　　　　　　　戎章榕

绿云旖旎燕城香/41　　　　　　　　　　　　　陈慧瑛

安得广厦千万间/47　　　　　　　　　　　　　高珍华

一座城市对"文明"的阐释/57　　　　　　　　　石华鹏

燕城赋/68　　　　　　　　　　　　　　　　　章　武

世外小陶镇　闽中宁洋城/73　　　　　　　　　陈开福

经济发展篇

尼葛财富基因/83　　　　　　　　　　　莱　笙

永安汽车，半世纪辉煌再出发/91　　　　陈兆伟

永安经纬/98　　　　　　　　　　　　　蔡天初

叩开"绿色宝藏"的大门/107　　　　　　洪华堂

永安开通"农村公交"关照人文交通/112　骆红芳

永安现代农业示范区放歌/120　　　　　吴建华

喀斯特钢琴协奏曲/125　　　　　　　　张如腾

历史文化篇

永安文化景观/137　　　　　　　　　　许怀中

往事悠悠话贡川/143　　　　　　　　　林思翔

浮流风情/150　　　　　　　　　　　　赖世禹

红色永安/157　　　　　　　　　　　　夏　蒙

用火把照亮着的夜/164　　　　　　　　钟兆云

竹影琴音/175　　　　　　　　　　　　黄种生

寻觅飞翔的永安山歌/183　　　　　　　朱谷忠

安贞堡，在久远山谷里遗世独立/194　　哈　雷

跨越海峡复兴路/205　　　　　　　　　景　艳

叔侄双贤　青史流芳/213　　　　　　　楚　欣

中国航空事业的先驱者/222　　　罗建兴　洪顺发

青山绿水篇

穿林度影踏歌来/235　　　　　　　　　林爱枝

自然风光与文化景深/245　　　　　　少木森
神奇·神秘·神圣/251　　　　　　　　汪　兰
如诗如画天宝岩/260　　　　洪顺发　冬　青
永安大森林/267　　　　　　　　　　厉　艺

后记/271

怡居宜业篇

"闽中明珠" 闪耀海峡西岸

——永安市委书记黄建平谈发展

段金柱

早就听说永安是闽中崇山峻岭里藏着的一颗"明珠"，8年前匆匆路过，初睹其容，8年后再次走进发现，历经岁月淘洗、沉淀，这颗明珠愈发光彩照人。

连续17年跻身"福建省综合经济实力十强县（市）"，全国唯一的林业改革与发展示范区，中国笋竹之乡，中国魅力城市……这是永安接连斩获的殊荣，这也彰显了永安的实力、魅力和活力。

如今，国务院批准实施《海峡西岸经济区发展规划》，八闽大地跨越发展风头正劲、气势如虹；海西三明生态工贸区建设如火如荼，美好前景令人期待。站在新的更高起点上，永安如何实现科学发展新跨越，继续在闽西北县域中挺立潮头，引领风向？

2011年初秋的一个午后，笔者与永安市委书记黄建平有了一番长谈。这位从乡镇书记、副县长、县长、县委书记一步步干起来的基层领导干部，其时刚调任永安市委书记四个多月。不过，他已走遍永安所有街道、乡镇，对当地经济社会文化的发展格局和态势了然于胸，"建设繁荣和谐的海西区域中心城市"蓝图已蕴藏在这位永安"新班长"心中。

新起点、新跨越，三明"领头雁"奋勇再争先

永安虽处闽中山区，但物产丰饶，水泥、煤炭、笋竹等资

源皆在福建省占有一席之地，加之因历史缘由，国家和福建省曾在此布局汽车、纺织、化工等产业，因而，永安经济发展一直活力四射。

"十一五"期间，永安实现了大发展，综合实力大幅提升。2010年，全市实现地区生产总值180.5亿元，规模以上工业总产值294.2亿元，财政总收入15.7亿元，其中地方级财政收入9.8亿元，分别比2005年增长1.3倍、2.7倍、1.2倍和1.7倍；2010年城镇居民人均可支配收入达17906元，年均增长12.3%；农民人均纯收入达7389元，年均增长9.8%。

重点产业不断发展壮大。全市规模以上工业企业由2005年的148家增加到260家，产值超亿元企业由16家增加到102家。汽车及机械零部件、纺织、林竹、建材、化工等五大产业规模以上企业数达202家，对工业增长的贡献率已达到82%。

农业农村加快发展。集体林权制度改革领先全国，被列为全国唯一的林业改革与发展示范区，蔬菜、畜禽、茶果等一批优势农业产业基地相继建成，永安莴苣等4种农产品获得国家地理标志产品保护，全国唯一的"中国金线莲之乡"花落永安。

城市面貌焕然一新。城市建成区面积由13平方公里拓展至27平方公里，城市人口达21.6万人，城镇化水平已达61.6%，城市建成区绿地率从37.5%升至40.7%，先后获得中国魅力城市、国家园林城市、全国绿化模范县等一批国家级、省级荣誉称号。

"这是历届永安市委、市政府带领全市人民奋斗的结果。"黄建平说。不过，纵览全局，面向未来，这位新当家人的危机意识却很强烈："2011年，永安再次入选全省'十强县（市）'，而且还是三明、南平、龙岩三个山区市里唯一入选的县（市），但位次却从上一年的第八位降至第九位，这说明我们还需要继续赶超，奋勇争先。"

"标兵渐远，追兵渐近"，不仅"外部"如此，"内部"也如此。来永安之前，黄建平担任将乐县县长、县委书记共 8 年时间，他有切身感受："永安一直是三明市的'领头雁'，我以前在将乐工作，追赶的目标就包括永安。我到永安工作后，发现沙县、尤溪、将乐等县的发展势头越来越猛，我们面临的挑战和压力很大。"

忧患催人奋进。黄建平说，发展如逆水行舟，不进则退，小进亦退。"加快永安发展，继续保持三明市'领头雁'地位，继续位居全省'十强县（市）'行列，是我们的责任，也是历史和时代赋予我们的使命。我们必须抢抓机遇，更加自觉主动地融入海峡西岸经济区建设大局和三明城市一体化发展布局，努力把永安建成繁荣和谐的海西区域中心城市。"

为此，永安"十二五"发展目标锁定为"四个翻番、四个突破"，即：地区生产总值、规模以上工业增加值、财政总收入、地方级一般预算收入分别比 2010 年翻一番；到 2015 年，全社会固定资产投资累计突破 1000 亿元，规模以上工业总产值突破 800 亿元、社会消费品零售总额突破 100 亿元、地方级一般预算收入突破 20 亿元。

永安再出发，路径何在？黄建平说，主要有三：兴园区，强工业，打造海西现代工业城市；强功能，提品位，打造怡居宜业现代区域中心城市；夯基础，促增收，打造海西现代农业示范市。

兴园区，强工业，打造海峡西岸现代工业城市

一个区域的发展必须要有产业的支撑，产业强，区域才强。"工业历来是永安经济发展的顶梁柱。加快永安发展，必须坚持以工业为主导，创新机制，调整结构，扩大总量，提升质量，走新型工业化道路，努力把永安建成海西现代工业城市。"黄建

平说。

走新型工业化道路，必须要集聚式、集约化发展，这需要依托载体——工业园区来实现。"现在发展工业，不能再走'村村点火、乡乡冒烟'的老路，那样既浪费土地等资源，环境承载压力也大。"黄建平分析道，永安提速工业发展，首先要做优园区，优化产业布局，做大做强主导产业，努力建成基础设施完善、产业结构合理、主导产业明晰、具有较强产业竞争力和资本吸引力的现代化工业园区。

从长远看，永安重点要抓好"工业两城"，即永安汽车城和北部工业新城。这当中，以中国重汽集团福建海西汽车有限公司为龙头的永安汽车城是重中之重，这也是福建省唯一布局重汽项目的园区，"规划面积有20平方公里，我们将围绕重汽项目，不断延伸产业链，做大做强汽车产业。"

正是在做优园区理念的指引下，永安原先北部5个乡镇（街道）各搞园区的做法被叫停，而改为重新整合、统一规划新建北部工业新城。"以前各自搞，而且各自有考核任务，必然造成无序竞争、布局混乱，比如一个食品企业的隔壁也许就会有一个污染的企业。"黄建平说，"只有统一规划，全局'一盘棋'，才能解决这个问题。功能定位清晰，产业布局合理，才能实现科学发展，这样的园区才更有吸引力。"

做优园区之外，做大企业、做强产业同步推进。实践证明，引进和做大一个龙头企业，就能集聚一批企业、带动一个产业。永安将坚持抓龙头、铸链条，择优择强，重点扶持，培育壮大一批高新技术企业、龙头骨干企业、领军企业、标杆型企业，特别是要培育中国重汽集团福建海西汽车有限公司、永林股份公司、福建新越金属材料公司等一批技术含量高、发展前景好、竞争力强的重点企业。

企业强，产业才强。"十二五"时期，永安力争培育2家、确保 1 家年产值超 100 亿元企业，新增 10 家以上年产值超 10 亿元企业，新增一批纳税超亿元、超千万元企业。几大支柱产业发展目标也锁定：力争到 2015 年，实现汽车及零部件产业产值 600 亿元，纺织产业产值 200 亿元，林竹产业产值 120 亿元，矿产品加工产业产值 100 亿元。

汽车产业强大"引擎"已经发动。2011 年 11 月 5 日，中国重汽集团福建海西汽车有限公司中重卡新总装生产线第一辆汽车正式下线，"海西福泺"重卡将从永安驶往神州大地。作为福建汽车工业的发源地，永安的汽车产业也将因此驶上快车道，福建省打造东南沿海汽车制造重要基地也有了更有力的支撑。

据悉，福建海西汽车项目总投资 20 亿元，分两期建设。一期总投资 10 亿元，建设厂房、配套设施等建筑面积 20 万平方米，建设一条 450 米长的中重卡总装线和一条 300 米长的轻卡总装线以及车架、焊装、涂装生产线和检测线，装备达到国内先进水平。目前，海西汽车公司新厂区已粗具规模，预计 2012 年海西公司可实现产销整车 2 万~3 万辆，至 2015 年达到年产 20 万辆整车、产值 300 亿元的总体目标。

以此为龙头，带动上下游，延伸产业链，形成汽车—零部件—机械加工产业集群。未来几年，这一产业集群规模如果能达到 500 亿元甚至 1000 亿元，那么，永安经济仅靠此就能跃上新台阶，实现跨越发展。这可能吗？"永安速度"的高效实干，给人以信心：中国重汽集团福建海西汽车有限公司项目 2010 年 11 月 6 日启动，仅用一年时间，就完成了中重卡新总装生产线的建设、安装和调试，实现了第一辆汽车下线。

强功能、提品位，打造怡居宜业区域中心城市

如果你是第一次到永安，你可能会被这个城市的魅力折服：

没想到，一个山区小城会建设得这么靓丽、这么规整、这么有模有样！确实如此，漫步永安街头，在主要的一些街道，见到的是整整洁洁、清清爽爽的景观，让人觉得此地很是舒心怡人。

转过街角，也许会碰到挖沟、修路、粉墙，还有些大拆大建，不错，这是永安正在持续推进的城市建设战役。"十二五"城建目标，永安提出要强功能、提品位，打造怡居宜业现代区域中心城市。"南北扩张、东西拓展"，做大城市规模；旧城改造、新区建设加快实施，力争"十二五"末城市建成区面积扩展到33平方公里以上，城市人口达25万，城市化水平达65％。

不过，坐下来与黄建平探讨城市建设问题，他的思考却是与众不同，让人有豁然开朗之感。

"城市是现代文明的标志，在县域经济和社会发展中起着引擎的作用。上海世博会的口号是'城市让生活更美好'，我觉得，不仅如此，城市同时也起到为产业、工业发展提供支撑的作用。城市本身就是一种经济，需要通过经营、发展，实现保值增值。"有了这样的理念，黄建平对城市建设的理解，已经超越通常的"基础设施建设、环境美化绿化、提升管理水平"层面，"这些都很重要，也是必须做的，但这样还不够，我们要经营好城市，通过经营使城市经济更发达、文化更繁荣、功能更强大，让市民感到更加幸福和美好。"

放诸永安的历史和现实中观照，他的认知颇为契合。抗战期间，永安曾作为福建省临时省会达7年半，城市建设和发展因之而兴，同时，永安工业一向比较发达，在福建全省一度地位凸显，这些都带动了城市化水平的提高。

目前，永安常住人口36.8万，城市（镇）化水平已达60％以上，人口大部分已经集聚在城区。2010年，永安全市生产总值的75％和工业生产总值的60％是城区创造的，固定资产投资63％发生在城区，社会消费品零售总额84％产生在城区，财政一般预算收入大约75％来源于城区，新增就业岗位84.9％在城区。城市在永安县域经济发展中的重要支撑作用，可见一斑。

缘此，黄建平提出，在一般地做优城市功能、做实城市基础、做美城市环境、做细城市管理之外，还要做强城市经济。"城市如果没有现代化的工业，就是一座没有实力的小城；没有现代化的服务业，就是一座没有活力的空城。所以，要在大力发展工业的同时，大力发展第三产业，为市民服务，为工业提供支撑。这也是调整优化经济结构，加快发展方式转变的路径之一。"

为此，永安提出要加速推进旅游服务业、商贸流通业、现代物流业等第三产业发展，不断提高第三产业对经济增长的贡献率。重点是加快推进公路"交通港"和一批区域特色鲜明、集散功能较强、影响力较大的区域物流园区及专业市场建设，带动现代物流、金融服务、电子信息等生产性服务业加快发展；进一步提升商贸服务、住宿餐饮、文化创意、休闲旅游、房地产、家庭服务等生活性服务业发展水平，形成服务业与工业化、城市化相互支撑、相互推动的良好格局。大力发展生态旅游产业，加强旅游资源资本化运作，加快推进桃源洞争创国家5A级旅游景区步伐，把永安建成海西休闲旅游胜地。

北部工业新城开始启动建设，思路有别于过往。"我们要把它当做一个'城'来建，而不只是个工业区。要坚持工业化、城市化协调发展，同步推进，相互支撑，共同发展。所以，首先要高起点高标准做好规划，城市功能配套要齐全，既宜业又怡居，让到永安投资兴业的人也能安居乐业。"黄建平说到这里，脸上充满了自信的表情。

夯基础、促增收，打造海西现代农业示范市

农业是发展之基。农业、农村、农民"三农"问题，关系全局、意义重大。近年来，永安在提速工业发展的同时，农业农村工作也稳步推进，形成了一些特色优势农业产业，农民的"钱袋子"也一年比一年鼓得更实。

新时期，如何加快发展农业这一传统产业？黄建平认为，这也有一个转变发展方式的问题："农业是弱质产业，做大做强不能再延续以前的老路，要用工业的理念谋划农业，用集约规模的经营方式发展农业，用现代技术和装备改造农业，加快传统农业向现代农业转变。所以，我们提出，夯基础、促增收，加强农业、做特农业，打造海西现代农业示范市。"

近年来，永安市立足区位特点和产业基础，扶龙头、建基地、创品牌、拓市场、强服务，推动农业产业化成效明显。目前，永安已建成以飞桥莴苣为主的10万亩特色蔬菜产业基地，以西洋水蜜桃、洪田脐橙为主的15万亩优质水果基地，以青水、安砂、罗坊为主的3万亩茶叶生产基地，以燕南、燕西为主的万亩鸡爪椒生产基地，以贡川为主的万亩黄椒生产基地等。

黄建平说，未来要继续坚持经营产业化，以工业化带动农业产业化，不断巩固和提升壮大畜禽、林竹、茶果、烟叶和蔬菜种植等传统产业，加快培育观光休闲农业、乡村旅游业等新兴产业。同时，要发挥龙头带动作用，通过培育和扶持一批加工型、服务型、营销型、科技型农业产业化龙头企业和专业合作组织，带动基地建设，推动农产品精深加工。目前，永安拥有永安林业、绿健食品、旺丰生态、金圣农牧等50家市级以上农业龙头企业，2010年，农业龙头企业固定资产累计投资总额达12.1亿元，销售收入达25.34亿元。其中，永安林业还是国

内为数不多的林业上市公司。

生产特色化，是另一个发展方向。黄建平说，要进一步挖掘优势资源，优化农业区域布局，推动农业创特色、强规模。加快农业园区和产业村建设，建成一批区域特色鲜明、规模优势突出、产品品质高优的特色农业基地，形成规模和亮点。

由特色提升为品牌，实施品牌带动战略是一大着力点。目前，永安市农产品通过无公害农产品认证达到59种、绿色食品认证5种、有机食品认证13种，一些特色品牌已经打响，如"永安莴苣"、"永安黄椒"、"安砂淮山"、"永安贡鸡"、"西洋一点红"水果、青水"天宝岩"茶叶、"川溪"牌脐橙等。2011年8月，继"永安黄椒"之后，"永安莴苣"地理标志证明商标获国家工商总局商标局注册核准。

做好农村工作，建立长效化的机制很重要。"永安是全国林改的发源地，林改为什么能取得那么大的成效，让农民得到实惠，关键就在于良性的制度发挥了作用。"黄建平说，"我们将加快推进全国林业改革与发展示范区建设，促进集体林权制度改革继续走在全国前列。同时，要进一步建立健全以城带乡、以工哺农的长效机制，完善强农惠农投入稳定增长机制；加快发展农村专业合作组织和新型服务组织，创新农村工作机制，加强农村'六大员'队伍建设等，带动农业增产农民增收。"

访谈结束时，笔者停笔，合上笔记本，黄建平书记离开"正题"，聊起他在沙县、将乐等地从政的经历。他说，不同的岗位，不同的环境，不一样的责任，但总归"要有干事创业的精神和作为"。

永安是公认的三明市"领头雁"，谈及转任永安市委书记，黄建平说，这是一种极大的信任，自己深感重任在肩，一定全力以赴，不负众望，不辱使命。今后怎么为永安发展尽力？"要抓得住机遇，耐得住寂寞，干得出成效。"

中国魅力城市　福建经济十强

——访永安市人民政府市长郑清华

庄永章

魅力永安，碧水青山，秀美如画。

活力永安，生机盎然，令人向往。

深秋的永安，风和日丽。即将入冬，燕城也如同鹭岛一样，温暖如春，丝毫不觉寒意。2011年10月24日至27日，笔者随同福建省炎黄文化研究会、福建省作家协会采风团一行20多人走进永安，感受这座荣获"中国十佳魅力城市"的俊美和大气，体会永安荣登"福建省综合经济实力十强县（市）"的无限活力。在采访永安市人民政府市长郑清华的言谈之中，更是深刻领会永安市委、市政府带领全市36.8万人民认真贯彻落实党中央、国务院关于加快推进海峡西岸经济区建设的重大决策，在福建省委、省政府和三明市委、市政府的领导下，加快转变经济发展方式，调整产业结构，提升产业竞争力，努力打造海西现代化工业城市，推动永安科学发展、跨越发展，改善民生，提高群众幸福生活指数的雄心壮志、得力措施和实际行动。

魅力城市，大美永安

郑清华市长用一段充满诗情画意的语言介绍永安、推介永安。

永安，位于福建省中部偏西，地处武夷山和戴云山的过渡地带，是一个以吉祥嘉语命名的地方，寄寓着人们对祥和昌吉生活的祈盼。

永安建县于明景泰三年（1452年），1984年撤县设市，是多元文化与自然和谐共荣的乐土。当你走进永安，便会惊奇地发现：这里没有狭隘，没有界限，这里充满了包容，展现着一种宽阔的胸怀。当你漫步永安，视野中满是奇异的绿，与蔚蓝的天空融为一体。在总面积2942平方公里的土地上，山地和丘陵面积占90%，森林覆盖率达83.2%，人均拥有毛竹林面积居全国之首。

2006年，永安以绿色生态为主题，打出"南国绿都，生态永安"和"八闽仙境，心灵永安"的城市口号，推出本土特色节目，唱山歌、打黑狮和安贞旌鼓，展播城市宣传片，永安女孩、影星张静初为家乡承担起"城市推荐人"的重任，永安市主要领导亲自挂帅，并参加节目表演，全市人民大力支持，选拔出城市形象大使。通过两轮的展示，永安从35座城市中脱颖而出，荣膺"中国十佳魅力城市"称号。2006年10月16日，在中国魅力城市颁奖盛典上，中央电视台对永安的颁奖词为："这是一座属于春天的城市，她所拥有的竹海赋予了她柔韧不甘的精神，尽管有着百般柔情，却从不哗众取宠。安贞旌鼓，内和外顺，在红与黑的厚重中透露出和谐之美。藏在深山，奇秀东南，福建永安。"

采风团一行走进永安，无边的绿肆意延伸，仿若游走于森林之中，绿，嫩绿，翠绿，墨绿，满眼都是无边的绿。醉人的绿意将人紧紧拥抱，几乎不留一丝空隙。即使入冬，山区燕城也如同福建沿海一般，生机盎然，不负"中国十佳魅力城市"、"中国优秀旅游城市"的盛名。

时间的车轮返回至1938年至1945年的抗日战争时期，福建省会内迁永安长达7年半之久，多少中华豪杰，多少八闽子弟，多少燕城儿女，用血肉之躯筑成抗日的钢铁长城！日军重围下的东南大后方，与重庆西南大后方遥相呼应，为最后取得抗日战争的伟大胜利奠定了基础。永安，成为抗战时期东南政治、经济、文化中心。8年抗战使永安的文化之花盛开，让永安的历史波澜壮阔。因此，就有了举世闻名的永安抗战文化，它在福建发展历史上占有重要的位置。

历史积淀在永安的天地之间，寄存于永安的山水之间，为这座"中国优秀旅游城市"带来了崭新的面貌。这里蕴藏了丰富的旅游资源，山明水秀，风光明丽，吸引了成千上万的游客来寻幽访胜，休闲度假。

这座以樟树为市树，含笑为市花的城市，就像一幅具有中国特色的写意山水画，给人留下厚重而和谐的精神美感。魅力城市，大美永安。朋友，让我们一起走进永安，走进这座"以山为脊，以水为源，以绿为脉，以文为魂"的城市，感受"山水相映，城在绿中、水在园中"的城市个性，为这座"中国十佳魅力城市"、"中国优秀旅游城市"、"福建综合经济实力'十强'县（市）"出把力、添把劲。

综合实力，福建十强

郑清华市长说，发展才是硬道理。在城市建设中，如何扬长避短，发挥自身的优势，增强经济实力，是摆在永安市决策者面前的一项紧迫而又重大的任务。跨入"十二五"开局之年的永安，像一列不断提速的动车，汽笛长鸣，车轮滚滚，沿着科学发展、跨越发展的轨道，一路高歌，一路奔驰。

融入重点项目建设战役、新增长区域发展战役、城市建设战役、小城镇改革发展战役、民生工程战役、海西汽车城战役"六大战役"的建设热潮，不仅仅是纵横的高速路网急于延伸，车轮急于向四面八方驰骋；不仅仅是重点建设项目的脚手架急

14

于占领空间，流水作业线急于日夜奔腾。"把永安打造成集'园林城、汽车城、物流城、智慧城、幸福城'于一体的海西区域中心城市"的发展定位，绚丽醒目的"十二五"规划蓝图，在天高云阔间调整脉搏心跳，完成永安城市发展精神的升华。这就是中共永安市委、市政府决策者为这座美丽城市绘出的发展蓝图。

"抓项目就是抓发展，抓大项目就是抓大发展，抓一批大项目就是跨越发展。"郑清华市长如是说。

打好"六大战役"，是永安这列不断提速的"动车"不竭的动力。

以打好"六大战役"为抓手，以明确的目标凝聚人心，以完善的组织体系提高效率，以健全的工作制度提供保障。追求卓越的永安，在竞争中注重体现特色、创造优势，以"追"和"赶"的姿态，以"拼"和"闯"的勇气，转方式、调结构，惠民生、促和谐，努力提高人民群众的幸福指数。

截至 2011 年上半年，永安市"六大"战役重点项目完成情况着实让人为之振奋。

——重点项目建设战役，共实施 26 个重点项目，完成投资 18.82 亿元，占年度计划 61.5%。其中，火电厂扩建工程 7# 机组已于 6 月 27 日试运行，8# 机组完成安装量 87%，争取年内投产发电；超然新材料项目一条年产 10 万吨聚氨酯生产线竣工投产。

——新增长区域发展战役，共实施 38 个重点项目，完成投资 23.58 亿元，占年度计划 74.3%。其中，建福水泥综合节能改造工程动工建设；谋成水泥二期进入设备安装阶段，2011 年 10 月，熟料点火。

——城市建设战役，共实施 28 个重点项目，完成投资 6.23 亿元，占计划 71%。其中，"一江两溪"及南北入城口景观综合整治工程已基本完工；外立面改造完成了燕江南路刑侦大队至地税局路段沿街部分外窗、防盗网拆除改造和外立面清洗；绕城公路预计 2011 年底前完成路面主体施工；永安大道南段基本完成埔岭路口至重汽东大门路基铺设，预计 2011 年底南段建成通车；污水处理厂正在进行一期自动化系统改造施工。

——小城镇改革发展战役，共实施 19 个项目，完成投资 3 亿元，占年度计划 57.1%。其中，小陶镇完成了八一工业集中区、森林公园控制性详细规划并通过专家评审，完成土地开发 300 亩；贡川镇道路红线专项规划、集镇排水规划、水东和水西工业区控制性规划已形成文本待评审，完成农转用土地 700 亩；试点镇均成立了城投公司推进基础设施建设。

——民生工程战役，共实施 9 个重点项目，完成投资 2.54 亿元，占年度计划 50.7%。其中，闽台（永安）文化创意产业园区已成立管委会，福建永安文龙新城开发有限公司正在筹建中，有 7 家创意企业签订了入园意向，总投资额达 16.2 亿元，目前正在申报福建省重点文化创意园；永安职专新校区 13 幢已动工 8 幢，2 号实训楼已封顶；新农保参保登记率 89%；永安市农业有害生物预警与控制区域站建设项目完成投资 210 万元，占年计划任务的 96%。

——海西汽车城战役，共实施 13 个重点项目，完成投资 5.77 亿元，海西汽车 2011 年已生产各类载货汽车 8086 辆，新厂区正在进行厂房建设，2011 年 8 月进入设备安装，"11·6"期间第一辆车下线；配套项目前来洽谈联系的企业已达 60 多家，总投资约 70 亿元，现已签约 12 家，6 家已注册，5 家名称预核准；汽车园扩园工作正在推进中，已平整土地 400 亩。

这一切，得益于"等不起，慢不得，坐不住"的强烈愿望；得益于"好字当头，能快则快"的务实举措；得益于"先行先试、开拓开放"的眼界和眼光；更得益于以科学发展观推动经济增长方式的转变。郑清华市长语重心长地说出这其中的道理。

永安，这个连续 17 年位居"福建省综合经济实力十强县（市）"行列和福建省综合经济实力十强的唯一的山区县（市），以其"滴水穿石多壮志，跨越发展添豪情"的时代精神风貌，走在海西山区城市建设的前列。

盛世桃源，多彩文化

谈及历史和文化，郑清华市长了如指掌。他以"盛世桃源，多彩文化"来形容永安历史的厚重和文化的精彩。

永安是一座文明传承的城市。唐宋以来，中原人南下，迁居于此并繁衍生息。历史上有"先有贡川，后有永安"之说，1200 多年前，唐开元年间就有先人在此开发。有着厚重人文积淀的贡川古镇拥有福建省级文物保护单位明代古城墙、笋帮公栈和会清桥等独特的历史文化遗迹。特别是笋帮公栈是全国唯一保存至今的笋干行业帮会总堂堂址，它代表当时永安笋商界在福建笋干行业中不可替代的重要地位，其影响涉及全国笋干行业。

永安物华天宝、人杰地灵。历史上诞生了宋代理学家陈瓘、陈渊、邓肃，明代《琴谱大全》创作者、我国古代著名音乐家杨表正，中国第一架飞机的研制者、航空先驱李宝焌、刘佐成，我国著名新闻记者邹韬奋等杰出人物。

永安"大腔戏"被列入国家非物质文化遗产名录，被誉为"中国戏曲艺术奇葩"、"人类文化活化石"；被誉为"闽中瑰宝"的国家重点文物保护单位安贞堡，以其独特的建筑艺术及恢宏的气势闻名遐迩；吉山抗战文化遗址，承载着"东南抗战文化名城"的厚重历史；1938 年至 1945 年，福建省政府迁至永安，永安曾作为抗日战争时期的福建省政治、经济、文化中心长达7年半之久，彰显了其时永安在福建省重要的位置。特别值得一提的是，国民党中央直属台湾党部为了便于进一步开展工作，将当时设在福建漳州的台湾党部迁址于抗战时期的省会永安文龙村复兴堡，直到抗日战争胜利后的1945年9月才迁往台湾；台湾知名人士谢东闵在永安台湾党部，编辑出版颇有影响的《台湾研究季刊》，见证了台湾光复的历史与国共合作的壮丽篇章。

郑清华市长指出，历史是无声的，却是真实的。一行行文字，一个个故事，揭示永安这座城市传承中华民族优秀传统文化的丰富内涵。抚今追昔，在海峡西岸经济区建设中，永安人民在传承先辈优秀文化的同时，如何做好保护和提升工作，并在城市建设中，避免走"雷同"之路？这是永安市委、市政府决策者必须认真思考的重大问题。因此，我们在城市建设中形神兼备，"神"就是文化元素、人文灵气，"形"就是发挥山水兼备的生态优势和城市定位。永安市在构建以中心城市为核心，以乡镇为纽带、以中心镇为基础的新型城市体系中，将文脉传承作为一以贯之的主线，把文化产业纳入永安经济发展和民生工程之中。

2011年，永安市加大涉及文化、教育、体育诸方面的投资力度。

闽台（永安）文化创意产业园已经完成园区概念性规划。文龙片控制规划和核心区的城市设计，园区目标定位和功能区划分已基本确定。文创园区管理委员会正式成立，福建永安文龙新城开发有限公司也在注册之中，同时，接待多批次香港、广州、泉州等地客商到园区实地考察，洽谈投资项目，建有27家较有经济实力、投资意向较明显的客商项目库，并与香港腾达家居实业有限公司、福建省华悦文化投资有限公司等7家创意企业签订了入园意向，总投资额达 16.2 亿元。

　　永安市青少年校外体育活动中心主体建筑已经封顶，外墙粉刷已完成，正在进行室内装修，预计不久即可竣工交付使用。该工程的投入使用，为永安市青少年的校外体育活动提供了一座环境优美、设备齐全、功能完备的活动场馆，将为提高永安市青少年的体质产生良好的促进作用。虎形山公园三期和四期工程进展顺利，杨表正古琴艺术馆和古琴演奏大厅、沿河江滨景观大道路基已基本完成，培训大楼主体工程接近尾声。特别值得一提的是，永安市文化艺术中心已完成初步设计、工程许可和环境评估等前期工作，该中心可望于不久的将来正式开工建设。

　　新建设的永安市职业中专学校文龙新校区、永安市特殊教育学校、永安市南门小学等教育领域的项目有的工程建筑已经封顶，有的正在征地或进行主体建设。

　　郑清华市长指出，在党的十七届六中全会关于建设社会主义文化强国的重大决策指引下，永安市将加快文化基础设施的建设和投入，把发展文化产业作为承载城市生命的"文脉"，让市民在文化建设中提高认同感，进一步提高城乡公共文化服务均等化水平，提高城市的功能和品位，促进城市经济更发达、文化更繁荣、功能更强大，让市民感到更加幸福和美好。建设海西区域中心城市，实现永安科学发展、跨越发展任重道远。文化是最重要的软实力，齐心协力推进文化强市建设，促进永安文化事业大发展、大繁荣是每个市民义不容辞的责任。永安市委、市政府号召全市人民在不同的岗位上，为了一个共同的目标，齐心协力，团结奋进！

幸福指数，民生为先

郑清华市长指出：

构建和谐社会，促进经济发展是永安市委、市政府全力推动的一项重要工作。经济发展是第一要务，有了坚实的经济基础作为后盾，我们所提倡的怡居宜业的幸福指数就有了依据，城市的发展和乡村的发展都必须统筹考虑、相辅相成，只有对资源、土地、环境、人力进行最优配置，做精、做美各项民生工程，使文化、教育、医疗、卫生这些惠及民生的方方面面得到落实，才能真正地提高人民群众的幸福指数，民生优先才不会成为一句套话、一句空话。

目前，永安城市人口中有 2.7 万人享受住房保障，占总人口的 16.3%，"拥军小区"、"人才公寓"、"打工家园"等保障性住房专属模式，赢得各方好评。

着力推行行政审批制度改革和软环境建设，永安市行政服务中心实行的"一站式"窗口服务和基层站所的"无空隙服务"，成为党委、政府和老百姓之间的"连心窗口"。

变群众"上访"为党政干部"下访"，实施党政干部下访工作制度。永安市委、市政府主要领导明确要求做到"三个必去"：群众反映问题多的地方必去，工作推进有难度的地方必去，重大政策调整可能引发利益冲突的地方必去。

在新农保及被征地农民养老保障工作方面，2011 年永安市基础养老金已支出 141 万元，各乡镇（街道）正在建立参保人员信息数据库，完成参保登记率 89%；农保中心及时复核，建库人数 11 万人，复核人数 9.8 万人，发放基础养老金 8594 人，已制作银行卡 7.8 万张。在那一张张写满笑意的脸上，我们深刻认识到，党中央、国务院关于提高人民群众幸福指数，一切以民生为先的决策是多么英明和正确。我们将坚定不移贯彻执行党中央、国务院和福建省委、省政府的指示精神，立足高起点，转变旧观念，做大做优城市，规划东、西、南、北各有公园的城市发展蓝图，为人民群众提供一个环境优美、地域开阔、空气清新、怡居宜业的工作、生活空间。

总之，我们要全力着力打造"实力永安、活力永安、生态永安、文明永安"，把永安建设成为"经济繁荣、社会和谐、环境优美、文明开放、率先崛起的海峡西岸区域中心城市"。

永安，在这个日新月异的伟大时代里，在更快更好地融入海峡西岸经济区的大格局中，在汇入推进科学发展、构建和谐社会的大潮流中，正高悬云帆，一路前行！

感受魅力山城

何少川

一

回忆有时需要经过思索，才能淡淡地勾起昔日的情景；有时却能把那些刻骨铭心的往事，一触即发地朗朗再现。上个世纪50年代末，我首次登临永安，是一辈子难忘的经历，至今想起，恍若昨日。

1958年冬，我还在厦门大学中文系读书，恰逢三明钢铁厂在紧张地建设中，全民投入"大炼钢铁"的热潮。厦门大学中文系遵循上级指示，搬迁至刚有新地名的三明，在一片荒芜中搭住竹棚，一边劳动（名为支援"三钢"建设），一边读书（书是无法念了）。

建设福建省首座如此规模的钢铁厂，是举全省之力的一件大事，云集着从省内外前来支援的数万劳动大军，工地上声震天势浩大，在建设现代化的今天是再也看不到当时人海沸腾的火热场面了。生活虽然极其艰苦，而内心却充满激情，这是那时候劳动者普遍的状态。新组建不久的三明党委筹办《三明建设报》，以指导工地工作，激励劳动热情，推动"三钢"建设。筹办于始，一时缺乏编辑记者，便临时借调厦大中文系三位同学，我有幸被选派前往协助。我们三人组成一个小小的编辑部，采编印务发行每人轮流做。当时三明没有印刷厂，报纸采编后必须到永安排印，于是就有了我的永安首次之旅，以及接下来的多次往返三明与永安之间的劳顿。

但是，每次我到永安都是来去匆匆，重复着同样的行踪。下午，带着稿件从三明乘火车去永安，到达后直奔印刷厂；晚上，坐在排印车间打盹过夜，等待报纸的印刷；清晨，带着几百份印好的报纸吃完早点，赶赴火车站搭车回三明。每次我拿到印好的报纸，门外已市声乍起。我走出印刷厂，踏着巷道上的石板，眼前雾霾氤氲，两旁木楼依稀，亦梦亦幻朦朦胧胧别有一番意境。我兴趣盎然地来到一间小吃店，吃一碗锅边糊，配上几片煎米粿，身暖气足地欣然离去。每当回忆起这一幕幕情景，总有一种缠绵的思念。很长时间永安在我脑海里，是碧野山间中一座古朴而温馨的小镇。

半个世纪以来，特别是近 30 年，我又多次到过永安，对它有进一步的了解，并看到了它快速的巨变。我感受中的那座古朴而温馨的小镇渐渐远去，代替它的是一座充满灵气、活力、妩媚，正在阔步迈向现代化的魅力山城！

二

"先有贡川，后有永安"。贡川是永安的一座古镇，离市区仅有 16 公里，古名发口，又称贡堡，历史十分悠久。最早可以追溯到公元 741 年，距今经历 1270 年，比永安建城还早，因此流行有这样的说法。

走进贡川的村落，让人感受到一股钟灵毓秀之气。小镇在溪流环绕之间，一边是缓缓流淌的沙溪，一边是哗哗激越的胡贡溪。两溪在会清桥畔相汇携手东去，"会极环瞻星北拱，清波永奠水东流"（明·罗明祖诗）。我兴致勃勃地徜徉在会清桥畔，这里可览建于明代的古城墙，有与古城墙相衔接的旧廊桥，阅古幽思撷取收获；这里环境清新静谧，"地与烦嚣隔，登临翠色中"（宋·陈瓘诗），陶冶性情精神爽朗。我特别欣赏会清桥的命名，若不是出自高士之手，难能有如此典雅之作。果然，在这片灵气洇染的山水中，古时人口并不稠密的乡镇，竟会走出这样众多的贤能之士。据史册记载，有 2 名探花，16 名进士，13 名举人，3 名理学家，24 名贡生。他们的杰出代表人物，以陈氏家族为最，仅宋代 300 年间，贡川陈氏前后有 12 名进士入朝，受朝廷赐"大儒里"牌坊，博得"九子十登科"的美名。其中，陈世卿、陈偁、陈瓘、陈渊都是史上留名的人物，此现象值得深入研讨！

在永安的历史上，除宋朝外，有两段年代值得提及。一个是明中叶至清初时期；另一个是抗日战争时期。永安于明景泰三年（1452 年）获准置县，行政管辖原沙县新岭以南二十都上四保至三十二都和尤溪宝山以西四十都至四十三都共计 13 个都的范围。从此，永安开启一个新的纪元，建造开县后具有标志意义的文庙，陆续筑起南北风水塔、青砖丹石砌成的贡川古城墙等，各项事业有了长足的进步。清顺治三年（1646 年），贡川建立的笋帮公栈，是我国迄今为止发现最早的笋业同业公会旧址。可以想象得到当年笋商云集的盛况，以及沙溪河上货船南来北往繁忙的景象，经济发展可见一斑。清顺治十八年（1661 年），由吉山人刘奇才创建的萃园，是永安现存最完好的古代书院。园林风格的书院，背倚青山面对沃野，是士子们读书的好去处，昭示当时永安文风的鼎盛。也正是在明嘉靖万历年间，永安出现了一位在音乐史上具有代表性的古琴大师杨表正（1520—1590 年），著有《重修正文对音捷要真传琴谱大全》10 卷，其事迹被编入《中国音乐史略》。明崇祯年间，还出现一位为官清廉的名臣罗明祖（1600—1643 年），他不畏强权，勤政爱民，回乡隐居后振兴乡学，艺文著作颇丰。

抗战时期，随着沿海城市的陷落，永安成为福建省临时省会，从1938年5月至1945年10月，长达7年半。成立于1943年春的国民党中央直属台湾党部，同年11月也从漳州迁址于永安文龙村的复兴堡内。迄今这些"抗战遗址"均保留完好，我几次前往参观。其时，永安人文荟萃，众多文化界爱国人士从各地辗转而至，知名者有黎烈文、羊枣、邵荃麟、许钦文、葛琴、董秋芳、章靳以、王西彦、黄永玉、李四光、张乐平、王亚南等；文化机构阵势浩大，拥有大小出版社30家，编辑单位20个，出版报纸期刊129种，印刷所19家，文化学术团体40个，出版专著800种，成为抗战时期东南的文化中心；教育事业也十分发达，有5所高等院校，中小学齐全，培养出一批国家栋梁之才。

历史上的永安，一代又一代地展现出地灵人杰的可喜景象！

三

新的发展时期，永安提出建设"怡居宜业"城市，这也是老百姓普遍的愿望。"怡居"与"宜业"密切相连，没有"宜业"岂能奢谈什么"怡居"？改革开放以来，永安的经济充满活力，连续17年位居福建省经济实力"十强县（市）"之列，为"宜业"创造了扎扎实实的良好条件。

林业是永安经济的重要支柱之一，也是作为林区的老百姓赖以生存的产业。今日的永安林业充满生机蓬勃发展，被确定为国家级"毛竹生产基地县"，拥有全国县级规模最大的竹材人造板生产基地、木材板种最齐全的人造板生产中心，并在全国首创林业要素市场。古人说得好："兴废由人事"。永安林业能有目前傲人的态势，这与洪田镇洪田村先行先试，率先在全国开展集体林权制度改革，永安市大力支持不无关系。1998年7

月，面对着山林破坏屡禁不止的困境，洪田村党支部书记邓文山和赖兰亭苦思难解。他们非常清楚，乱砍滥伐原因并不复杂，主要在于产权不明确，群众"靠山却不能吃山"。他们再三权衡，冒着风险决定发动"分山到户"。一连20多次村两委和村民小组会讨论，最后终于集体投票作出同意"分山到户"的决定。2003年10月，洪田村村民领到第一批林权证。2004年5月，永安市成为福建省第一个完成明确产权和林权证发放的林区县（市）。"山定权，树定根，人定心"，永安推广洪田村的经验，集体林权制度改革继续领先全国，被列为全国唯一的林业改革与发展示范区，林业发展走出了一步活棋。

近代国家的富强，走的无一不是工业现代化的道路。永安是闽西北山区重要的工业基地，有许多产业位居全省首位，建材行业全国"十佳企业"福建水泥厂、享有"南国一枝花"美誉的福建维尼纶厂（现福建纺织化纤集团公司）、全省唯一的地质探矿机械制造与维修企业福建地质探矿机械厂、自行设计制造全省第一辆汽车的永安汽车厂、全省第一家插秧机制造厂等，工业基础较好。进入上个世纪80年代，乘改革开放之势而上，永安工业如虎添翼般地迅猛飞跃。老厂焕发青春，旧貌换新颜；新的企业如雨后春笋，遍地拔竹芽；工业园区精心布局，后劲显实力。至2010年底，永安拥有工业企业2700多家，仅以"十一五"期间变化为例，全市规模以上工业企业由2005年的148家增加到271家，产值超亿元企业由16家增加到102家，纺织、林竹、建材、机械、化工五大支柱产业集聚不断加强。工业大园区的建设，有利整合资源、优化布局、扩大规模、提升档次。永安重点打造的南部汽车城和总面积约76平方公里的北部工业新城，向南北拓展，众多企业已纷纷入驻，看了令人振奋。

那天，我到正在建设中的中国重汽集团海西汽车有限公司参观，站在布有一条 450 米长的中重卡总装线，和一条 300 米长的轻卡总装线的厂房里，被其庞大的空间所震撼，同时也对它充满了期待。近日，传来该公司中重卡新总装生产线第一辆汽车正式下线的喜讯，标志着永安汽车及机械产业迈向更高的起点。

永安是闽西北交通枢纽和重要的物资中转、集散地；是中国优秀旅游城市，旅游带动着服务业的发展。永安经济活力四射！

四

有人用"天下幽奇"来形容永安的风光之美，我觉得倒也恰当。奇在那些山岩洞穴，幽在那些林木竹海，而它们呈现出来的风采却是那样地秀丽妩媚，就像永安的市花含笑，香气四溢，娇羞内敛，风情迷人！

当初我有闲观赏永安山水之时，曾为城市周围有这样丰富且旖旎的景色而赞叹！离市区仅 10 多公里即有桃源洞和鳞隐石林，其中桃源洞属干燥气候条件下的陆相河流沉积，鳞隐石林则属浅海、半深海相沉积，二者相距不过 20 公里，沉积环境却截然相反，是我国唯一的融丹霞地貌和岩溶喀斯特地貌为一体的风景名胜，堪称世界一绝。

几处景区我都游览过，而且不止一次地畅游，云云景致令人流连忘返。桃源洞景区入口处，120 米高峭岩壁上，刻有明代两郡司马陈源湛书题的"桃源洞口"四个大字，每字 2 米见方，并附有律诗一首："介破巉岩一涧流，探奇乘涨弄扁舟。悬崖高削千寻玉，幽壑寒生六月秋。点岫烟云闲去住，忘机鸥鸟自沉浮。武陵人远桃空在，临眺踌躇意未休。"诚然，桃源洞本无洞，只是高削的悬崖裂成巨缝，给人"洞"的错觉。也正是因为如此,有许多奇峰峭壁造就了雄、绝、奇的景观特征。被明代著名旅行家徐霞客,用"大、逼、远、整"四个字概括其特色的"一线天",是已知世界上最狭长的"一线天"。而作为桃源洞景区中最大的壁崖百丈岩,其巉峻,其高峭,其怪异,周围所有峰峦都无法与之相比试。难怪宋代宰相李纲与左正言邓肃偕游桃源洞,要留诗赞道:"天下幽奇多僻壤,真疑造化恶人知。"

鳞隐石林另有一番风情。总面积1.21平方公里的景区,由鳞隐石林、洪云山石林和十八洞景点组成。清雍正七年(1729年),由民间开发,历时6年,建有亭、台、楼、阁和书院。取"天故隐其迹"之意,又因石芽表面呈鱼鳞片状,故名"鳞隐"。景区内目光所及,蚀洼、钟乳、鳞壁、石灰岩形态多姿多彩。四处是石柱、石锥、石笋、石门,拟人状物,惟妙惟肖,置身其中,仿若进入一座动物石雕园和盆景世界,尽览天工造化之神奇。

我以凤凰作比喻,山为体,林为羽。没有体,羽无依附,也缺乏立体造型;没有羽,体无披挂,也缺乏丰满色泽。有林的山,更显秀丽幽美,更加活泼生动!永安的竹林绵延成片,无边无际,茂盛博大,绿遍大地。有人甚至说永安的风也是绿的,清凉舒爽。"活水有源头",自古以来,永安人钟爱森林,有保护山林的好传统。清乾隆三十二年(1767年)闰七月立有永安县奉宪禁伐碑,这是永安乃至三明境内现存最早的禁碑,碑文内容为禁止在坂尾山场乱伐松杉木。史上民间类似禁伐碑,至今还保留有37块。目前,永安森林覆盖率达到83.2%,林木蓄积量2210万立方米,居福建省首位,荣获"全国绿化模范市"和"国家园林城市"等称号。

2006年11月,永安被国家林业局和中国竹产业协会授予"中国竹子之乡"称号。永安竹林面积100.5万亩,农民人均拥有竹林面积 6.7 亩，居全国首位。晚秋的一个下午，我来到九龙竹海国家森林公园游览，极目瞭望，随着山势跌宕起伏的竹林，碧海荡漾般地搏动，向远方泛化连接天际，浩瀚杳然极其壮观；近察细瞄，一排排婆娑摇曳的翠竹，轻歌曼舞般的节奏，婀娜翩翩与我相伴同行，情韵缠绵妙趣横生。这是一次享受宁静和陶冶性情之旅。

2006 年 10 月，中央电视台曾授予永安市"中国魅力城市"称号，我以为当之无愧！

绿色之都

戎章榕

走进永安，走进绿色之都。

永安依山傍水，放眼望去，盎然的绿色铺天盖地。仔细辨析，绿色中有墨绿、青绿、深绿、蓝绿、浅绿、明绿、暗绿……每一种绿在秋日澄净的天空下愈加显露着各自的魅力，至纯至真，透明透亮，让人联想起朱自清的散文名篇《绿》。福建省森林覆盖率63.1％，是全国第一，而永安市2942平方公里的土地森林覆盖率达83.2％，木材蓄积量2210万立方米，是全省的第一，也是我国南方48个重点林区县（市）之一，是一座名副其实的"绿都"。在当今日新月异的城市化进程中，在一座座钢筋水泥的丛林里，绿色越来越成为一种奢侈品，永安市能够荣膺中央电视台2006年评选的"中国魅力城市"之一，很大程度上是得益于绿色。

走进燕城永安，走进中国最绿的省份、福建省最绿的城市，感受绿、感慨绿、感悟绿……

绿色家园　生态优先

家住在永安市后溪洋社区的张先生，退休后，每天几乎都会来到葳蕤绿色的龟山公园晨练。踏着晨曦，伴着草木的苏醒，舒展着浑身的筋骨，会让他感到一天的心情都很舒畅。他说，自从市委、市政府2011年创建省级森林城市以来，又投入近

2000万元巨资对龟山公园进行改造，把森林引进城市。目前已完成一期工程改造，二期建设正在有序推进。

永安城市建成区绿化覆盖率达44.78%，人均公共绿地面积10.8平方米，位居全国前列。永安市并未因此而满足，2011年初决定申报省级森林城市。永安市近年来单以绿色荣誉计，已先后获得全国绿色小康县市、全国绿化模范县市、国家园林城市和海西十大空中最美家园等一批国家级、省级光荣称号。再争取一块省级森林城市的牌子，应当说并不困难。但永安市委、市政府却以此为契机，多一块牌子不只是多一项荣誉，而是作为自我施压提升衡量工作的标杆。

为此，市委、市政府把创建省级森林城市列入重要议事日程，摆上突出位置，成立了创建省级森林城市工作领导小组，由市委书记黄建平担任组长，市几套班子有关领导任副组长，市直相关部门及15个乡镇街道主要领导为成员。制定了《永安市创建省级森林城市工作方案》，进一步细化量化工作目标和任务，将创建工作分解到具体责任单位，各职能单位按照任务分解，各司其职，密切配合。在创建期间，由市监察局牵头，市委文明办、市效能办、市绿委办组成联合督查组，定期或不定期开展专项督查，及时发现并研究解决创建过程存在的问题，确保创建工作按时序推进。

在创建森林城市的过程中，为了响应省委省政府提出的实施"四绿工程"（绿色城市、绿色村镇、绿色通道、绿色屏障）的号召，永安市结合前几年工作的业绩，逐步形成了"点上绿化成景，线上绿化成荫，面上绿化成林，环上绿化成带"的城市绿色生态圈，既保护了生物多样性，又美化了城市生态环境，实现了"质"的提升。2011年新增公园绿地8.1公顷，改造绿地面积40.4公顷。

点上绿化成景。重点推进东坡森林公园、九龙竹海公园、将军顶森林公园、龟山公园等一批城市公园、景区绿地建设和景观改造工程，提高城市绿化水平。其中，东坡森林公园位于永安市城郊，规划总面积794.8公顷，森林植被以人工林次生林为主，建有西峰山琴院、板栗园景观群、沿江滨文化景观大道等文体休闲类公益项目，累计完成投资3000多万元；九龙竹海森林公园，规划总面积2万多亩，建有竹林生态小区、竹海景观、竹神睡石等旅游景点，已成为集生态旅游、观光、健身、休闲于一体的竹子现代科技园区。

线上绿化成荫。永安市境内有"一江两溪"即燕江、巴溪、后溪河，为此，系统规划了两岸绿地，并将"一江两溪"绿化整治列入2011年市委、市政府为民办实事项目来抓。同时抓好城市主干道的绿化配套，追求"绿随路建、有路皆绿"，通过实施种植多排行道树、多种乡土珍贵树种和建设城市林荫景观道相结合的做法，因路配树，因景配绿，做到栽大苗、建大绿、成大荫。

面上绿化成林。重点实施退耕还林工程，倡导全民义务植树活动，加大城市风景林地、防护绿地和生产绿地建设力度。虎形山、北陵、莲花山等风景林地全面实现封山育林。全市义务植树尽责率达100%以上，植树成活率和保存率保持85%以上。早在2003年，永安市就在三明率先组织开展创建"绿色社区"活动，生态建设走在三明市前列。现在已有2个"省绿色社区"，5个三明市绿色社区；全市11个乡镇已有10个通过省级生态乡镇验收。贡川镇、安砂镇已申报国家级生态乡镇，贡川镇新发冲村创国家级生态村已通过省里初验。

环上绿化成带。采用了宜林则林，宜草则草方式，因地制宜种植多排绿化树，合理搭配各种季相植物，形成环绕城区的绿化林带。全市"两沿一环"（即高速公路、国省道、铁路交通主干线沿线一重山、沿溪沿河一重山、环城市周边一重山）造林绿化带取得明显成效。近两年来，累计完成境内沿路、沿溪、环城一重山造林绿化 8960 亩，境内高速公路绿化 96 公里，国省道两侧绿化 139 公里。

植绿固然需要，护绿更为重要。永安市在绿化管护上坚持依法管绿、依法治绿。在城市绿化规定上严格管理。严禁任何单位和个人擅自改变绿地规划使用性质，占用城市绿化用地，破坏绿地规划地形、地貌、水体和植被，对不符合规划要求的原有建筑和构筑物，做到分期分批逐步拆除，有力维护了城市绿线的严肃性和权威性。注重古树名木保护，出台了《古树名木保护管理条例》，林业部门及园林部门对全市城乡古树名木经常开展普查、鉴定、建档、挂牌、综合复壮等各项管理保护措施。同时，精心组织修编《永安市城市绿地系统规划》《永安市森林城市建设总体规划》《永安市城市绿地防灾避险规划》《永安市城市绿地绿线规划》和《永安市城市植物多样性调查和保护规划》等多部规划，确实做到与时俱进，规划先行。

永安市已于当年 9 月 23 日通过了省级森林城市的验收。通过验收是预料中的事，怎样坚持生态优先的理念倍加珍惜、倍加爱护绿色家园，则需要持续作为，不断提高标准。在龟山公园晨练的张先生，是个有心人。他说，新的市委书记到任后将原先永安建设成为"宜居宜业"现代化区域中心城市改为"怡居宜业"，一字之改，富有蕴含。说到"怡"，让人首先想到的是"心旷神怡"，永安用生态优先的理念构建绿色家园，不仅只是适宜居住，而且是诗意地栖居和生活。

一个城市是否怡居，很大程度取决于环境，这就是永安市为什么花大气力引入森林营造的"绿肺"。拥有"绿肺"的城市能产生美丽，生发力量。城市"绿肺"能把六合之气和人的灵气都融进了自然，透出的是从容、安适、舒心和怡然。

绿色发展　低碳抉择

2011 年 11 月 5 日，在中国重汽集团福建海西汽车有限公司重卡新总装配 450 米长的生产线上，一辆崭新的红色"海西福泺"重卡汽车正缓缓下线。福建海西汽车项目自 2010 年 11 月 6 日启动以来，仅用一年时间，就完成了中重卡新总装生产线的建设、安装和调试，实现了第一辆汽车下线，充分展示了全体建设者高效的工作和良好的精神风貌。

青山绿水，是永安最亮丽的一张城市名片；优良生态，是永安最突出的一大资源优势。但是，这张名片、这一优势会不会成为制约永安发展的一个"包袱"？至今仍为永安人引以为豪的 83.2% 森林覆盖率，是出于 1996 年全国二类资源调查的数据。十几年来，永安不可能固守着这方青山绿水而不思进取。要发展，是否就要付出牺牲环境的代价？永安市的发展实践证明，"鱼和熊掌可以兼得"。永安市连续 17 年位居"福建省综合经济实力十强县（市）"行列，是省"十强县（市）"中的唯一的山区县（市），并在去年全省首度开展的县域科学发展评价中入选"十优县（市）"。发展是硬道理，生态保护是硬任务。经济增长可以与生态建设同步，既要"金山银水"，更要青山绿水。为此，林业部门硬性规定，凡是建设占用了一亩林地，就必须补偿一亩非林地，确实做到占一补一，确保现有的森林覆盖率。在经济社会发展中不仅挖掘了"金山银水"、保护了青山绿水，而且逐步确立了"青山绿水就是金山银水"的理念。

永安市选择了绿色发展，低碳经济的路径。低碳经济如今已为大家所耳熟能详。低碳经济是以低能耗、低排放、低污染为基本特征，是继"工业革命"、"信息革命"之后的又一场"能源革命"。低碳经济发展模式已成为各国转变经济发展方式，实现可持续发展的一种共识。发展低碳经济的路径无非是两条：一条是节能减排，一条是增加碳汇。

为了与全省在更高起点上科学发展、跨越发展的路径衔接，在实施省里部署的"五大战役"中，永安市这一两年引进了一批投资10亿元以上重大生产性项目，如中国重汽海西汽车、建新橡胶全钢轮胎、汉华纺织科技园、大帝新材料及新越金属材料等，并有一批如永林林板一体化、万年旋窑水泥、安砂旋窑水泥、福建众塑全生物可降解PVA薄膜等项目相继竣工投产或部分投产，为永安市今后的发展增添后劲、壮大实力。作为环境保护的执法部门，永安市环保局坚持"进一步解放思想，树立服务项目第一"的理念，将履行环保职能与项目建设紧密衔接。对新开工的项目，坚持区别对待、有保有压，把好环保关。坚持开发与保护并重，实现经济与生态双赢。

中国重汽海西汽车项目的落地，就是永安市环保局高效服务经济发展的一个典型事例。中国重汽海西汽车项目总投资20亿元，预计至2015年形成年产20万辆整车、产值300亿元的总体目标。该项目2010年"9·8"签约，2011年1月1日实现资产交割，3月8日进场施工建设。半年时间，13万平方米的厂房就拔地而起，新厂区建设和生产经营两大战场同步推进。在如此的高效建设中，不乏环保局的一份助推。为确保项目早日投产，永安市环保局实行重点项目保障制，派专人全程协助项目环评审批跟踪服务。主动登门服务，提前介入，现场办公。通常需要耗时半年的环评审批，半个月就完成。2011年5月17日，该公司重卡商用车生产基地项目环评获得了省环保厅批准。

在做好环境评价服务的同时，永安市环保局还认真落实减排目标，推进清洁生产，污染物排放总量明显削减。由此，先后获得2006年至2008年度全省县级城市环境综合整治定量考核第一名、三明市2009年度流域水环境综合整治工作考核先进单位、2010 年第一次全国污染源普查先进集体等荣誉称号。

截至 2011 年上半年最新数据显示，永安市环境质量按功能区基本达标。市中心的环境空气质量保持在国家二级标准内，河流水质和饮用水源水质达标率均为 100%；新污染源得到一定程度控制；重点流域、区域污染防治工作逐步推进；完成 2010 年度城市环境综合整治定量考核工作，顺利通过省、市环保部门的考核检查，并取得全省县级市第七名的好成绩。

赢得如此优良的环境质量，不光是节能减排，还有森林碳汇的功劳。众所周知，植树造林有利于吸收二氧化碳，扩大森林覆盖率就是有效增加碳汇。增加碳汇是减排的有效措施，通过植树造林达到增加森林碳汇的目的。永安市自 2002 年以来先后建立了 23 个义务植树基地和多个市级造林绿化示范片，有效地推动了全民义务植树活动的深入开展。同时，还通过林改来激发和调动广大林农造林育林护林的积极性。

"要让山绿起来，更要让人富起来！"永安市自从 2003 年 5 月在全省率先实施集体林权制度改革以来，做到"山有其主、主有其权、权有其责、责有其利"。通过林改，确立了农民作为林地承包经营人的主体地位，形成了责权利相统一的集体林经营管理新机制，广大林农从漫山的青翠中、从辛勤的劳动中收获了致富的希望。据永安市林业局提供的数据，2010 年全市农民人均林业收入比 2003 年翻了一番，全市林竹产业每年约可吸纳农村劳动力 5.76 万人，占全市农村劳动力总数的 60% 以上。全市林业总产值从 2003 年的 16.6 亿元，增加到 2010 年的 75.7 亿元，涉林产值占全市工农业总产值的 1/4 左右。

在完成了"明晰产权、承包到户"的林权改革第一步后，永安市继续将改革向纵深推进。被列为全国唯一的林业改革与发展示范区，集体林权制度改革继续领先全国。在此基础上，选择森林资源资本运作、采伐管理制度、林业合作经济组织建设、林业管理体制创新等四个方面作为改革试验重点，围绕进一步解决林权到户经营单位变小后，林农发展林业的钱从哪里来、树要怎么砍、单家独户怎么办等林农最关心的热点、难点问题和管理职能怎么转变、服务工作怎么加强等林业部门迫切需要解决的问题，通过持续探索、创新、突破，建立起林业又好又快发展的长效保障机制。通过100万亩生态公益林保护、200万亩商品林科学经营、100亿元林业产业升级、和谐林区建设等四大工程，促使产业生态化、生态产业化，以发展示范促进资源增长、农民增收、生态保护、产业升级和林区和谐，将永安林业推向科学发展的新阶段，真正实现了"绿起来、活起来、富起来"。

永安市绿色发展的实践再次说明，只有当广大老百姓从生态环境的开发和利用中获得收益和实惠，他们才会更加自觉地保护环境，促进生态良性循环，"生态优先、低碳抉择"战略也才具有实质意义。

绿色学校　环保教育

秋日的一天，永安市一中的同学们在老师的带领下，驱车来到位于上坪乡的九龙竹海秋游。九龙竹海2008年被评为"国家级森林公园"，据说是全国唯一以竹林为主的"国家级森林公园"，赏心悦目的是竹林的神韵，激荡内心的是对家乡的自豪感。走在竹林幽径，孩子们的身心被绿色浸润：目光被染绿了，心和血液也被染绿了。竹林摇曳多姿，不仅带给人不同的视觉享受，而且从竹笋到竹制品的形成包含着丰富的科学文化知识，满足了孩子们寓学于游、增长见识的需要。

俗话说，"十年树木，百年树人"。永安市为了可持续发展，永葆青山绿水，不仅重视苗木基地建设，而且更加重视青少年的环保教育。

在绿化苗圃建设上，永安走出一条专业化生产与全社会自办自建相结合的道路，鼓励个体参与苗圃建设。2007年以来，共新建永浆苗圃、桂口苗圃等国有苗圃4.4公顷，嘉龙花卉苗圃、青樟花卉园、祥和花卉农庄等私人苗圃2.7公顷，城市绿化美化工程所用苗木自给率达85%以上。正是这些苗圃为永安的"青山常在、绿水长流"提供了源源不断的苗木。投资1.2亿元兴建的永安市最大的珍稀珍贵树种繁育中心，基地规划总面积8000亩，现已完成核心区建设120亩，建有温棚2000平方米，育苗土地3500平方米，杉木第三代无性系种子园母树林580亩，收集有木兰、楠木、香樟等珍稀珍贵树种30多个，年可培育香樟、楠木、红豆杉、油茶等珍稀珍贵、乡土树种近20万株，被福建省委宣传部、福建省科协列为福建省科普教育基地，为哺育下一代的环保人才成长提供了又一个平台。

永安市同样引导社会力量参与环境教育的设施建设，发挥其环保文化的功能。比如，益地生态庄园在2003年7月经市环保局、教育局检查验收，确定为首批"永安市环保教育基地"。该庄园在创建之初就确立了其核心理念：一方面，让青少年能够享受大自然的美，如对清洁水质、湿地的认识，呼吸新鲜空气，观赏鸟类等野生动物，体验人与大自然融洽的氛围；另一方面，组织学生游览、考察、调研等活动，学习自然景观和生态环保等知识，充分感受节约资源、减少污染、绿色消费、垃圾分类、循环回收、万物共生、保护自然、回归自然的生活理念。一个私营庄主早在10年前创办生态庄园时就有这样先进的环保意识、生态文明意识和可持续发展意识，是令人尊敬的。

多年来，永安市教育局按照国家环保总局、教育部关于"绿色学校"表彰及管理办法以及《福建省绿色学校发展规划（2006—2010）》的要求，充分利用创建"绿色学校"这一载体，把环境教育作为实施素质教育和优化校园环境的切入点，进一步唤起全体师生的环保意识，规范师生的环境行为，使可持续发展"从观念走向实践"。每年利用宣传"爱鸟周"、"地球日"、"环境日"、"水日"等与环境保护有关节庆日，传播环保知识。每年的植树节都组织师生植树，绿化、美化和净化校园。通过创建活动，唤起青少年对环境教育重要性的认识，培养对美好环境认真维护的精神，并化为爱护环境、保护环境的自觉行动，为创建可持续发展的良好环境尽力尽责。截至2011年，永安市已有6所省级"绿色学校"，9所三明市级"绿色学校"。

永安一中是创建"绿色学校"的佼佼者。多年来坚持开展环境教育综合实践活动，极大地提高了学生的实践能力和创造性思维能力，取得了可喜的成果。2004年4月，阮欣同学参加省环境新闻大赛荣获一等奖；罗春和、黎梦婕、罗华明同学的《揭开安贞堡无蜘蛛、蚊子之谜》在第18届全国青少年科技创新大赛中荣获福建省一等奖，该研究成果先后在福建电视台拍摄的专题节目《发现档案》——《镇宅的夜行者》和中央电视台《走近科学》——《壁画中的密码》播出；2006年3月，《今天小制作，明天大手笔——生态城市的构建》等两篇作品，在全国青少年科技创新大赛中荣获二、三等奖，永安一中还因此获得了全国青少年科技创新大赛优秀组织奖的殊荣。2008年12月，在第二届"未来杯"全国中学生创意设计竞赛中，永安一中选送的"城市之肺"——环保公交作品获二等奖……所有这些奖项都充分说明了该校学生的创新精神、探究品质、合作意识和实践能力得到了长足的发展。永安一中因此在2002年7月被评为"永安市绿色学校"；2003年5月被评为"三明市绿色学校"；2004年4月被评为"福建省绿色学校"，同年12月被国家环境保护总局、教育部授予"全国绿色学校创建活动先进学校"称号；2007年9月国家环境保护总局宣传教育中心为该校颁发"校园环境管理项目成员学校"牌匾，同年12月被福建省建设厅授予"省级园林单位"称号。

绿色学校的教育成果看得到的是这些荣誉，看不到的是孩子们日渐纯净的心灵。都说森林是盛产童话的基地，那美轮美奂的《白雪公主与七个小矮人》《绿野仙踪》《森林中的圣约瑟》《林中小屋》《三根绿枝》等，是文学大师留下的经典，更是森森绿林激发人类无尽想象的结果。都说环保是"功在当代，利在千秋"的事业，那么，从孩子做起，从身边的小事做起，从现在做起，在每个孩子的心田上播撒绿色种子、绿色梦想，就是着眼长远、着眼未来。从某种意义上说，这才是真正确立可持续发展理念的固有使命。

在2011年7月召开的中共永安市第十二次代表大会上，黄建平书记提出明确要求："建设森林永安，提高园林绿化工作水平，力争'十二五'末，城市建成区绿化覆盖率达46％以上。"绿色之都届时要更绿、更靓、更怡居宜业。

面对永安的盎然绿色，在永安市林业局座谈时，几位年轻的从业人士说道，较之全国先进的城市，永安市的森林覆盖率并不算太高。永安市从领导到从业人员都没有把森林覆盖率全省第一挂在嘴上，陶醉其中。放眼秋日燕城内外的斐绿叠丹，林涛竹海，仍持有一份冷静与清醒，这更让人感到欣慰。

绿云旖旎燕城香

陈慧瑛

"长听南国风雨夜，恐生鳞甲尽为龙"

——唐·陈陶《长竹》

竹是大自然高风亮节的君子，是人世间普济众生的观音。

名人雅士爱竹，苏东坡说："宁可食无肉，不可居无竹。无肉令人瘦，无竹令人俗。人瘦尚可肥，士俗不可医。"郑板桥说："四十年来画竹枝，日间挥写夜间思，冗繁削尽留清瘦，画到生时是熟时。"仁人志士赞竹。方志敏写竹："雪压竹头低，低下欲沾泥。一轮红日起，依旧与天齐。"叶剑英咏竹："彩笔凌云画溢思，虚心劲节是吾师；人生贵有胸中竹，经得艰难考验时。"远古至今，千家万户，不论是达官贵人、还是市井百姓，无人不需竹。竹简、竹纸、毛笔等，是中国古文明的主要载体；竹席、竹床、竹柜、竹帘、竹椅、竹筷等，乐器里的笙、箫、管，不胜枚举琳琅满目的竹编工艺，食用的竹笋、入药的竹茹、竹心、竹叶等，真是无时不有、无处不在、无人不爱。

我国的竹文化源远流长。古人把"不刚不柔，非草非木，小异空实，大同节目"的植物称之为竹。远在仰韶文化时代，便有关于竹子利世的记载。7000 年前，浙江余姚河姆渡原始社会遗址内，就发现了竹子的实物；6000 年前，仰韶文化遗址出土的陶器上，已可辨认"竹"字符号。我国辞海中收录竹部文字共 209 个，如笔、籍、簿、简、篇、筷、笼、笛、笙等等。诸如"竹报平安"、"哀丝豪竹"、"青梅竹马"、"日上三竿"一类与竹有关的成语，也比比皆是。竹子最早出现在诗中，是《诗经》的"瞻彼淇奥，绿竹猗猗"；宋朝画竹名家文与可，墨竹潇洒如灯取影代代流传；元代大画家赵孟頫写竹，风枝雨叶笔笔传神，一时脍炙人口。

新石器时代早期开始用竹编织器物，春秋战国时期竹编艺术已臻完美，尤以楚国最为发达。商周时期形成了雕刻工艺，汉代有竹雕艺术品存世，六朝时期文献中有竹艺记载。唐代以后，竹刻名家辈出。竹艺中表现的题材，寄寓着福、禄、寿、喜、财、发、顺、吉等的吉祥文化图案，数千年来一直在民间装饰美术中流行，更被广泛应用于雕刻、织绣、印染、陶瓷、编织、剪纸等各种工艺品的创作中。

竹与中国音乐文化息息相关。我国传统的吹奏乐器、弹拨乐器基本上用竹制造。竹子，对中国音律的起源产生了重要影响，自周朝以后，历代使用竹定音律，故此，晋代就以"丝竹"作为音乐代称，有"丝不如竹"之说。唐代把演奏艺人称为"竹人"。竹是中国传统音乐不可替代的物质载体。

竹对我国宗教文化的影响年深月久。先民奉竹为图腾，把竹作为祭具和祭品。道教和佛教皆崇奉竹子，追求竹子构筑的清雅祥和环境。

在祭祀、婚丧、交际、节日、朝规等社群文化中，竹文化联系着口承文艺、游乐活动以及信仰习俗，从而构成了民俗文化的重要元素。

自商代以来，竹简和木简为我们保存了东汉以前的大批珍贵文献，如《尚书》《礼记》《论语》等。殷商时代用竹简写的书叫"竹书"，用竹简写的信叫"竹报"。竹笔的发明在文化史上也具有开拓性的一页，殷代出土的甲骨、玉片、陶器上都留有毛笔书写的朱墨字迹。早在9世纪我国已开始用竹造纸，比欧洲约早1000年。关于用竹造纸，明代《天工开物》中对它作了详细记载，从竹简到竹纸，竹子在文化发展史上始终占有重要地位，对保存人类知识、传承中华民族光辉灿烂的历史文化，丰功伟绩不可磨灭！

竹无牡丹之富丽、松柏之伟岸、桃李之娇艳，但她飘逸不群、朴实无华，不论土地肥沃贫瘠，不管人间雨雪风霜，刚正谦虚、默默无闻地把一生一世，完全无私地贡献人类。竹的高标劲节，永远令人折服！竹的奉献精神，永为人世楷模！

江南水乡，翠竹青青随处可见，那婀娜身姿、如云绿鬓，给大地平添了无数生机、无限风韵！只知福建山城永安，人文荟萃风景如画，有桃源洞、鳞隐石林、天宝岩、安贞堡、贡川镇等数多名胜，却想不到被美誉为"诗意栖息地"的永安，竟然主要得益于漫山遍野的绿竹！

我到永安，已是初冬，树木葱茏，满城绿意，一种水灵灵生意盎然的气息，特别熨帖地氤氲在我的心坎里。好客的东道主知道我首次来访永安属"处女游"，分外热情，告诉我城里的"绿"不过是小儿科，大抵人工培育而来，真正的"绿"，在竹海！平生爱竹，引为知交，于是如渴晤老友，迫不及待请主人安排"竹海"之行。

辛卯年阳历 10 月 26 日，承永安市林业局小刘相陪，驱车前往城外上坪林业站。小刘一路向我介绍：永安地处武夷山与戴云山过渡地带，境内有九龙溪和巴溪交汇于城西，形似燕尾，故别名"燕城"。燕城山水相依，泉瀑遍地，十分有利林木花草生生不息。一年四季，香樟、铁树、茶、梅、火力楠、松、柏、榕、黄金桂、美丽针葵、水杉、阿丁枫、山樱花、凤梨、三角梅、吊钟花、猴头杜鹃等等，真是沸沸扬扬、郁郁葱葱、姹紫嫣红。至于竹子就不用说了，你去看看吧，耳听是虚眼见为实！

当然，小刘还是忍不住如数家珍——他说，永安拥有竹林 100 多万亩，农民人均竹林 6.7 亩，居全国之首；年产笋干

7200 多吨，也是全国之最；全世界竹子大约 1200 多种，我国拥有 250 种，永安占了 76 种。其中散生型的如紫竹、方竹、毛竹、淡竹等等，丛生型的如佛肚竹、凤凰竹、青皮竹等等，混生型的有茶竿竹、苦竿竹等。2001 年 11 月，在洪田镇附近，发现近万亩连片苦竹林群落，面积之大为福建第一。2006 年 11 月，永安市被国家林业局和中国竹产业协会授予"中国竹子之乡"称号！

永安竹林，以九龙竹海为最，现在被命名为"九龙竹海国家森林公园"。近年来，永安作为全国唯一的林业改革与发展示范区，不仅在集体林权制度改革和生态建设方面取得了显著成效，而且在林竹产业发展方面也一直走在全国前列。目前，永安拥有笋竹加工企业 200 多家。笋竹加工产品，已涵盖家居、建材、工艺、保健、化工、食品、文化、生化利用等 10 余个行业近 200 个品种，永安成为福建最大的竹胶板生产基地，2010 年，竹产业年产值达 24.6 亿元。冬笋、春笋、闽笋等毛竹"三笋"年年丰收。3 年来，上海"两会"一直指定永安冬笋为专用礼品，每年需求量约 4 吨多。闽笋干更是江浙一带笋商"追捧"的爱物。

车行个把小时，言犹未尽已抵上坪，我们会同上坪林业站小王，三人一起奔九龙竹海国家森林公园而去。是日大雾茫茫，行车山中，如同腾云驾雾一般。城里温度在 22 摄氏度左右，山间只有 14 摄氏度。可见夏日炎炎中，这里是何等惬意的避暑胜地！

九龙竹海国家森林公园位于永安市东面永上公路龙共段。公园分为九龙竹海、天斗山和青水畲族乡生态茶园 3 个景区，总面积约 1705 公顷，森林覆盖率达 90.25%。每个景区各具特色、互相映衬，共同构成了森林公园"竹幽、林茂、峰峻、水清、瀑奇、茶香"的自然景观。

公园以福建省竹子现代科技园区为龙头，沿着溪边毛竹山、古树林和仙人睡石等旅游点连片开发，形成气候条件优越，自然景观优美，森林植物资源、野生动物种类丰富的旅游景区。公园由于地处戴云山余脉，地质构造切割深度大，重峦叠嶂，水流湍急，奇洞深罅，形成九龙瀑、竹神阁、竹神睡石、碑刻、古树王等特色景观。走进竹山，林海绵延，可谓"竿竿青翠滴，个个绿生凉"，如同大自然镶嵌在永安市郊的一处天然氧吧。

　　我此行目的地，在九龙竹海。到得山上，朦胧岚光里，依稀可见高大巍峨的"九龙竹海"牌坊横亘眼前，下车过牌坊，一望无涯浩浩荡荡凌空穿云的无数翠竹，绿雾涌动如茫茫大海波涛起伏，那一种惊天动地的恢弘壮丽气派，令人不得不深深感叹造物主的赐予和永安人改天换地的创造！据说当年竹林自然放养，自生自灭，无论竹竿竹笋，大抵清瘦低产，如今当地政府引导竹农高效施肥、挖沟引水、适时灌溉，毛竹如婴儿，有人悉心照料便茁壮成长，于是枝枝粗壮、竿竿挺拔、碧叶参天、竹笋丰腴。

　　如今，永安竹农在竹山的每一竿竹子上都插上标签，像"选女婿"一样把优秀壮实的笋竹挑选出来，让"毛竹王"脱颖而出。广大竹农大胆尝试竹山分类经营，使每亩毛竹立株数和竹山收入，提高至10年前的3—5倍。2011年1月17日，永安市西洋镇福庄村竹农吴新民，从自家竹山上挖出一串长约80厘米的竹鞭，上面生长着22个"连体龙船"冬笋，总重量约10公斤，一时成为轰动当地的奇迹！小王告诉我，2008年福建永安笋竹文化旅游节期间，丰田村农民邢永旺的一竿毛竹，以胸径17.3厘米的好"成绩"，获得了全市唯一的"毛竹王"金奖。可当天我们在竹海里，寻寻觅觅中却找到了胸径17.7厘米的今年的"金竹王"！

　　竹农一年四季辛勤呵护竹山，竹山便成了竹农的"金山"。

据统计，2002 年以来，全市共完成竹林低改 40 多万亩，竹山高效经营 20 多万亩。高效经营区内，每亩年平均收入都在 1500 元以上，高的达到 3000 多元。

这里的竹海风情神韵，也吸引了无数中外游客。夏日绿云如涛，绿风如酒，令人心清气爽，暑气全消；冬天大雪如絮，翠竹如玉，莽苍苍满山粉妆玉琢，真是人间天上！至于品格的熏陶、楷模的教化，那就都在潜移默化的不言之中了。想起《解读贡川》书中有这么几句："远远地读其苍茫，近近地读其清幽，粗读其古朴，细读其深沉。"我想，此四句，不正是哺育了一代代永安人葳蕤生命与优秀品格的九龙竹海之谓乎！燕城有幸，绿竹长青，绿云常驻，芳名留千古！

从清幽绝俗的九龙竹海恋恋不舍归来，我心怅然，感慨清思不再又要步入都市扰扰红尘之中，想不到竟在一临水酒家的粉墙上，见题有杜甫诗一首：

清霜白云明月天，与君同钓木兰船。

南湖风雨一相识，夜泊横塘心渺然。

心中不免惊喜：一来由衷赞叹永安城不愧人文厚重之地，连偏街小店也风雅如此；二来此诗中意绪，直是我与九龙竹海匆匆相聚又依依分手的心境呢！

安得广厦千万间

—— 永安市安居工程巡礼

高珍华

满城尽显安居乐

九龙溪和巴溪闪烁着粼粼波光，唱着欢歌从永安城区流过，它们在交汇处扩展成一条大河，浩浩荡荡向东奔去。从空中俯瞰永安城区，两条河流与一条大江，形状极似燕子展翅，所以永安就有"燕城"的别称；九龙溪与巴溪汇合成的大江，就称燕江。

燕城大地上，楼群拔地而起，挤瘦了城市的空间。楼群间繁花织锦，绿茵遍地，灵动了街衢，灵动了社区，亮丽了每一个角落。500多年前，明朝皇帝代宗朱祁钰经历了"铲平王邓茂七"农民起义军的沉重打击后，于明景泰三年（1452年）析沙县、尤溪、大田各一部，建立永安县，祈望这里"永远安泰"。500多年后的今天，这里的人民将"永远安泰"的含义演绎得尽善尽美。请看：下渡、含笑大道、新体育场旁那一幢幢整齐美观的新楼房，与蓝天白云试比高，焕发着骄傲与自信的神采；绿篱红花映衬着童叟甜蜜的笑容，安逸宁静中飘荡出祥和的气息。谁能说这里只是个安居工程，分明是一个有档次的文明社区。

见到我满脸惊讶与佩服的神色，永安市住房保障与房地产管理局章德安微笑着告诉我：2008年以来，永安市以被列入福建省住房供应体系建设试点城市为契机，立足实际，针对不同住房困难群体，分类型落实政策，分层面推进保障，不断完善工作运行机制，构建了多维立体的住房供应体系，取得了明显成效。目前，全市已建在建各类保障性住房和棚户区改造8475套，发放廉租住房租赁补贴774户，9249户城镇中低收入家庭从实物承租、产权买受、租赁补贴等多个渠道享受住房保障，惠及城镇人口达16.3%。说到这时，章德安爽朗一笑，说全省保障房供应到2013年要求达到城镇人口的20%，永安市2011年已经完成了16%以上，保准提前完成省里下达的目标任务。

我顿时被他们的乐观情绪感染了，仿佛看到一户户从棚户区里搬迁进安居工程的人家，个个喜上眉梢，家家喜气洋洋。大红灯笼高高挂，佳肴美酒香四溢。

"满城尽显安居乐！"我情不自禁地脱口而出说了一句赞美的话。是呀，有这么美好祥和的安居环境，能不在睡梦中笑出声来么。

惠及万户福满堂

要想知道永安市是如何抓好安居工程建设的情况，我想应该先采访永安市住房保障与房地产管理局的局长，才能更详细地了解到安居工程的规划与建设过程。但同来的罗副局长带着歉意双手一摊，说很抱歉，局长到市里开会了，由他和章德安介绍情况吧。接着，他扳着手指如数家珍般和盘托出他们创造性地做好安居工程的经验：

首先是认识问题，老百姓的事无小事，民生工程乃关系到千千万万民众的大事。永安市历任党政领导想困难群众之所想，早计划早起步，将安居工程提到议事日程上。这几年房地产市场风生水起，大有掀动经济市场滔天巨浪之势，不时有"地王"

如魔头出世，将房价直线拉升，让想购房者目瞪口呆，望"房"兴叹。尤其是那些住棚户区或生活还处在温饱边缘的困难户，更是让无房之苦的烦恼折磨得脸上无光，连说话都没了底气。他们盼呀盼的，终于盼到了圆梦的祥光照亮了他们的心坎。2006年3月，永安市率先开工林业新村117套廉租住房建设；同年，配租低保户入住，成为全省最早实施廉租住房保障制度的县级城市。2006年年底，又率先在含笑大道开工建设全省县级城市规模最大的经济适用住房。试想，一户户搬进宽敞明亮的新楼房居住的人家，该是多么兴奋与激动呀。住棚户区几十年了，也盼新楼房几十年了，如今终于有了崭新的新居，有了一方属于自己的天地，该好好感谢党和政府，感谢东风化雨的新时代啊！

　　其次是惠及面问题，虽然进入21世纪以来，房地产热一浪高过一浪，购新房的人群日益扩大，但真正能买得起新房的人还是属于少数。单说永安市吧，即使只是个县级市，人口却在三明12个县（市、区）中排名前列。如果以城区居住人口计算，在三明市算得上遥遥领先，20多万人居住在城区20多平方公里的土地上，人口密集度相当高。加上永安是工业城，各类企业历史包袱沉重，一定程度上影响了新城镇建设的进度。尽管困难多情况复杂，但永安市历任党政领导班子铁了心，要为民生而想而做"功德无量"之事，要将安居工程当做头等大事来抓。从2006年以来，念好民生工程"圣经"，唱好安居工程之歌，使全市安居工程跨出了一大步。同时，实现了"三个延伸"，即：保障家庭经济收入从低收入延伸到中等偏下收入；保障区域从本市城镇居民家庭延伸到乡镇集镇非农业家庭；保障对象从本市非农业家庭延伸到已就业的大学毕业生及缴纳社会保险"五金"满一年的外来务工人员。真如一首歌中唱的那样：只要人人都献出一点爱，世界将变成美好的人间。

为民谋福功德著

在接受采访永安市安居工程任务时，我心想：采访永安市住房保障与房地产管理局，事先应该对安居工程有一个粗略的了解，于是，便上网查一查这个让广大群众千呼万唤的"安居工程"究竟有多大的含金量。原来安居工程是政府的一项"德政工程"，是政府运用市场机制的基本原理，解决中低收入居民的住房问题的一种手段，兼有调控住房市场，调节收入分配的作用。建设安居解困房，有助于逐步缓解居民住房困难、不断改善住房条件，正确引导消费、实现住房商品化，最终目的是为了解决城镇居民的住房问题，提高城镇居民的居住水平，体现了政府对住房困难户的关怀，体现了社会主义的优越性。到了永安市住房保障与房地产管理局后，该局罗副局长告诉我说，永安市"安居工程"机制有创新，思路有突破，经验较丰富，引起省委领导的关注。2011年夏天，福建省委书记孙春兰带领全省县委书记和县长进行"拉练"考察，看了永安的安居工程后，省领导和各地的县领导都对永安的做法给予肯定，还将全省安居工程经验交流会放在永安召开，让全省各地都来学习永安市的做法，推进安居工程的进展。

从有关材料中，我还了解到：从2006年开始，永安市委、市政府坚持每年把保障性安居工程作为一项为民办实事项目，抓好落实。截至目前，已建在建五期保障性住房8475套，面积达76.2万平方米，共投入资金15.4亿元；发放廉租住房租赁补贴774户；9249户城镇中低收入家庭从实物承租、产权买受、租赁补贴等多个渠道享受住房保障。

好气派！大手笔！15亿元，这数目在一个人口30多万的山区县级市来说，应该是很了不起的数字。我知道，要办好"安居工程"这件功德无量的大事，需要市委、市政府持续推进的力度。我曾经在网络上看到某地一个"世界上最牛的钉子户"，因为不让拆迁房子，四周的人家全搬走了，土地也都平整了，只剩下这一家"钉子户"的房子像碉堡似地高高耸立在一派平川上。且不说这其中的缘故，仅说这种个别现象，在永安市的安居工程实施过程中，也不可能避免吧。

那是那是！章德安淡淡地一笑说，实施过程中难免遇到一些麻烦事或不愉快的事，甚至被人误解、谩骂也会有的。但最终群众也会理解，也是支持我们的。因为安居工程是市委、市政府为民办实事的"德政工程"，售房价格比市场价要便宜一半以上，有的甚至只有最高峰时房价的1/3。试想一套房子以100平方米计算，市场价六七十万元，对一般中低收入的家庭来说，那几乎是个天文数字，只能"望房兴叹"。而有了安居房，仅需20万元上下，就能拿到一套同样面积的新房，岂不乐不可支呢。

先行先试出奇效

古代从政者中曾有这么一句至理名言："当官不为民做主，不如回家种番薯。"如今的从政者也有一句很能感动大众的话，叫"老百姓的事无小事。"比如民生方面：保障"菜篮子工程"、平稳市场物价、城镇居民最低收入保障、安居工程、文明社区、文化教育、卫生健康、体育运动……你能说其中哪一项是小事？都是关乎民生的大事呀！

永安市历任党政领导对民生工程都是予以高度重视、倾尽全力进行打造、连续不断出台政策配套进行鼎力支持的。我知道，如果没有一心为民的高度责任心和自觉性，也就不会在短短几年内抽出十几亿资金来建设安居工程的。他们十分重视政策的引领和导向作用，在国家相关保障性住房政策出台后，永安市结合实际迅速制定出台了经济适用住房、廉租住房、公共租赁住房等8个地方性管理规定及配套政策，对各类保障性住房的开发建设，资金来源，申购、申租条件和程序，销售价格、租金标准、轮候方法等问题逐一明确，并不断进行调整完善，使住房保障工作有章可循、有序开展。同时，还制订出台了《永安市"十二五"住房保障规划》《永安市"十二五"住房建设规划》等5个住房保障建设规划，为"安居工程"提供政策保障，为民生大事保驾护航。

我们只要看看具有特色的几个小区的安居工程建设，就能显现出永安市历任党政领导的匠心独具："拥军小区"、"人才公寓"、"打工家园"……瞧上一眼这些小区的名称，便会知道大致意思了。永安市驻军多，自然就有拥军优属的工作要做，"军爱民，民拥军，军民团结一家亲"，这拥军的故事也就特别丰富多彩。永安市是三明全区中第一个得到"全国双拥模范城"荣誉称号的，那么，开辟"拥军小区"，为军队解除后顾之忧也就是安居工程中的重要一环。

再如设立"人才公寓"，是针对中高级优秀教师、中级以上职称的管理和技术型人才以及大学毕业生等特殊群体住房需求，采取集中建设"人才公寓"和鼓励购买保障性住房的方式予以解决。其他方面的人才暂且不说，单表林业方面的人才，作为林业大市的永安来说，从大林业出发进行配套建设安居工程也是爱护人才的一项措施。永安市森林覆盖率高达83.2%，位于全省各县（市、区）之冠，获得"中国笋竹之乡"荣誉，可想而知林业在经济中的比重之高了。林业资源培育需要大量专业人才，林产品加工需要各种技术人才，即使是木竹流通市场，也需要大批懂市场经济和经营方略的人才。于是，永林股份公司120套"人才公寓"便成了大量专业人才"安居乐业"的保障，成了万众瞩目的"参天梧桐树"、引进"凤凰"的"金窝窝"。

而最让一个特殊群体心动的是"打工家园"。这个群体来自祖国的四面八方，他们成千上万拥进城市，用他们的吃苦耐劳换来了城市面貌的日新月异，赢得了市民的感激与尊重。然而，在过去的岁月里，他们像吉卜赛人一样飘泊不定，往往是蜗居在一片木棚里一年半载，待完成了一座高楼大厦的建设后，他们又举家迁往新的基建工地。他们居无定所，餐风露宿，眼中流露出的是对安居的渴望之色，心中蕴藏的是对"家"的深深眷恋。永安市的党政领导似乎看见了农民工眼中那缕缕对"安居"的渴盼，在全省率先建设"打工家园"，并为他们制定了优惠政策，如缴纳社保"五险"满一年的外来务工人员，也列入享受廉租房保障对象之列。

还有中国重汽集团入驻永安，为永安市带来跨越式发展的机遇。为了解决该集团入驻后汽车产业人才住房问题，永安市委、市政府专门规划、建设了汽车城保障房892套，采取部分租赁、部分出售形式提供给入园企业的各类人才，作为引进、培养、留住人才的重要措施。

唐代大诗人杜甫充满感情地吟唱道："安得广厦千万间，大庇天下寒士俱欢颜。"诗人的愿望在封建社会是根本无法实现的，千百年来封建制度催生出的"富贵贫贱"标准，像一道魔咒一样禁锢了人们的思想。"生死有命，富贵在天"，穷苦人住不起高楼大厦，只好哀叹命运不公，不敢有非分之想。唯有今天，新时代的熏风吹去了"听天由命"的人生观，困难户和打工者都可以做起住新楼房的美梦，都能梦想成真。

"民生"大旗高高举起

众所周知，土地资源是含金量相当高的资源之一，近年来房地产热潮汹涌澎湃，可供开发的土地越来越少，土地也就愈加成为市领导手中的"香饽饽"了。但是，为了"民生"大事，为了让困难户早一点得到"安居"，永安市历任领导持续有效地推进住房保障工作，先后制订出台了《永安市保障性住房建设"十二五"规划》等几份政策性文件，对全市近五年内保障性住房、棚户区改造以及普通商品房开发建设数量、规模、结构和配建比例予以明确，并落实到相关项目、地块上，做到"三个确保"：一是确保在年度土地供应中，保障性住房和中低价位、中小套型普通住房建设年度用地供应量不低于居住用地供应总量的70％；二是确保棚户区改造中按拟建面积5％的比例配建廉租房、新增用地按拟建住宅面积总量的10％配建公租房、工业项目配套设施用地按不少于30％的比例配建企业员工宿舍，做到新增建设项目各类房源的合理配置；三是确保"十二五"期间，全市开工建设普通商品房面积519万平方米以上，保障性住房42万平方米以上，促进房源的持续有效供给。

虽然数字是枯燥无味的，但我们分明可以从以上这一组数字中看到永安市委、市政府"爱民为民"的拳拳之心，眷眷之情。如果没有把"民生"视为至高无上的职责，能这么大手笔地投入"安居工程"么？

从宏观上看，永安市"安居工程"像一轮朝阳升起，光芒四射，照亮了广大城镇居民的心坎，是人人以手加额称庆的大好事大善事。但在微观上——即房源分配中的细节事项，能不能做到公平合理，能不能让老百姓放心呢？当我将目光注视在一份题为《政策保障，机制创新，努力推进多维立体的住房供应体系建设》的文件时，一切疑点即刻烟消云散了。保障房房源供应环节，是广大民众最关心的话题，也是众目睽睽的地方。如何才能做到"公平合理"四个字，也是考验相关领导的一杆秤。永安的做法颇有创新意味，我们不妨将这段文字列举出来，细细品味一番其中的含义：按照家庭人均月收入低保以内、低保 3 倍以内、低保 3 倍至上年度人均可支配收入、人均可支配收入至从业人员平均劳动报酬等四个层面，建立全市城镇中低收入住房困难家庭信息库。对其现有住房条件统一规定为人均 15 平方米以内，并对申请各类保障性住房的家庭资产条件分别进行规定明确。对申请廉租房、公租房实物配租的家庭，必须具备无代步小汽车以及人均资产价值（如股权）分别在 2 万元、5 万元以下；对申请经济适用住房、限价商品房的家庭，必须同时具备无价值 4 万元以上的代步小汽车以及人均资产价值未达 8 万元等标准。同时，按照家庭自有房产面积、申请人年龄、保障人口、申请保障时间等方面建立了百分制计分办法，并将学历、职称以及获得厅级以上各级各类表彰等作为附加分，由高分到低分确定轮候顺序，对相同分数采取摇号的办法确定先后顺序。

俗话说，细微之处见精神。我们从永安市房源分配这个细节上，就能体悟到各级领导为民办实事的真情实意了。同时，还将享受保障房的标准作了适当的调整，廉租房保障对象经济收入低保家庭从 230 元/人·月上调至 270 元/人·月；低收入家庭从 690 元/人·月上调至 810 元/人·月；经济适用房、限价房保障对象经济收入从低于当地上一年度城镇居民人均可支配收入 70％以内调整至不高于永安市上一年度城镇从业人员平均劳动报酬。再一点就是保障区域从市区街道所辖城镇居民扩大到乡镇集镇非农业家庭；保障对象从本市非农业家庭扩大到已在永安市就业的大学本科毕业生及缴纳社保"五险"满一年的外来务工人员。

我认为永安市将"民生"大旗高高举起的做法中还有一点宝贵经验，就是建立资格联审机制的创新。2011 年，永安市政府制订出台了《关于建立保障性住房申请资格联合审查机制的通知》，对申请各类保障性住房的家庭从住房条件、家庭收入、资产条件等方面建立了全方位的联审制度。确保申请资格真实、有效，防止保障对象的扩大化。

另外，针对部分年龄偏大、符合经济适用房申购条件，但自有资金不足且不能贷款的住房困难家庭，出台相关政策，允许购房者和市政府按6：4比例共同出资购买经济适用房，各自享有相应比例的产权，规定购房者可以在5年内按当时购买的价格回购政府手中的产权。在共有产权期间，由购房者按银行贷款基准利率按月向房管部门支付政府出资部分的利息，以息代租；政府承担部分资金从保障性住房专户中提取。2009年以来，共有132户属于这一"夹心层"群体，以共有产权形式买受了经济适用房。

好了，不必列举太多的数据来说明永安市将"民生"大旗高高举起的可贵经验了。每天，当武夷山脉和戴云山脉过渡地带这片热土上闪耀着金色阳光、当拔地而起的一座座安居工程、一片片温馨小区内笑声如潮、歌声飘荡时，千千万万沐浴着时代熏风、感受着和谐幸福的人们，再也不必把诗圣那"安得广厦千万间，大庇天下寒士俱欢颜"的诗句念得沧桑忧郁，而是一曲欢歌向天唱，万般豪情创业忙。这真是：东风化雨好时代，欣欣向荣万象新，沧海桑田，换了人间。

一座城市对"文明"的阐释

石华鹏

何为文明？

文明是个古老的词汇，是与城市、文字与国家制度等出现联系在一起的，《现代汉语词典》解释为：社会发展到较高阶段和具有较高文化的，如文明国家、文明城市。

这一释义，仍承续了古老的意义。

"文明"一词，最早见于《易经》："见龙在田，天下文明。"这里的"文明"有"文礼昌明"之意，不过，此意稍显笼统、概括。

到上古时期典籍《周书·谥法》出现，"文明"的意思才变得丰富、具体，而且现代起来——"经纬天地曰文；道德博闻曰文；慈惠爱民曰文；愍民惠礼曰文；忠信接礼曰文；经邦定誉曰文；德美才秀曰文；化成天下曰文。照临四方曰明；谮诉不行曰明；果虑果远曰明；彰显告示曰明。"

《辞源》用一句话对"文明"作了小结："文采光明，文德辉耀。"

这些千年前对"文明"内涵的阐释，一直沿袭至今，我们对"文明"的理解也没出其左右。在现代汉语中，文明指一种社会进步状态。

如今，我们国家正在由文明古国迈向文明大国的征途中。

何为现代意义上的"文明城市"？

在相关文件中，我们看到了对"文明城市"的表达：物质文明、政治文明与精神文明建设协调发展，精神文明建设取得显著成就，市民整体素质和城市文明程度较高的城市，是城市社会文明、社会和谐在城市的集中表现。

我们也看到了创建文明城市的实践路径及基本原则：

1. 以弘扬实践"城市精神"为主线，努力打造"城市，让生活更美好"的生活环境、政务环境、人文环境和生态环境。

2. 以落实《公民道德建设实施纲要》为核心，全面规划市民素质建设，培育市民顾全大局、团结协作的风格，精益求精、追求卓越的品质，诚实守信、博采众长的风范，培养市民顽强拼搏的奉献精神，知难而进的敬业精神，扶贫帮困的关爱精神，崇尚节俭的奋斗精神，敢于创新的科学精神。

3. 以社会公正公平的体制与机制建设为重点，促进社会文明、社会和谐。

我们发现，在《公民道德建设实施纲要》中，"市民素质规划"的内容与《周书·谥法》对"文明"的解读是如此相似，也许，这是"文明"、"文明城市"真正的、深层次的内涵。

在这场举国上下、人人参与的文明城市创建活动中，闽中小城永安，也热情参与其中，除了创建自己的美好城市，弘扬市民的文明精神之外，还向世人展示永安城市的无限魅力，展示永安儿女的万种风情。

2011年6月，福建省第三届文明城市考评团对永安进行考评。这座景在城中城在景中的、有着悠久文明传承的、充满现代进取精神的城市，自信地交出了一份答卷。

2011年12月21日，福建省命名表彰了精神文明各类先进集体和个人，永安位列7个县级文明城市第4位。

2011年的深秋，我们"走进永安"采风团一行走进永安，我有机会用我的身体与心灵，与这座城市面对面、零距离。在不多的几天里，我感觉，你越走进她，越了解她，你就越被她征服——这是一座美丽、文明、恬静而丰富的城市。

一　竹与鼓，文明永安之魂

我看过在永安取景、表现永安人生活的电影《竹乡鼓声》，当摄影机在空中滑翔着俯拍广袤的竹林时，我被那波澜壮阔的绿色海洋所折服，太美了；当摄影机深入竹林腹地，一根根竹子划过镜头时，我又被它们粗壮有力的挺拔气势所吸引。

影片最后，"安贞旌鼓"擂响了，大鼓疾缓有度，浑厚饱满，小鼓整齐划一，气势恢弘；擂鼓人方队分着红黑两色民族服，队列变换统一，和谐包容，当雄壮的鼓声与威武的阵列一起飞扬时，每个见此情状的人，一定会为之震撼。

竹海与旌鼓，让永安这座城市的"精气神"，在一瞬间变得可触可感、可见可闻起来。

自古以来，竹是一种精神，鼓是一种气概。

竹——青翠秀美、虚心挺拔，高风亮节、不畏风霜、有骨节骨气，可谓：风姿卓群而婉约自重，刚柔相济而不屈不挠。它擎天拔地，成片成林。它极懂太极之理，以柔克刚，刚中带柔，风愈烈，竹弓愈弯；风势弱，竹弓愈直；风势去，挺立如初，依然故我。

鼓——在永安槐南乡，家家户户的屋内厅堂都摆放一面小旌鼓和一面大堂鼓，当地人把它当做房屋的"心脏"，房屋的"胆"，起着驱邪镇鬼、助威壮胆的作用。安贞旌鼓最初起源于宋代，是在年节、祭典时的鼓队表演，用鼓声凝聚民心，鼓舞士气，寄托美好愿望，祈求瑞祥丰收。

英国著名汉学家李约瑟说，东亚文明乃"竹子文明"。但竹乡的鼓声响彻云霄时，我以为，竹和鼓，构成了文明永安的魂魄。

就像永安荣膺"中国魅力城市"时，评委会给予永安的"授奖辞"所说的那样："这是一座属于春天的城市，她所拥有的竹海赋予了她柔韧不甘的精神，尽管有着百般柔情，却从不哗众取宠。安贞旌鼓，内和外顺，在红与黑的厚重中透露出和谐之美，藏在深山，奇秀东南，福建永安。"

　　应该说，这种评价，永安和永安人受之无愧。

　　永安是"中国竹子之乡"，农民人均拥有竹林面积居全国第一位，不仅集体林权制度改革领跑全国，还靠竹、笋产业致了富。自2002年开始举办的一年一度的笋竹文化旅游节，打造出了永安的城市名片和城市品牌。鼓舞庆祝，在永安已经有近800年的历史了，不仅安贞旌鼓闻名，而且流行于贡川、曹远等乡镇的"金边锣鼓"也是历史悠久，声名赫赫。

　　永安人爱竹，日以竹为伍，夜与竹为邻；永安人爱鼓，用鼓擂出历史，用鼓擂出希望。

　　永安城秀美无言，永安人虚心进取，像竹一样，擎天拔地，像鼓一样，士气高涨，在这种精神力量的引领下，经过这么些年的奋斗，永安经济社会和谐发展，成绩显著。

　　近年来，永安先后获得：全国双拥模范城、全国绿色小康县（市）、全国科技进步先进县（市）、全国法治县（市、区）创建活动先进单位、全国团建先进县（市）、全国粮食生产先进县（市）、全国农田水利基本建设先进县（市）等30多项国家级殊荣。

　　可喜的是，永安是"福建省综合经济实力十强县（市）"，县域经济实力连续17年位居福建省"十强县（市）"行列，是"十强县（市）"中唯一的山区县（市），并在2010年全省首度开展的县域科学发展评价中入选"十优县（市）"。

　　永安这座东南抗战文化名城，不仅是福建省新兴的工业城市、能源基地，还是中国优秀旅游城市、中国魅力城市。

二 爱与孝，文明永安之肌

大爱无疆，情涌燕城。永安，别名燕城。"永安还有一块比金子还贵重的招牌——爱心城市。"永安市委文明办负责人对我说。

爱心城市！一座城市以"爱心"冠名，我想，它一定得有最为广博的、宽泛的爱心，一定得有深久的爱的传统和人人参与的爱的激情。现代作家冰心说，有了爱就有了一切。永安人相信这种说法，所以，他们把"爱心城市"当一个品牌来经营、当一个宝贝来珍惜，当一项荣誉来骄傲。

文明办负责人如数家珍地跟我说着一件件爱心和孝心的故事，他的眼里闪着为永安人骄傲的光芒。当他说到2009年那场全城爱心接力的往事时，他感慨地说："那是一场令人震撼的爱心接力，一幕幕感人至深的捐款场面让人动容，一辈子也忘不了。"2009年，永安市九中高一学生郑洛松患白血病，需进行骨髓移植，但郑洛松家境贫寒无力支付高昂的医疗费。为挽救这个年轻的农家子弟，上至市委书记，下至市民百姓都踊跃奉献爱心，短短一个星期就捐款80多万元，解决了医疗费用难题。

2009年和2010年，永安曾有两位平凡人的故事感动了八闽大地，她们是初中生陈小燕、敬老院专职管理员李玉仙，两人分别获得2009年和2010年"感动福建十大人物"称号。

陈小燕，永安市西洋镇葛州村的小姑娘，现永安五中学生。不到2岁时，爸爸疯了，妈妈离家，之后79岁的爷爷中风，家中只剩年迈的奶奶和小燕。小小的燕子洗衣、做饭、照顾病人，8岁时，小燕独自撑起这个病老贫困的家。13岁时，为每周20元的生活费到工地挑石子，担起一家之主的重任。她爱读书，一边照顾家，一边读书，很艰难，但她从不想到放弃。

28年前，李玉仙踏进永安市安砂镇敬老院，炊事、护理、院长一肩挑——因为整个敬老院只有她一个专职管理员。如今，年近60岁的李玉仙两鬓斑白，当年来敬老院时还是一个青春姑娘，在这个位置上，她干了28年。她每天忙得团团转，早上6点起床，做饭，喂饭，整理被褥，打扫房间，送开水，侍候老人，直到晚上10点多才睡下，10080多个日子，天天如此。她为370多位老人尽过孝，给60位老人送过终。李玉仙说，只要我还干得动，只要老人们还需要我，我愿意一直干下去。

什么是大爱？什么是大孝？这就是——陈小燕的坚强和李玉仙的承担，这是爱和孝的内涵。

除了陈小燕和李玉仙外，永安还涌现出了全国道德模范提名奖获得者刘惠芬、全国"孝亲敬老之星"叶淑婉、2007年"感动福建十大人物"吴立斌等典型人物。

在永安，提起洪文殊，可能很多人不知道。可是说起"地瓜"这个名号，很多人耳熟能详。因为燕城爱心协会的志愿者们大多是通过网络认识的，他们有个网络群，叫燕城爱心QQ群，这个群的发起人正是网名"地瓜"的洪文殊。

洪文殊，一个80后的晋江人，他现在是永安市注册青年志愿者总队副队长、燕城爱心协会分队队长。他的燕城爱心协会成为三明市第一个民间志愿组织。网络传播的力量很是强大，像滚雪球似的，短短两年，爱心QQ群由原来不为人知，发展成一支个人会员达400多人、同时还有福建水校爱心驿站、三明市第二医院、永安移动公司等单位会员的志愿者队伍。两年多来，共开展活动达100多次，参加人数2000人次以上，义务服务时间超过500小时，为帮扶对象筹集款项达5万元以上，以及各种衣物、学习用品等。

如果说这些爱心典型人物是这座爱心城市天空中闪亮的明

星的话，那么，永安市像洪文殊的爱心协会等各类志愿者组织登记注册的2.5万余名志愿者和更多的"潜水"志愿者，就是这座爱心城市大地上无数的"爱心细胞"了。天上的明星和地上的细胞，写就了人间温暖的"爱心"二字，也成就了一个以"爱心"命名的城市。

三　政与法，文明永安之骨

一座城市是一架复杂而精密的机器。文明是这架机器的润滑油、保养剂。如果一座城市冠以"文明"，那么，意味着这架机器运转良好、事故少、污染少。而保障这架机器良好运转的是城市的"大脑"：政务和法制，这二者构成了文明城市的筋骨。

永安在城市运转的"大脑"——政务和法制上下足了工夫，逐渐形成了文明城市的强健筋骨。

关于政务与法制，市委、市政府明确提出了自己的奋斗目标：一是强化服务理念，着力营造廉洁高效的政务环境；二是保障公民权益，着力营造民主公正的法制环境。

"方便老百姓办事，办得成事，办得舒坦。"永安市政府办一位工作人员这样通俗地给我解释"廉洁高效的政务环境"，他还说，"老百姓有困难，不能让老百姓急，应该是政府急。"

这位工作人员举例子介绍，前段时间，永安市政府要对城区主干道立面及夜景等城市景观进行改造，有些列入改造范围内的建筑物和构筑物立面及夜景，有的要保留，有的要改造，有的要拆除。工程指挥部在工程展开之前，先给市民发一封内容真切的信，希望得到大家的理解和支持，随后走访有关利益方，一家一家协商解决方案，最后没什么矛盾发生，工程在市民理解和和谐的氛围中有序推进。

2009 年以来，永安市行政服务中心累计收件 6.01 万件，办结 5.9 万件，办结率达 97.47%；全市 37 个部门单位接入政务网，7 个单位网上审批系统已正式运行。2010 年，政府承办人大代表议案、建议 131 件和政协委员提案 140 件，办复率 100%，办理行政复议案件 12 起，办复率 100%。26 个市直部门和公共服务行业领导，接听"政风行风热线"219 人次，受理问题 45 个，热线答复解决率达 90%，群众满意率达 95%。

　　文明永安之筋骨，除了廉洁高效的政务环境之外，还有民主公正的法制环境。

　　法官为农民工讨薪的事我们听了很多，但是像永安法院行动那么快、效果那么好的还不多见。2009 年，大田籍 38 名农民来永安打工，受雇于包工头洪某，为永安某公司做桉树低改地工程，从事挖穴、挖灌木等作业。因挖灌木作业难度远远超出工程预期，成本增加，造成洪某严重亏损，无法足额发放工资。部分农民工陆续离开永安，余某等 20 名农民工则因为没有钱支付住宿费、伙食费，多次到公司打闹、威胁。

　　2010 年 1 月 20 日，新的一年春节将至，余某等 20 名农民工再次到公司打闹。永安法院得知情况后，立即派人赶到现场。法官在现场了解到，余某等 20 名农民工与洪某、洪某与公司之间均未结算，洪某该付给农民工多少工资根本无法确定。为此，法官们在做好辨法析理工作的同时，积极联系洪某到现场结算工资，并协调公司解决其与洪某之间的工程款结算事宜。经过法官们的精心调解，公司与洪某现场同意由公司先代垫农民工工资，双方日后再结算。1 月 21 日，也就是第二天，农民工就全部领到了自己的工资。处理的速度和效果避免了矛盾升级。

　　永安市想出很多招儿，来营造民主公正的法制环境：开通"12348"法律咨询热线和建立"148 法律咨询信访服务站"，组织开展"千日卫法维权"、法律援助"三升"等活动；构建多元化矛盾纠纷排查调解衔接机制，设立医患纠纷调处中心；设立劳动者维权举报电话和信箱等等。成效显著：2010年，办理法律援助案件154件；受理各类民间纠纷2883件，调处2878件，调处率达99.5%；受理劳动者维权投诉案件210件，办结率99.5%，为964名职工追回拖欠工资377.38万元。

四　美与安，文明永安之貌

"我喜欢小河边的那些树，会开出紫色如云彩般的花；我喜欢市政府河边的桃花与柳树；我喜欢夜晚蝴蝶山公园如氤如氲的浪漫气息；我喜欢龟山公园音乐喷泉中淘气的孩子；我喜欢溜冰的小男孩流线般的潇洒身姿；我喜欢虎形山挥汗如雨的健身人群；我喜欢……"

这是"永安论坛"上一个叫"走吧走吧"的永安女网友的话，我能读出她对永安的深情，对永安的挚爱，她还说："说实在，我很喜欢永安，因为她是个不大不小的城市，上班时间短，交通还算便利，走在街上大家似曾相识，居住环境这些年越来越好。楼主谈到的问题确实是'进化'中的文明城市的问题，哎，明天的永安一定会比今天更好吧！"

她的话里"楼主谈到的问题"，是指有人发帖说永安的文明程度不尽如人意，比如街上有没有清理的垃圾，有人随地吐痰，有一次发帖者经过一个店铺门口，还差点被店铺里扔出的坏苹果砸到。看到楼主的抱怨，女网友"走吧走吧"便有了上面的感慨。

的确如这位网友所说"'进化'中的文明城市"会有这样那样的问题，但让我感慨的是，这位永安女网友的"相信"，在一个很多人不相信什么的时代，她相信着什么，相信"明天的永安一定会比今天更好"。这一点很重要，我以为这是一个城市最为质朴的市民精神——向上的、参与的、信任的、有责任感的一种精神。我也从这位普通的永安网友的话里，寻找到了永安之所以成为一座文明城市的缘由。

我和许多慕名前来永安的外地人一样，是这座城市匆匆的过客，虽然无法深入到每个日子的深处，体验永安的街头巷尾、晨昏冷暖、衣食住行，但永安留给我的美好印象不会因为岁月的侵蚀而改变，有时候，一个陌生人来到陌生地所获取的第一感觉往往是一座城市的精华、一座城市永恒的魅力。永安在我眼里是美丽、文明、恬静和丰富的。

如果把文明永安比作一个女子，我愿意相信，这女子是从唐诗宋词里走出来的古典女子：美丽、安静、内秀；我也愿意相信，这女子是从楼宇街市里走出来的现代女子：鲜艳、个性、自在。

所以，永安的美是复合的，是内外兼修的。永安之美——

美在生态。中央电视台在授予永安"中国魅力城市"的时候，称赞永安生态独特：城在林中、林在城中、路在绿中、房在园中、人在景中。而文学写作者的视野更为宽阔，永安作家芦忠这样描述："从高空俯瞰，整个八闽大地就是漂浮着的一片青青翠翠的桃源世界，而'台海'西滨、闽中腹地的永安，就如一块温润柔和的净纯翡翠，小鸟依人般静静地偎在苍苍莽莽崇山峻岭之中。"永安城依溪而设，亲水而置。燕溪穿城而过，那些不算高大而设计讲究的建筑顺溪而走，与水应和，坚硬与柔情和谐相生，桥落溪上，桥上有人看燕溪两岸风景，自己也成了一道风景。生态美是治理的结果，是全体市民共同打造的结果，资料显示，永安城市建成区绿化覆盖率达45％，建成区绿地率达40.7％，人均公共绿地达10.9平方米，城区道路绿化普及率达100％。3年来，城市空气质量优良率均达99.5％以上，城市饮用水源水质达标率为100％，区域环境噪声平均值低于 55.1 分贝，重点工业企业污染物排放达标率在 94% 以上。

美在文化。编著过《悦读永安》一书的作者厉艺，一个土生土长的永安姑娘，她说："永安是一座充满文化气息的城市，一年四季都贯穿着精彩纷呈的文化盛事。"新年伊始的"古琴文化节"；元宵中秋时的观灯赏月；丹桂飘香时的"笋竹文化旅游节"；文体休闲中心的广场文艺；竹工艺技艺表演；劳动技能大赛；周周有活动月月有演出……厉艺说："它们共同组成了和谐文化的交响乐章。"在深秋一个华灯初上的傍晚，我来到了位于城区中心地带的文体休闲广场。广场上很是热闹，健身区里有人在慢跑、打球、健身，休闲娱乐区的活动广场上中老年人跳着操，儿童游乐区爸爸妈妈陪小孩子玩耍。紧邻文体休闲广场的是文化馆、图书馆、影剧院，剧院的大幅电影广告，吸引人驻足观望。这是一幅祥和的文化生活图景。

美在平安。安全是最大的民生，永安的公共安全力和防范力经受了检验，得到市民普遍赞誉。城市市民居住安全指数、食品药品安全指数、生产安全指数是衡量一个城市文明与否的重要指标，永安依靠具体的可操作的措施，保障了城市的平安，比如在全市建设有效的安保系统，形成安保网络；加强食品药品监督量化分级管理与整顿；落实"一岗双责"的安全生产责任。这些年来，市民对社会治安的满意率达 96.5%，没有发生重大食品药品安全事故，工矿、商贸企业没有发生较大安全事故。平安是一种美，更是一种文明。

燕 城 赋

章 武

据说，永安是海峡西岸"十大空中最美家园"之一。可惜，采风团没有直升机，无法载我到云端亲眼感受。好在永安市地质博物馆内，有一张卫星遥感地图，能让我从更高的空中鸟瞰永安全貌。

绿色，填满全地图的绿色，深深浅浅、浓浓淡淡的绿色，那就是遍布永安全境、覆盖千山万岭的树海与林涛吧？万绿丛中，蜿蜒着三条淡蓝色的细线，并在地图的中心位置交汇。交汇处，一片银光闪烁，显然，那就是绿海中的明珠——永安城区了。

如今，我空降到城区这三水交汇处的一座小山上。山上有座粉墙黑柱的仿古建筑，名叫劲草琴堂，松风竹韵中，似有悠悠古琴之声遥遥传来。伫立堂前，凭栏眺望，这才看清地图上的三条流水，就是流贯城区的"两溪一江"，两溪，指的是九龙溪与巴溪，因相交形如燕尾，所以合流之后的江流就有了一个充满动感与美感的名字——燕江。城因江名，于是，永安城也就有了一个充满诗意画意的别称——燕城。

燕城，绿色之城。

永安全市森林覆盖率高达80％以上，为全国所罕见。其中，光是竹林，全市农民人均就拥有6.5亩，若以每亩种竹100根计算，则每人坐拥竹子多达650根，高居全国之冠。因此，永安市被评为"中国笋竹之乡"、"中国竹子之乡"，2007年，经国家建设部现场审核验收，永安市又赢得"国家园林城市"的殊荣。

本次采风，笔者有幸驱车前往九龙竹海国家森林公园，尽管只是在满山遍野的竹林外围匆匆一瞥，那无边无际的绿意，就灌满了五脏六腑，我恨不得立地生根，也挺拔成其中的一根大毛竹呢！

苏东坡老先生尝言："居不可无竹"。为此，前些年我在福州搬进新居时，特地在露台一角种下两根罗汉竹，以响应坡仙之提倡。如今，萧萧翠竹已发展成六根，我常在竹下邀客品茗，并以此洋洋自得。如今到了永安，到了燕城，方知自己实在太浅薄了。试看万山丛中，永安的每一家农舍，几乎都傍着一大片竹林，而住在燕城三水六岸的市民，不论推开哪一扇窗户，也几乎都可以看见绿色的山影和婆娑的竹影，真是羡煞人也！

在我的心目中，绿意盎然的燕城，是最适合人类诗意栖居的园林之城，若称之为"南国绿都"，亦似不为过。

燕城，旅游之城。

不仅仅因为绿海深处，处处都可享受森林浴，处处都可呼吸最富含氧离子的清新空气，品尝最鲜美的竹笋、香菇、金线莲与菜蔬瓜果，更因为永安境内，山峦重叠，溪谷纵横，"集五亿年地质史于一身，融丹霞、岩溶地貌于一体"，是全省地层出露最多、地貌品类最齐全的洞天福地。

联名并列"国家重点风景名胜区"的桃源洞和鳞隐石林，前者，因"一线天""大而逼，远而整"，连见多识广的徐霞客也叹为观止；后者，若与彩云之南的云南石林相比，论规模之宏阔，虽稍逊风骚，论植被之丰美，则更胜一筹。国宝级的重点文物安贞堡，因建筑之精巧，堪称"土楼之父"；国家级的自然保护区天宝岩，因同时拥有长苞铁杉林、猴头杜鹃林及黄腹角雉、大鲵等珍稀动植物，是南国罕见的物种基因库。徜徉在理学名镇贡川，千年的儒雅之风扑面而来；漫步东南抗战文化中心吉山，处处可呼吸到民族的浩然正气……

美丽，神奇，富有。正因为永安有如此丰沛的自然与人文景观，再加上作为精神文明城市的优质服务，2001 年，它荣登"中国优秀旅游城市"龙虎榜，2006 年，又被中央电视台评为"中国魅力城市"。

燕城，文化之城。

犹如溪涧泉瀑汇集成江河湖海，永安的地域民俗文化、历史传统文化，战争年代的红色文化、抗战文化以及改革开放新时期以来的先进文化，既各具特色，又交相辉映，既源远流长，又与时俱进，可谓精彩纷呈，美不胜收。

且不说那大腔戏，宛如"一朵带泥巴的古莲花"；且不说那安贞旌鼓，能在"红与黑的厚重中透露出和谐之美"。"南国琴都"，自有悠悠古韵；夜幕下的激情广场，既有"红歌"的高亢与嘹亮，又有群舞的热烈与时尚……

当然，对于笔者来说，出于职业的爱好，每次来永安，都要到吉山去，重温文艺界的老前辈们，不顾天上的敌机狂轰滥炸，在竹篱茅舍、豆棚瓜架之间，用诗笺，用画笔，用五线谱和课堂讲义，用土纸印刷的新出版之报刊，用对祖国的赤胆忠心，发出抗日救亡的最强音……

永安文化之活跃，甚至渗透到日常生活之中。就连吃笋，也要吃出一个"笋竹文化"来。他们不但每年举办笋竹文化旅游节，还在开办 70 多年的老店燕江楼，推出被中国烹饪协会认定为"中国名宴"的笋竹宴，其中，如"竹林七贤"等菜肴，不但能给你以色香味形的感性享受，滋补与营养的智性认识，更能让你在陶然欲醉中达到诗与哲学的某种境界。难怪一位当地女作家在《悦读永安》一书中语出惊人："永安，是一座可以用口去阅读的城市。"

燕城，工业之城。

地灵人杰、物华天宝的永安，不仅是"全国粮食生产先进市（县）"、"全国绿色小康市（县）"、"全国绿化模范市（县）"，更是我省新兴的工业城市。这里，有曾为全省最大的水泥厂、最大的化纤化工企业，最大的水电厂和全省第一座大型火电厂……作为闽西北的交通枢纽和物资中转、集散地，作为重要的能源与建材工业基地，这里的煤炭、电力、建材、林产、化纤、纺织、汽车等产业，都在全省举足轻重。

试以汽车工业为例。我省自行设计制造的第一辆汽车、第一辆重型卡车都在这里诞生。拥有40多年汽车制造历史的永安，在历经沧桑沉浮之后，终于，又在今天重铸辉煌，再造奇迹：一座占地4000亩、以制造重载货车和专用车为主的崭新汽车城，正在郊区埔岭崛起。自然，它也成为本次采风线路上最大的亮点。

正因为永安的工业一马当先，并带动农业、林业等各行各业万马奔腾，在"福建省综合经济实力十强县（市）"中，永安连续17年榜上有名，为全省山区县（市）树立了榜样，也为整个海峡西岸经济区的建设锦上添花。

燕城，还是一座移民之城。

永安人的祖先，多为中原移民。抗战时期，作为临时省会和东南文化中心，外来人口骤增。新中国成立后，作为鹰厦铁路的神经中枢，大批铁路员工及其家属在此落地生根。其后，随着工业新城的崛起，又有大批产业工人及技术人员从四面八方云集永安。据2004年普查，永安人口中的姓氏多达353个，占《百家姓》一书所收录的全国姓氏7/10，不但在三明市首屈一指，在全省乃至全国也相当罕见。

生活在最富包容性的移民城市，永安人胸怀宽广，热情好客，毫不排外。尽管他们南腔北调，拥有众多方言，但在公众场合，大家都自觉用普通话交流，让外来者毫无阻隔，倍感亲切。就连街上的大菜馆小食摊，也是南甜北咸、东酸西辣，兼收并蓄，应有尽有，让各有所好的顾客们各取所需。

当然，作为交通便捷、信息灵通、经济文化交流活跃的移民城市，永安人最大的优势还在于：思想解放，勇于创新，敢为天下先。本次采风，市里赠有《永安之最》一书，翻开一看，各行各业的省级、国家级品牌、荣誉称号比比皆是。其中，最让人津津乐道，引为自豪的，是"全国林改第一村"——洪田镇洪田村。在该村的林权改革陈列馆参观，一座人物群雕——村民们在灯下商议林权改革的群雕，那一双双坚定的目光，一个个刚毅的表情，以及一句句掷地有声的画外音，都给我留下难忘的印象。

我想，这种勇于创新、勇于改革、敢为天下先的精神，正是永安人最可宝贵的精神。有了这种精神并加以发扬光大，那么，市委、市政府所提出的"十二五"规划发展目标：打造海西现代工业城市、打造海西现代农业示范市、建设怡居宜业现代区域中心城市，就必定能实现。

本次采风，笔者有幸与团友们下榻于城内巴溪之畔的五洲宾馆。馆内，有两幢绿荫中的白楼，一名"含笑"，一名"香樟"，最是引人注目。询问主人，方知含笑是永安的市花，香樟为永安之市树。于是，我顿有所悟：

含笑。一座以含笑为表情的城市，定然是一座可爱而又可亲的城市。

香樟。一座以香樟为风骨的城市，定然是一座可钦而又可敬的城市。

燕城。一座以燕子为名、群燕腾飞的城市，必将永远属于春天。

世外小陶镇　闽中宁洋城

陈开福

文川溪——非常文雅而温顺的河流，从连城姑田发源，一路静静地向西北奔流而去，途中孕育了一个一万多亩的盆地，也孕育了一个古老而又充满时代气息的小镇——小陶镇。小陶镇是永安市最大的建制镇，三明市县域次中心，福建省首批综合改革建设试点镇。

一个离县城 50 多公里的小镇能够有这样的地位和殊荣，究竟是由于特殊的机遇还是完全出于偶然呢？

九节龙，竹马灯，小陶原来是县城

永安人常说"小陶不小"，这话一点不假。小陶镇总人口 3 万，虽不及沿海的一个小镇，但在永安却是最大的。它是永安的西大门，分别与龙岩市的新罗区、漳平市、连城县接壤，205 国道和永武高速公路贯穿全镇，是通往闽西、赣南、粤东北的交通要道。

小陶镇有着丰富的人文资源和自然资源。民间有句顺口溜："九节龙，竹马灯，小陶原来是县城。"既说出了小陶的特色，又多少透露出一点无奈。

在明朝的时候，小陶就有了行政机构。1934 年，中国工农红军在吴地村成立了永安第一个乡苏维埃政府及中共永安第一个党支部。1952 至 1956 年这里是宁洋县的县城。后来随着县城的撤销，小陶的名字逐渐淡出了人们的视野。历史走到了2006年1月13日，胡锦涛总书记到小陶镇八一村视察，作出了"政策好，天帮忙，还得靠人努力"的重要指示，此后又先后两次给八一村党员群众回信、作出批示。胡总书记的亲切关怀，使全镇广大干部群众深受鼓舞。新农村建设也从这里开始推向全国。

小陶再次闻名遐迩。

据说在胡锦涛总书记视察之前的400多年，也有一个大人物来过小陶，他就是明朝的正德皇帝。

民间传说，正德皇帝（明朝第十一任皇帝朱厚照）感觉当皇帝实在是件苦差事，终日身心交瘁，经常从宫中偷溜出来，到各地散心。某年某月某日，他竟然来到了皇城寨（一说黄城寨，即现在的八一村和五爱村），让大臣和宦官们伤透脑筋。为什么他会跑到这里来逍遥呢？因为这里的居民很多是他的本家——姓朱。现在朱姓仍是小陶的第一大姓，当地民谣讲"少了冯刘朱，小陶不成墟"，可见其人数之多。皇上驾到，姓朱的人们自然兴高采烈。在皇城寨逍遥了四天之后，他又到小陶住了三天。皇帝走后，人们将这里的地名分别叫做"大逃"和"小逃"。不久又将地名改为"大陶"和"小陶"，意思是正德皇帝工作太劳累，抽空到这里小住几日，算是休假吧，或者叫做陶冶情操，修身养性，这样就不会有损皇帝的形象了。

再后来，姓朱的人们非常怀念这位本家皇帝，他们找不到更好的形式，就发明了九节龙，逢年过节拿出来耍一耍，表示自己是当今皇上的本家，增加几分荣耀。久而久之，过年舞九节龙便成了一种传统。九是最大的数字，古时有所谓九五之尊。这种龙共有九节，另外配有四根龙柱，有点像华表柱，可能象征着护驾吧！

九节龙现在是八一村传统民间文艺保留节目，被列入福建省民间文艺团体单位。

小陶民间艺术种类很多，群众参与热情很高，其中山歌协会就拥有会员几百人，每天都有人在公园、村口、风水林中对唱。吴地村山歌队擅长闽西客家山歌，旋律十分优美，感情浓烈奔放，大多带有曲折离奇的故事情节，多次在永安市山歌大赛中荣获一等奖。小陶共有5个汉剧团，保留剧目有20多个，每次演出，各村的村民都会成群结队前往观看，场面十分壮观。小陶还有2个木偶剧团，其中八一村木偶剧团每年都要在各村巡回演出，吸引了很多中老年村民观看。

此外不能不说一说上坂村的竹马灯。竹马灯以竹为主要材料做成，造型各异，栩栩如生，既有单个的，也有成龙成串的，现在已经被列入我省非物质文化遗产名录加以保护。

小陶有几个村有两次过年的传统，比如桐林村过二月初一，三星、红星村过三月初三，第二次年过得比第一次年还要热闹。每到这一天，家家户户做青粿白粿，杀鸡宰鸭，大宴宾客。据说这一天谁家来的客人多，这家人今年的运气尤其是财运就会格外地好。一般客人来了都要给主人放一串鞭炮，象征主人今年的财运亨通，鞭炮的响数越多，主人的财运越好。这种风俗起于何时已经无法考证，一种说法是他们的先祖当年借债无力按时偿还，大年初一外出躲债，不敢回家，到了二月初一才回来，可年还是要过的，于是就有了第二次过年。现在随着经济发展和影响扩大，规模和气氛也一年胜过一年，许多城里人这一天也会大老远跑来，一是凑凑热闹，二是走走亲戚，三是找一找久违了的年味。

正是有着如此丰富多彩的民间文艺，小陶成为永安唯一的"中国民间文化艺术之乡"。

小陶米，小陶菜，小陶美女人人爱

小陶镇土地肥沃，雨量充沛，自然资源丰富，主要农作物有优质水稻、烟叶、莴苣，矿藏有石英石、石灰石、泥炭、高岭土等。

小陶风光秀丽，位于五一村的甘乳岩洞中有水、水中有洞、钟乳倒悬、石笋丛生，洞中有七级飞瀑，美不胜收。奇河、吴地等村也有很好的旅游资源有待开发。

小陶拥有大量富于特色的古建筑、古民居，被列入福建省重点保护古村落的美坂村，位于文川溪畔，依山傍水，茂林修竹，一派田园风光，这里居住着北宋大理学家罗从彦的后裔。

在寨中村，清朝道光皇帝赐给朱逢琳的圣旨牌至今仍挂在古色古香的厅堂上。

小陶是永安农业第一大镇，又被称作永安的粮仓，这里的农田一年四季都没有闲着，基本上做到"烟—稻—菜"、"菜—稻—菜"轮作，高山村主要发展林竹和水果，初步形成"烟、稻、菜、果、林竹"五大主导产品。

在永安城里，只要听说有人要去小陶，朋友就会托他买大米，因为小陶优质米米粒饱满，呈长圆柱形，半透明，煮出来的饭晶莹剔透，香味扑鼻，口感极佳，一般每斤比市场价高一元钱。

小陶每年种植莴苣一万多亩，基本销往上海、江苏、浙江、山东等地，这里是著名的无公害蔬菜生产基地，生产的莴苣粗壮、芳香，号称"八一莴苣"，没有施化肥，在市场上供不应求。

除此以外，小陶还"盛产"美女，是永安的"美女之乡"，许多姑娘考到各类艺术学校，很多人成为"校花"、"店花"、

"厂花",有人调侃说:"小陶米,小陶菜,小陶美女人人爱!"这话虽然有点夸张,但也不是没有根据。

高起点,大手笔,万丈高楼平地起

小陶的小城镇建设首先是以工业发展为基础的。以前小陶纯粹是个农业大镇,近年来利用资源优势承接沿海产业转移,工业有了长足的进步,2006年列入三明市重点工业乡镇。

小陶的第三产业发展较快,现有工商企业和个体户400多家,在三产就业的农村剩余劳动力1000多人。第三产业的发展使小陶有了较大的集镇规模,常住人口已经达到一万多人,为小城镇建设聚集了人气。

随着基础设施的不断完善和人口的不断聚集,商品住宅的需求不断增长,内地乡镇没有人敢干的事在小陶却干成了:首批土地招拍挂和BT方式开发了3个地产项目:宁龙花园新建3幢商品房和19层的"首府广场"销售一空,天心岛居住花园首期4幢商品房全部销售完毕,后续的别墅楼尚未开建,订单就已经超过房源!

自从省委提出"大干150天,打好五大战役"以来,小陶党委、政府通过思想动员、宣传鼓动、建章立制、招商引资,迅速打响了小城镇建设战役。

新编制的规划集镇中心区12平方公里,以"农业稳镇、生态立镇、产业旺镇、强镇优村、园镇互动"为战略方针,以打造"世外小陶镇,闽中宁洋城"为目标。

小城镇建设中最大的问题有三个,即"钱从哪里来、地从哪里来、人从哪里来"。

小陶镇充分利用省委、省政府出台的有关政策,为小城镇建设提供了多种融资渠道,特别是全省土地增减指标挂钩政策,激发了农民退宅还耕的积极性,两年来全镇共拆除旧房十几万平方米,其中仅五一村,就拆除旧宅 36 幢,复垦耕地 134 亩,建起连片安置点 2 个。

为了鼓励高山村村民向集镇转移,小陶出台优惠政策,在洋坂头、八一村等地规划了造福工程定居点,一批高山村村民逐步实现了下山的梦想。这些新村安置点全部实行统一规划、统一设计、统一基础、统一补贴的"四统一"政策,既节约了土地,又降低了建房成本,做到一举多得。

列入全省综合改革试点镇以后,全镇上下同心协力,以"等不起"、"慢不得"的精神状态,掀起了小陶镇自古未有的建设热潮。

宁洋市场、青少年活动中心、森林公园、宁洋大桥、街道立面改造、污水处理厂、黎坊洋地块开发等一大批重点项目正在热火朝天建设中。

2010 年 11 月 12 日,汇丰村镇银行全省首家乡镇分行落户小陶;同月 16 日,全省首家乡镇公交在这里开通,一共有 4 条线路,为孩子上学、村民出行提供了便利。

有人这样描述小陶的未来:游红色八一、钻五一溶洞、探天下奇河、穿麟厚峡谷、拜千年古刹、访百年老宅、赏田园风光、品小陶美食、泡玉带龙泉。

未来的小陶空间布局将体现为"一城、一园、四村":

一城,即一个集镇中心区,目标人口将达到 6 万人。届时,小陶镇区将成为永安西南最大的次中心镇,成为宜农、宜旅、宜居、宜创业的山水田园城镇。

一园,即八一工业园区,将建成全镇主要工业企业集中区,规划面积 2700 亩,已经入驻的企业有 3 个亿元项目,5 个千万元项目,包括和亿化工、大山工贸和正在动工建设的嘉翔硅业、铭嘉钙业等,从业人员近千人,全部投产年产值将超过 20 亿元，成为全镇最具活力的新的经济增长点。

四村，即围绕中心城区周围的四个特色居住区，包括溶洞特色村、古民居特色村、温泉特色村和峡谷特色村，它们将成为拱卫中心城区的四颗明星。

进军的号角已经吹响，辉煌的序幕已经拉开。小陶——这颗文川溪畔的明珠，紧紧抓住小城镇建设这个难得的历史机遇，向着"规划先行、功能齐备、设施完善、生活便利、环境优美、保障一体"的目标前进。届时，小陶将是永安西南部一个美丽迷人的世外桃源、休闲胜地。

经济发展篇

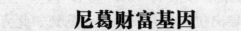

尼葛财富基因

莱 笙

时隔10年整，我又来到了尼葛开发区。前后不同的是，10年前，我是一个企图在这里创造尼葛亮点的人；10年后，我却是一个来这里采写尼葛亮点的人。岁月如梭，织就的尼葛画卷色彩斑斓，似乎在猜想之中，却又在预料之外。

这里说的尼葛是一个省级工业开发区，1992年经福建省政府批准设立，规划控制面积9.2平方公里，位于永安市区北部，距市中心3公里，东邻鹰厦铁路，西贴三泉高速公路互通口，纵贯了205国道，有所在区位优越、基础设施优良、发展态势优异、各项服务优质的美誉。在近些年的发展之中，形成了尼葛工业园、大兴工业区、金银湖工业区、水东工业区、燕北工业区的"一园四区"格局，规范控制总面积32平方公里，又被统称为省级高新技术产业园区。

进入尼葛采访的那些日子，遇上了许多熟人，有不少与我打招呼的人我已经认不出来了，如同我认不出现今尼葛的纵横道路与崭新容颜。也有不少是我仍然认得出的，可是他们都已发丛卧雪、额横沟渠了，我知道，他们把自己的青春献给了尼葛，而他们那种十足的中气与焕发的神色，则令我认定，他们的状态很好，活力旺盛，如同尼葛的发展态势，使人欣慰。与永安市主管尼葛开发区的领导见面时，我的手都被他握痛了，这位比我年长的仁兄身兼市委与市政府两头职位，当年我在永安市政府分工主管尼葛时，他是尼葛开发区的主任。我们一起回忆了当年的景象。那时的尼葛还是一片荒山野岭，入驻企业寥寥无几，开发区的户头仅有6000多元，这位仁兄是从一个相当富足的基层领导岗位调任开发区的，见到如此穷困情况，却没有犯愁，他用2000元支付了一些业务费用，干脆就把剩下的4000元一股脑请人吃饭了。当时，我吃了一惊，本来就没钱，怎敢吃喝？一了解，发现他请的是尼葛开发区几个所在村庄的村长支书村民小组长之类人物，就哑然失笑了，好聪明的仁兄，开发区第一要务是解决土地问题，他这顿酒饭设的是鸿门宴，这是一种置之死地而后生的打法，干脆就清空户头，然后从零起步，从开发区与乡村的新型关系起步，这是有雄心壮志的酒饭。那年，我们一同开始了尼葛规模开发的宏伟构想。可惜，规模开发才启动，我就离开了永安市。10年后的这回重逢，我们回想起当年许多精彩的磨难与理念，话题自然就提起了当年为尼葛规模开发所进行的理念探讨，突出的就是"财富"的理念。那时，我们有一个简单的认识，就是地方政府离不开GDP（国内生产总值）但不能唯GDP而论，以园区的方式抓工业不等于可以让污染集中成特殊区，财富包含了经济收入但不是所有的经济收入都是财富，因此，我们要树立一个真正意义上的财富观来组织尼葛开发。离开10年了，我以为，在功利十足的严酷现实中，这样浪漫的理念应当是会被政绩意识、任务情结等诸多无奈给抹平的，大多数经济工作是容纳不了浪漫的。可是，说到这个财富理念时，现任的开发区主任递给我一本册子，却着实让我吃了一惊。那是一本尼葛的招商册子，封面赫然8个字："走进尼葛，对话财富"！然后，他们告诉我，他们10年来一直就是这么"浪漫"下来的，一直就这样以财富的理想指导着尼葛的运作。在接下来的系列采访中，我感受到了他们的10年浪漫成果，那就是逐步形成与展露的"尼葛财富基因"，意味深长的"尼葛财富基因"。

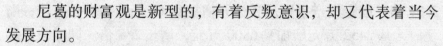

一、尼葛财富性质：可持续地造福一方

尼葛的财富观是新型的，有着反叛意识，却又代表着当今发展方向。

首先触动的是精神因素。精神到底是不是财富呢？传统的观点认为，精神就是财富。可是尼葛的实践却更加讲究，他们感到，在现实的经济活动中，树立企业精神是很重要的，但光有精神还不够，要把它转化成物质，兼有精神和物质的财富，企业才能得以生存并健康发展。就是说，光有精神还不够。

那么，金钱收入算是财富了吧？尼葛人却也说不。他们认为金钱与财富之间不能完全画等号，有的金钱收入是财富，有的不是财富。为什么呢？尼葛人有一个财富排除法，就是说不能体现一定精神导向与思想方向的物质就得排除在财富范畴之外。尼葛人认为，以损伤大众与社会利益而获取的金钱收入不是财富，比如，靠污染换取的工业收入就不能视为财富。他们认为，假如只是为了挣钱，那么，粉尘、废气、污水都用不着去管它了，挣到的钱是不义的；假如是为了赢取财富，那么，就必须在没有污染没有废气没有污水的前提下取得收入。开发区主要是经济工作，但赚取怎样的收入却必须讲究。

这两个方面反映出了尼葛财富性质是这样一种状况：财富是体现着一定精神思想与文化意蕴的物质收入，却也是能够转化成物质有用物的精神思想与文化。滕泰的 2006 年 9 月由上海财经大学出版社出版的《新财富论》提出："财富是人类对经济价值的认识和评价，是一切可以用货币衡量的效用和使用价值。财富既来源于客观世界，也来源于主观世界，财富创造的方式绝不仅仅是生产活动。"这些研究与尼葛实践如出一辙。

在这样的财富观指导下，尼葛开发区确定了招引"税收高、产业链强、科技含量高、低污染"的大项目好项目的招商思路，促进了园区和谐发展。2006 年至 2010 年，尼葛园区集中开发部分实现规模以上工业总产值从 10 亿元增加到 38.9 亿元，增长 3.89 倍；固定资产投资从 3 亿元增加到 12 亿元，增长 4 倍；财税收入从 2452 万元增加到 6800 万元，增长 2.8 倍。同时，尼葛在永安市"抓项目、增后劲、促发展"的同类评比中占据第一名。

财富是尼葛发展的欲望之子，尼葛这样的财富性质，意味着可持续发展，意味着实质性的造福一方。

二、财富扎堆的导向：产业集聚

工业园区原本是欧美国家的流行做法，改革开放以来在我国得到广泛采用。最初，我国不少地方以为，把工业集中于一个园区来建设，只是起到一个集中解决污染的环保作用，所以，有的地方甚至把工业园区叫做"特别环保区"，准确一些说，实际上就是"特别污染区"，这很让不少人迷惑。尼葛开发区从 1992 年批准为省级开发区之后，就被这样的迷惑困顿了将近 10 年。在最初的那些年份，永安市委、市政府总觉得工业园区似乎不应该是这样一个特别环保区，但应当是什么呢？美国哈佛大学的"波特理论"给予启发，从 2001 年下半年开始实施了尼葛规模开发，继而，在新 10 年的实践中，又意识到这其实是一个财富扎堆的经济学行为。

美国哈佛商学院教授迈克尔·波特（Michael EPorter）这样表述：产业集聚是指在特定经济领域中，同时具有竞争与合作关系，且在地理上集中，由交互关联性的企业、专业化供应商、服务供应商、相关产业的厂商，以及相关的机构（如大学、制定标准化的机构、产业工会等）组成。尼葛开发区其实就是这样一个产业集聚地。

在尼葛园区形成的产业集聚，主要有纺织、纺织化工、机械加工、林竹、生物医药和食品加工，等等。眼下最成熟的是林竹集群与纺织集群。

林竹企业集群以永安林业（集团）股份公司为龙头形成产业集聚，建成永安林业30万立方米中密度纤维板一体化生产线项目，推进年产60万平方米林板一体化项目，引进林浆纸和木竹藤加工骨干项目，这样的集聚可以使竹林面积和农民人均竹林拥有量居全国前列的永安市，建设成为海峡西岸经济区的竹材加工中心、木材加工中心以及闽西北林竹产品物流配送中心。

尼葛纺织产业的集聚是从积极承接沿海纺织产业转移而来的，力图打造海峡西岸最大的、功能最完备的纺织工业基地。目前，尼葛已形成4000多亩纺织工业小区，集中了26家纺织企业，产值32亿元，有40条皮革生产能力，初具纺纱—织布—染整—制革—服装为一体的产业链，凸显纺织产业平台优势。

同时，这些企业集群周边围绕着大批的供应商、经销商与科研机构、物流等服务机构。

产业集聚表现为财富扎堆，对此，尼葛思路清晰，坚持以产业政策为主导，不盲目招商，凡不属于他们的产业集聚规划的项目，他们都婉言谢绝。这样的做法，使尼葛财富布局井井有条，结构明朗。

三、打造财富诱因：不断优化投资环境

符合产业政策的企业入驻园区，就是财富流入园区；企业早一天在园区内形成产能，就早一天在园区多一个财富份额；企业的生机就是园区的财富力量，投资环境是很直接的财富诱因。这样的理念促使尼葛十分注重投资环境的建设。

我感到，这 10 年来尼葛的基础设施建设确实有了一个崭新的变化，整个环境能力有了一个大的改善。

　　比如，路网建设四通八达，已完成道路建设 30 公里，做到了布局合理，无障碍运输。

　　比如，供水，已形成了日供水规模 6 万吨，24 小时满足园区生活、工业用水，水质符合国家饮用水标准，而且还在新建一座 3 万吨工业水厂，以备新增用量的需求。

　　比如，供电，拥有 2 座 110 千伏变电站，在建 1 座 220 千伏变电站；用电负荷达到电监市场规定的用电大户，还可享受直接供电优惠。

　　比如，供气，实行了直接集中供气，供气量达 240 吨/小时，目前还在升级，可达 1000 吨/小时供应能力。这使尼葛成为福建集中供气能力最大的工业园区。

　　比如，物流，拥有闽西北最大的物流中心——兄弟物流有限公司，同时配套引进好运货运、源通物流、天清冷链物流等物流企业，为入园企业提供优质快捷的物流服务保障。

　　比如，酒店，有四星级燕景大酒店，会议室、餐厅、多功能厅一应俱全，有着宾至如归的商务、餐饮、娱乐和休憩条件。

　　比如，生活配套设施，建有单身公寓、廉租房 430 多套，设有 2 条专线公交车直达市区中心，学校、警务、消防、医疗、超市、银行、邮电等设施日趋完善。

　　这样的基础设施建设是吸引企业的必备条件，尼葛在这方面是很肯投入的，据说已投入 7 亿多元了。同时，尼葛把突破土地征批作为强化土地开发的关键任务，供地做到七通一平。

　　尼葛的财富诱因不仅仅是土地供应与设施建设，还包括政策机制。除了坚决执行永安市委、市政府的永委（2009）3 号文件《关于进一步鼓励投资兴业政策的规定》之外，尼葛还在土地供应上实施了奖励手段，比如，在不低于国家最低限价基础上，按投资规模分熟地与生地的不同条件进行比例返还，对国家优先发展的重点项目还可一事一议。

这样的财富诱因构造，是一种算大账的聪明，舍小取大，做大蛋糕。

四、财富珍重：园区的品牌呵护

"好的名誉是永远找不开的钞票，坏的名声是一辈子挣脱不开的枷锁。"20多年前诗人食指在《命运》一诗中所写的这两句诗行，原本是对人格的感叹，对于我们今天论说尼葛品牌，却也适用。开发区的品牌是对入园企业的最大鼓舞，一旦损坏了尼葛形象，这里的财富就难以生成。所以，呵护品牌，其实就是财富珍重。那么，全国那么多园区，凭什么我的企业就要入你尼葛园区？这个问号像警钟的钟摆，一直悬在尼葛开发区管委会的心上，使他们时时不忘呵护尼葛品牌。

对此，尼葛开发区管委会实施了"三好呵护"：服务好，协调好，运作好。

服务好。他们提倡人人要想着服务，还要会服务，尤其是园区领导更要带头服务。尼葛通过制定《尼葛开发区入园企业建设流程》和《尼葛开发区内部流程》，对入园项目、工程招投标、土地招拍挂、土地报批、企业注册、项目立项、企业环评等事项实行"一条龙"服务。

协调好。他们认为，只要有利于园区和企业发展，就必须全力以赴抓协调与落实。管委会干部经常主动与园区的业主和准备到园区投资创业的业主交流。他们善于向上汇报工作向下通报工作横向沟通工作，在市机关与园区内村居委会以及企业之间形成了很好的协作关系。

运作好。他们注重项目、土地、资金、政策与人才的运作，抓重点，啃难点，推全面。多年来，开发一片建成一片，签约一项动工一项，投产一个见效一个，扎实推进，就有了眼下的新局面。

对财富的珍重与品牌的呵护不是静态的，而是动态发展的，园区的成就也如逆水行舟，不进则退。在"十二五"开局之年，尼葛开发区确立了升格国家级高新园区的目标，明确了"总体规划，合理布局，分期建设，滚动开发，项目带动，产业集聚，强化服务，建管并重"的工作思路。

更令人注目的是，如今，尼葛的开发规模正在迎来一个新的扩张机遇，这就是：融入永安北部工业新城建设。永安市委、市政府提出了北部工业新城建设的构想，这个工业城总面积计划80平方公里，力争用5年时间，打造规模以上工业产值达500亿元的怡居宜业的现代工业新城。我在采访中得知，北部工业新城建设工作已经启动，总体规划、土地平整、原有体制和债权债务关系清理正在进行，而尼葛是这一未来工业城的核心与重要组成部分，又一次财富膨胀正召唤着尼葛。

我预感得到，尼葛在过去10年间所形成的财富基因将会引发更多的财富生命。

财富的珍重也是一个祝愿，让我们预祝尼葛发展得再快些！

当这篇文章收尾时，我已经感到：自己10年前不能亲手创造尼葛亮点而留下的遗憾，10年后的今天，仿佛被这些后来者的成就给替补了。我在环视与思索这个可贵的"尼葛财富基因"之中得到了愉悦。

永安汽车，半世纪辉煌再出发

陈兆伟

深秋时节，我来到永安，这一天，是 2011 年 10 月 18 日，位于永安市的中国重汽集团福建海西汽车有限公司重卡新总装生产线试运行。这条投资 1.6 亿元的新生产线，可年产 5 万辆中重卡汽车。预计 5 至 8 年后，将实现年产 20 万辆商用车的目标，成为全国重要的商用车生产和出口基地。

中国重汽海西汽车项目，是中国重汽集团积极参与海西建设、实现自身区域合理布局的重要举措。2010 年在厦门"9·8"中国国际投资贸易洽谈会上签约，2011 年 1 月 1 日实现资产交割，3 月 8 日即进场施工建设。目前，14 万平方米的厂房已拔地而起，新厂区建设和生产经营两大战场正同步推进。

永安，这个福建汽车工业的发源地，正乘着海西建设跨越推进的东风，书写着新的辉煌与荣光。

风起于青萍之末

作为一个内陆城市，永安的汽车工业起步于机械零部件维修制造。1959 年，原福建汽车厂开工建设，永安汽车开始了逐梦之旅，50 年的坎坷，永安汽车产业经历了风风雨雨，一度辉煌灿烂，也曾跌入低谷，如今正重新创造辉煌。

1959 年，福建省永安汽车修车厂成立。建厂初期，企业即面临国家第一次经济调整，1961 年至 1970 年期间，生产经营除少量军需品外被迫以维修汽车和发动机及发展农业生产为主。

怎么办？敢想敢干的永安汽车人不甘于等待，不甘于平淡。企业决策层冷静分析，根据当时全国正处于经济恢复期，百废待兴，对各种机械特别是运输机械需求迫切的实际情况，审时度势作出了从修理逐步向制造过渡、边建设边生产、从无到有发展汽车制造业的战略决策，并克服制造汽车没有经验、缺乏力量、设备不配套、原材料不足等困难，先后于1966年、1969年成功试制出66A（北京212）越野小车和福建牌FJ－130型轻型货车。

1970年，福建牌FJ－130型轻型货车开始批量生产。同年7月1日，在建党49周年之际，40辆福建牌FJ－130型汽车参加了福州乌龙江大桥通车典礼；同年12月在北京参加全国工业品展览，由此，永安也奠定了其在福建汽车工业发展中的地位，成为福建汽车工业生产的主要基地，截至1980年，永安共出产福建牌汽车6017辆。

为了加快新产品开发，谋求更大的市场份额，福建汽车厂分别于1981年、1986年加入南京汽车工业联营公司和中国第二汽车集团，在依托联营和集团力量进行产品换型改造的同时，积极发展改装汽车生产。先后研制并批量生产了福建FJ342型三面自卸汽车、东风FJ343A型自卸汽车、福建FJ134型系列载货汽车等6种新产品。东风FJ343型自卸车被省政府评为1986年度优秀新产品，FJ342自卸车荣获中汽公司"改装汽车、专用汽车新产品展评会优秀展品奖"。

1986年，企业开始着手产品转轨，发展农用运输车及其变型产品，先后研制并批量生产了福建牌FJ7Y－1.5型、FJ1915－1型、FJ1915D型、FJ1913W型和FJ2715（即FJ7Y－1.5B）型农用运输车，所有产品全部通过省级技术鉴定。FJ7Y－1.5型农用车荣获1986年度福建省优秀产品；主导产品FJ7Y－1.5A型三座位农用车在 1989 年全国农用车用户评选中入选"十优产品",荣获"飞马奖"。企业也经过"六五"、"七五"和"八五"的技术改造,拥有了完善的冲压、装焊、涂装、整车装配、性能检测、底盘及前后桥总成、变速器总成等多条生产流水线,多次被省、三明和永安市政府及主管厅授予"新产品、技术开发先进单位"称号,以突出的技术与经济实力成为国家汽车制造和改装汽车生产定点厂、国家农用车生产定点厂和省机械工业系统重点企业。

1992 年,福建汽车厂汽车、农用运输车产值和销售额首次突破亿元大关,利润 500 万元;在国务院发展研究中心、国家统计局统计的中国 500 家最佳经济效益工业企业排行中位列行业第 14 名,位列中国 100 家最大交通运输设备制造企业第 73 位。

为保住生产目录而战

卖福建品牌的车,占有全国市场份额,甚至赚全世界的钱,曾是永安汽车人的梦想。然而,由于种种原因,一辆辆汽车却难以变成"金饭碗",曾经的辉煌日益变得黯淡。

1997 年 4 月,按照省政府部署,福建汽车厂从全省汽车、农用车发展的大局出发,接受了龙岩龙马集团公司的兼并,但由于体制与隶属关系变化等多方面原因,企业生产经营陷入困境。2003 年 6 月,又由省汽车集团牵头,利用福建汽车厂的剩余资源与龙岩市国有投资有限公司、民间资本等股东重组,组建福建新龙马汽车股份有限公司永安汽车厂,最终保住了"福建牌"汽车目录这一宝贵资源。

保住了汽车生产目录,只是暂时保住了企业的"命根子"。永安汽车人深知,要想重获新生,技术改造必不可少。

凭借福建新龙马汽车股份有限公司永安汽车厂成立运作的契机，永安汽车厂先后投入1亿多元用于技术引进、开发，与国家汽车研究所、重庆重型汽车研究所、同济大学、厦门理工学院等单位共同开发"福建牌"载重汽车系列产品，继2003年开发了12吨级和16吨级重型卡车后，2004年又成功推出了20吨级和24吨级的三轴、四轴重型卡车，填补了福建重卡生产的空白。

省委、省政府和三明市十分关心永安汽车厂的改革发展，大力支持以永安汽车厂为龙头的永安汽车及零部件产业建设，永安发展载货汽车及零部件生产基地被列入福建省国民经济和社会发展"十一五"规划纲要；三明市也把全市汽车产业发展的重点放在永安，成立了以市长为组长的加快汽车产业发展领导小组。

追梦的人永不止步，追梦的人永远有新的追求。永安汽车厂敏锐抓住了国内交通状况改善和消费结构变化的契机，着力引导产品结构向重型、轻微型和特种专用型方向发展，生产的真空沼池清理车、压缩式垃圾车和沥青路面养护车等个性化产品，获得了市场的广泛青睐，远销江西、广西、云南、湖南、四川、浙江、安徽、湖北、海南等地。

2005年，福建新龙马汽车股份有限公司永安汽车厂共生产福建牌载货汽车3811辆，实现产值2.89亿元。

中国重汽助力再度腾飞

2010年，永安汽车又迎来腾飞的契机。这一年的厦门"9·8"中国国际投资贸易洽谈会上，中国重汽集团重组福建新龙马汽车有限公司永安汽车厂项目在厦门成功签约。

应该说，永安汽车业的这次飞跃离不开国家大环境的支持。

2009 年 3 月，国家出台《汽车产业调整和振兴规划》，鼓励八大汽车集团实施兼并重组，催生了三明市与中国重汽集团合作的机遇。

作为国家汽车产业振兴规划重点支持的八大汽车集团之一，中国重汽集团提出"十二五"打造百万辆级、进军世界 500 强，以重卡产业为主导，中、轻、微、客、特种车辆及工程机械全系列的商用车企业。要实现这一目标，关键在于中卡、轻卡等领域的拓展和迅速在南方形成布局。

作为中国重卡的领军者，中国重汽集团产销规模已进入重卡行业世界前三位。这个重量级企业为何选择来到山区，重组一家民营小企业？中国重汽海西项目又何以快速落地，以超常规的速度加快建设？

"中国重汽落户永安，成为国务院做出鼓励国有企业兼并重组的重大决策后取得实质性进展的首个项目，既是中国重汽集团战略布局的需要，也是当地产业发展的需要，可以说给永安汽车插上了腾飞的翅膀。"永安市委书记黄建平深有感触地表示。

更确切地说，永安汽车与中国重汽集团的此次"联姻"，离不开省委、省政府的高度重视。2010 年全国两会期间，省委书记孙春兰等省领导专程拜访工信部，使得该项合作被列入"省部对接"的项目之一。之后，工信部积极贯彻国家支持海西加快发展的战略，在全国整顿汽车产能扩建计划的背景下，正式同意中国重汽集团重组永安汽车厂。

2010 年 11 月 6 日，中国重汽集团福建海西汽车项目启动仪式举行。项目计划总投资 20 亿元，一期投资 8 亿元，形成年产中重型商用车 10 万辆的生产能力，年产值超过 100 亿元；二期将扩大生产轻型车、中型卡车和重型卡车，至 2015 年，实现年产 20 万辆整车、产值 300 亿元的目标，并将带动配套产业产值

300亿元以上，带动三明市机械加工产业产值达400亿元以上，最终形成三明市机械及汽车产值超千亿元的产业集群。

这一投入大、集聚力强、污染少的项目，使三明市实现了多年以来生产性大项目、好项目的突破，将成为三明市机械及汽车产业延伸产业链、壮大产业集群的龙头，有力促进产业结构调整和工业发展整体水平的提升，并推动海西先进制造业基地建设。同时，项目可实现中国重汽集团快速布局东南沿海生产基地，借助东南沿海地区日益完善的交通基础设施，最大范围地辐射长三角、珠三角和中西部地区，并拓展台湾地区和东南亚等市场。

一个好汉三个帮。各方迅速形成合力，全力推进项目建设：省发展改革委、经贸委、国土厅、林业厅、环保厅等省直部门和三明市对口部门纷纷开辟绿色通道，加快项目环评、土地报批等工作；三明、永安举全市之力支持，每周一计划、每周一调度、每周一次现场会，保进度、保质量、保安全，地价优惠、税收返还、购车补贴等一系列政策相继出台；中国重汽集团从资金、技术、管理、品牌培育等方面支持，在其他项目都压下来的情况下，确保海西公司战略不调整。

建设单位更是超常运作，科学安排，精心组织，全面推进新厂区建设。这才有了本文开头的那一幕：2011年10月18日，位于永安市的中国重汽集团福建海西汽车有限公司重卡新总装生产线试运行。

今年11月5日，中国重汽集团福建海西汽车有限公司的第一辆"海西福泺"重型卡车，从亚洲最长的450米中重卡总装生产线徐徐下线。"海西福泺"的诞生，标志着三明汽车及机械产业迈上了一个新台阶。而"海西福泺"，更是中国第一个以海西命名的自有品牌，标志着永安汽车走上了重振雄风的新征程。

一凤引得百鸟来。中国重汽集团的名牌效应吸引了大批供应商，由 100 家专营店、200 家经销商、300 家服务商组成的销售和服务网络也正在加快组建，将逐步形成覆盖东南地区七大省区域内重点乡镇以上较为完整的营销服务网络。与此同时，规划总面积 20 平方公里的永安汽车城也正加快建设，"院士工作站"已入园运作，全国各地已有 60 多家企业主动上门寻求配套，总投资约 70 多亿元，已签约 19 家。

风起于青萍之末，凤翱翔于九天。永安汽车人的梦，也是多少福建人的汽车梦。起于上世纪 50 年代的永安汽车业从无到有，从小到大，由弱而强，艰难困苦，玉汝于成。在海西建设科学发展、跨越发展的今天，永安汽车梦、福建汽车梦正一步步成为现实，让我们拭目以待。

永安经纬

蔡天初

惬意金秋，风轻云淡，随采风团走进永安。

时光倒流，或许没有人相信，永安，这个不产棉花的福建中西部山区小县，如今仅纺纱能力将达到 70 万纱锭，产业用纺织品和差别化纤维生产已形成区域特色，列入全国纺织产业"十二五"规划重点发展区域和产业集群试点地区。2010 年获"中国新兴纺织产业基地市"荣誉称号，成为全国 28 个纺织产业基地市（县）之一。

永安，纺织业经历了三个不同的发展阶段，实现了三次升华。在经纬演义中，永安崛起引以为豪的"纺织城"，闪耀着自己的光芒，激人思索，令人欣慰。

一

到永安采风，我们首站来到古镇贡川，贡川古称"发口"，因起源于宋朝生产"发口贡席"贡品，后改为"贡川"。

"发口贡席"遂以其生产规模和优良品质而畅销，时至今日，贡川仍有几家古老的编席作坊散落在大街小巷里。

大家不由地被眼前古色古香的编织机和技艺娴熟灵敏的秀手所吸引，贡川生产"发口贡席"的打草席织机，与古老传统的纺织布机有着同样的基本原理与构造，既简单又科学，系用木条制成的大长方框，木框上下梁间密排开紧绷的经线，中间横一条可上下活动的木梁，将经线分成前后两组，产生整齐的错位，这时用一把细长的竹棍将席草送进其间隙，成为草席的纬线，纬线织入越来越多，草席越来越长。据《释名》记载："布列众缕为经，以纬横成之也"。我们常见的平布就是由许多纵向的经线和横向的纬线相互交织而成，可见原始的织布方法就是"手经指挂"到踞织机，朱熹《诗经传》解释说："杼，杼纬者也，轴边经者也。"杼即梭子，轴是主经线的轴。想不到，如今各种新型先进的纺织机，如不带纡管的片梭织机、用细长杆插入纬纱的剑杆织机、喷水喷气入纬的喷射无梭织机等，相继在贡川落户，而永安贡川古老传统的草席织编机，今天仍在骄傲地昭示着千年传统经纬织编的无限魅力，令人惊叹！

贡川古文化旅游资源独具特色，村镇产业化格局逐步形成，不管是贡川的农业经济，或是人文资源和历史文化，特别是工业化进程，同样体现出"承古拓新，敢闯善谋"的贡川精神。与此同时，贡川抓住契机，配合市里建设经济开发区，在纺织工业带动下，不断加快贡川"水东福建省乡镇示范工业园区"建设，园区内形成了以短纤、纺纱、染整为主的纺织集群专业园。陪同我们参观的主人告诉大家说："工业园区呈现出日新月异的风貌，近又规划开发1200亩，入驻10家总投资10亿元以上100条纺织塑胶涂层生产线，现已开发300亩，入驻现代化生产线，纺织专业园又上一个新台阶。"

贡川由农耕经济，向现代纺织经济跨越，在短短的十几年间，纺织工业创造了跳跃式地向前发展，似乎没有什么过渡，所催生出的现代纺织产品向世人展现，成为永安纺织业近年快速发展的缩影，则堪称"贡川奇迹"、"永安现象"。

二

人类的文明史，从一开始便与纺织生产和在此基础上产生的纺织科学技术紧密地联系在一起。

我们通常称的纺织，习惯上指纺纱和织造，实际上纺织经纬的含义，则还应把原料初加工、缫丝、染、整，以至化学纤维生产都包括在内。因此，永安的纺织业，应称起步于1975年建成投产的福建最大化工企业（福建维尼纶厂）。

1971年，福建维尼纶厂在曹远汶洲破土动工。福建维尼纶厂是我国上世纪70年代最先投产的9家维尼纶厂之一，被业界誉为"九龙之首"、"南国一枝花"，现在充满生机活力的现代化企业——福建纺织化纤集团有限公司的前身就是福建维尼纶厂。福建维尼纶厂的建成，成为永安发展纺织业强大的助推力，为永安迎来了历史性的发展纺织工业机遇。

当了解永安纺织走过的历史后，就不能不被那些为永安纺织业的创业、崛起和繁荣，而努力奋斗的永安纺织工人所感动。

在旭长公司的新厂址，我见到永安原纺织总厂郑觉民厂长，他于1980年8月调进纺织厂，从1984年开始连续担任12年的永安纺织厂厂长。他当过铜工、钣金工、生产计划科科长，有着殷殷纺织情，郑厂长向我介绍说："当时永安县在省维尼纶厂的纺织化纤原料优势推动下，同时也为解决建设'小三线'的职工家属就业，1975年开始着手筹建县纺织厂，第二年11月纺织品就试产成功。1977年成立了永安县第一家纺织厂，称永安县纺织厂，这一年，在永安县历史上，有了自己的纺织厂。"

创业的艰辛，其间令人荡气回肠的故事、酸甜苦辣，怕是没有亲身经历的人所难以体会的。郑厂长告诉我："是的，那真是令人难忘的日子，虽然工厂成立快得像一个虚构的故事，但当时所面临的困难却是前所未有的真实，想不到，县纺织厂是由兵工厂生产弹药箱的燕江木材加工厂转轨而改建成的，面对的不仅缺少技术资料、机器设备和专业人才，资金短缺更是一筹莫展，可想而知当时创业的艰辛与困难，当时大家只有一个愿望，早日把工厂办起来。设备只好靠三明纺织厂退下的英国1893年制造的韦锭车细纺机起家，一路走来全靠工人自己摸着石头边过河边架桥。时间到了1988年，市委、市政府抓住机遇，用好政策，扩大纺织行业规模，将永安纺织厂、永安燕鹭棉纺厂和1978年由省纺织公司投建的县帆布厂，三家联合成紧密型企业，诞生了国有企业'永安市纺织总厂'，永安纺织工业上了一个新台阶，为纺织业发展打开了新局面。1991年，为解决资金问题，壮着胆子，在永安第一家利用政府贷款200万美元，引进瑞士贝林格整经机、德国祖克浆纱机和意大利剑杆织机。设备到货，当年即开发出厚重型PU（聚氨基甲酸酯）革基布，那时我们根本不会想到，这一结果对永安和福建纺织业的意义将是何等重要和深远影响。现在永安95%纺织厂还在大量生产这'布'，并且形成了以发展PU革基布和各类工业用布的企业群体，永安厚重型革基布至今生产规模仍居福建省前列。"有趣的是，当我向郑厂长问及："生产PU革基布这条路，永安现在还在走，一个产品连续生产20多年而经久不衰，有什么奥秘？"想不到，郑厂长和我谈起岳飞用兵，引用《宋史·岳飞传》一句话送我，并写在我采风本子上"运用之妙，存乎一心"。并说："企业生产与打仗一样，攻城不怕坚，苦战能过关。"我带着敬仰的心情，离开时说："我喜欢德国剧作家、诗人歌德的名句：'你若要喜爱自己的价值，你就得给世界创造价值'"。纺织业在永安扎下脚根，建设者功不可没。

永安纺织业起步发展阶段走过20年（1977—1997年）时间。

三

如果说扶持民营企业，是永安纺织业迅速进入改革发展的新时期，那么，1998 年 11 月对"永安市纺织总厂"采取结构调整、兼并整合、收购发展等方式进行体制改革，堪称是永安纺织业改革开放的深入和适应市场经济发展进程中最具典型意义的举措。

永安市纺织总厂实现转制是成功的。当时，永安市委、市政府抓住国家对纺织行业结构大调整的机遇，从实际出发，提出打造"纺织强市"的目标，制定一系列发展纺织工业优惠政策，出台了《关于加强纺织行业发展的若干意见》《关于永安市机关干部、群众投资纺织业的优惠政策》《永安市纺织工业 2003—2007 年发展规划》和《关于加快工业产业化进程的意见》等政策规定，对永安纺织业的发展，意义是深远的。

从此，永安掀起了民营集资兴办纺织企业的热潮，一批民营企业家集民间资金，在政府的支持下，以原永安纺织总厂的企业人才、技术设备、厂房设施等为基础，纷纷成立民营纺织企业。约 4 年时间，通过整合、发展、兼并，在永安催生了民营棉纺、织造、针织、非织布、服装等纺织企业 48 家，纺织商贸企业 7 家。到 2008 年底，让人们出乎意料的是，有一定规模的纺织企业超过百家，实现"一厂变百厂"，永安市纺织总厂成了永安纺织企业的孵化器。

永安市宝华林实业有限公司是典型例子之一。这是一家以生产化纤纺织产品为主、精细化工产品为辅的先进企业。董事长邓忠华讲述了其父邓如宝创办"宝华林"的成长过程：上个世纪 80 年代，跑运输是个挣钱快的热门行业，邓如宝借钱买货车，办起了永安城南运输站，但他最理想的事业是自己能办个厂，当时纺织品是他主要运输货物，纺织业信息来源多，1998年又迎来了新的发展机遇，出台允许个体私营经济参与国有企业改制的政策，他兼并了两家纺织公司，创办了宝华林纺织厂，经过几年创业，现今成为永安纺织业"小巨人"。

永安市纺织工业局朱里辉局长如数家珍："1998年以来，民营企业迅速发展，贡川田龙纺织染整有限公司，自2001年3月兴建以来，现已形成加工针织坯布、染整坯布、浆纱上规模的生产厂家；京朋纺织有限公司，自2003初动工建设以来，引进前纺和后纺纱锭先进设备；东泰染织项目是2011年4月份新引进的一个纺织染整项目，生产各种花色新颖的绒类织物、经编间隔织物、工业用布、鞋用面料、产业用布等产品。"

在采访中，纺织女工黄丽婷给我留下深刻印象，她1990年从永安市纺织技校毕业后进入当时的永安纺织总厂棉纺一厂工作，由于她的勤奋好学，仅仅一年时间，她就获得了全厂岗位操作比赛第一名的好成绩。1999年换岗，在企业认真地从头学起，只用了一年的时间，她在全厂操作比赛中又获得本岗位的第一名。2004年6月，川龙纺织公司建成投产，向社会公开招聘生产技术骨干，黄丽婷通过应聘，成为了川龙纺织公司前纺车间的一名运转值班长，带出了一支技术过得硬的队伍，在岗位上作出贡献。2010年，黄丽婷被评为全国纺织工业劳动模范，成为永安纺织战线上千万女工的先进代表。在自动化程度和科技含量高的福建荣耀纺织有限公司，总经理洪良远说得好："我们到永安投资纺织产业，深感政府服务到位，特别是拥有一批高素质的职工团队，现在要在永安扩大投资，扩大生产规模。"

如今，永安纺织业的快速发展壮大，纺织产业聚集效应已体现出来，并辐射到周边长汀、尤溪以及南平地区，成为永安最具竞争力的支柱产业。

2008年，永安市委、市政府审时度势，制定出了一整套新的发展规划，纺织产业的定位转入"提升发展阶段"。

永安纺织业改革发展走过了 10 年（1998—2008 年）这 10 年里，给永安纺织业带来了真正的好运气，我分析的结果是：一是总量规模较快攀升；二是产业结构日趋优化；三是产品档次不断提升；四是主要产品产量较快增长；五是固定资产投资较快增长，是改革开放开启了永安纺织业发展新时代。

四

永安纺织业现有上规模的百家企业，下阶段如何"构建产业链集成创新体系"、"构筑纺织科技产业新格局"，走提升发展之路，成为永安纺织业当下关注的焦点。

提升不仅要有新思维，更要有新动作。永安市委、市政府正在开发建设五个产业用纺织品专业园区，就是着力打造"中国产业用纺织品生产基地"的一大手笔，我梳理在尼葛开发区采访时在机器轰鸣声中记录下的文字：

"五个专业园区中的在建项目，一是尼葛海东青非织造专业园：与海东青（香港）签约的投资约 10 亿元涤纶短纤维和非织造布生产线项目；二是大湖华永新材料非织造专业园：省重点建设的废弃塑料回收、涤纶短纤维和涤纶无纺布项目；三是曹远大兴三期汉华汽车用纺织品专业园：大华树脂、明华 PU 革、无纺布项目；四是贡川水东塑胶涂层专业园：刚入驻的瑞克、丰浩两家各 10 条生产线；五是大帝新材料专业园：树脂、塑胶涂层、特殊聚氨酯材料、新型纺织涂层等项目。"令人欣喜的是，专业园区已列入省级高新技术产业园区建设项目，许多知名企业都在这里安了家。

纺织专业园区引起我极大兴趣，我应邀参观尼葛开发区内旭长新厂区。还没有走进燕西新岭工业园区，远远就看到一批批红红的大字条幅，高高挂在远处的旭长新厂房大楼上，庆贺旭长公司创产 10 周年和乔迁新址之喜。公司员工正忙着安装调试年产 4.92 万锭生态纺织品高端用纱先进设备，公司现仅剑杆织布机就有 184 台，主要装备集"机、电、仪、光、气"为一体，自动化程度高，环保节能，劳动强度低，单台设备原来要三四人操作，现只要一人即可完成，节省劳力达 70% 以上。旭长公司设备处领先水平，在这里全景展现永安纺织产业升级提升的成就，强劲势头让人注目。

据说，当时永安以金德纺织为代表的产业升级全面展开，上一套清梳联设备，采用了先进的光电控制、变频控制、自调匀整控制、传感器电脑控制技术曾引起不小轰动。紧跟其后，浩宇纺织有限公司高新技术装备 6 万锭高端纱技改项目，是三明市新经济增长点的重点项目之一，也是永安市企业退城入园项目，迈出了具有国际先进水平的纺纱设备和生产高端纺织品的步子。这几年企业陆陆续续先后购入法国、意大利、韩国及国产先进的设备，企业通过技术改造、新建项目、引进战略投资者等方式，积极推动纺织公司战略转型和主业优化升级，取得很好效果。

古今纺织工艺流程、设备发展和新产品的开发，都是因应纺织原料而创新设计的，因此，原料在纺织技术中具有重要的地位。人们常说，"风正一帆顺，品高万里扬"，纺织产品除了用于衣着外，也供观赏、包装等用，在现代，还用于家庭装饰、工农业生产、医疗、国防等方面。纺织工业已形成从原料到服装、家纺、产业用三大纺织成品，以及教育、科研、设计等完整的纺织产业体系和产业链。但随之而来，以绿色环保产品作为企业重点开发对象，将竹纤维、菠萝纤维、动物蛋白纤维等为原料开发生态纺织品高端用纱，推动和促进纺织产业链整体水平的提升，具有较强的竞争优势，永安纺织企业朝着绿色环保、生态纺织品的开发方向而努力提升，同样将成为一项重要任务。

永安纺织业近年来，以发展差别化纤维材料、产业用纺织品和高附加值纺织品等战略性新兴产业为主线，以高新技术以及适用性先进技术改造和提升传统纺织产业为重点，以科技构筑产业新格局，全力推进纺织产业跨越发展，取得明显成效，特别可喜的是，产业用布的专业交易市场以及物流仓储、信息交流也在发展之中。

永安纺织从家业到产业，从经编、纬编到机织、机电一体模块化，从传统产业到现代产业的转变，这，不能不说是永安经纬演义展示了独特的个性魅力。

......

纺织业是与民生息息相关、不可分割的产业。"十二五"规划国家给予纺织产业以新的定位，不仅是国民经济传统的支柱产业、重要的民生产业，而且是战略性新兴产业的重要组成部分，以及时尚产业重要推动力量。"十二五"规划又给了永安新的挑战和机遇，我们期待着永安纺织出更加绚丽的新画卷。

叩开"绿色宝藏"的大门

—— 永安集体林权制度改革成功之路

洪华堂

　　永安市是我国南方 48 个重点林区县（市）之一，也是全国唯一的林业改革与发展示范区，拥有林地面积 382 万亩，森林覆盖率为 83.2％，林木蓄积量 2210 多万立方米，居全省第一位，其中毛竹面积 100.5 万亩，农民人均占有竹林 6.7 亩，居全国第一位。可谓满目青山"聚宝盆"，无边林海"摇钱树"。

　　然而，守着"金山银树"的永安林农 10 多年前却过着苦日子。"家家住在山脚下，人人出门就爬坡，吃的是五谷粗粮，住的是土墙木屋。"这是林改前当地林农贫困生活的真实写照。

　　穷则变，变则通。一场划时代的集体林权制度改革，大刀阔斧地叩开了永安"绿色宝藏"的大门，让郁郁葱葱的松涛林波成为取之不尽、用之不竭的宝库。人们惊叹，山还是那山，人还是那人，只因"山定权、树定根、人定心"，那山、那人所迸发出的活力却是如此地惊人。因林改，生产机制变活，生态环境变好，林农腰包变鼓，林区发展变强，永安市成为"全国林改的一面旗帜"。

林改"小岗村"的破冰之举

　　1998 年，一场山林"大革命"正在永安市洪田集镇所在地洪田村悄悄酝酿。这是一场逼出来的"革命"。

　　洪田村自 1981 年开展"稳定山权林权、划定自留山、确定林业生产责任制"后，1984年又进行"分股不分山、分利不分林，折股联营、经营承包"的林业股份合作制改革。但两次改革都没有从根本上解决最核心的产权和农民收益问题，调动不起农民们耕山、育林、护林的积极性。

"到了上世纪90年代，乱砍滥伐歪风盛行，农民胆大的白天砍，胆小的晚上伐，甚至雇请民工成立专业队上山。偷盗者还用上传呼机等现代通信手段，放风人员发现有情况就打传呼'44'、没有情况就打传呼'66'，手段无奇不有，乱砍滥伐之风根本没法控制。"洪田村党支部书记邓文山说，"要致富上山去砍树"成为当时的一句口头禅。

眼看一座座山林被砍光，面对农民"靠山不能吃山"的现实，邓文山和其他村干部思考再三，一致认为只有改革才有出路，"老百姓也盼着干部早下决心，早改革啊！"

争论很激烈，有人赞成分山到户，也有人怕分山后断了"财路"。1998年七八月，自上而下、自下而上，一连召开20多次村两委和村民小组会议。最后，邓文山主持，实行无记名投票，结果显示80%以上的村民赞同分山到户。

当年10月，在当地党委、政府的支持下，洪田村领全国之先，开启林改破冰之旅，迈出了"分山到户"和均山、均权、均利的实质性步伐。

"摸着石头过河"。2003年6月，洪田村又先行先试，率先启动了以"明晰所有权、放活经营权、落实处置权、确保收益权"为主要内容的集体林权制度改革。

洪田村的做法，为永安乃至福建林改在全国率先突破提供了借鉴经验。2007年洪田村被由国家林业局、中央农办、国务院政策研究室等六部委局组成的联合调研组喻为全国林改工作的"小岗村"。

"林改之花"开遍山乡

忽如一夜春风来，千树万树梨花开。

洪田村林改的成功，产生了强烈反响，许多乡镇跃跃欲试。永安市委、市政府及时出台集体林权制度改革方案，各乡（镇、街道）结合实际，因地制宜，制定了集体林权制度改革实施方案，并积极付诸实践。一场从上至下的林改全面展开。

"公家林"变成了"自家林"。2004年5月，永安市基本完成确权发证主体工程，实现了"山定权、树定根、人定心"。说起林改带来的变化，邓文山感慨地说："以前，一听说要封山育林，老百姓意见就很大。现在，农民把分得的山林不仅看成是眼前的财富，而且看成是留给子孙后代的财富，造林、护林的积极性空前高涨。"上坪乡龙共村竹农杨国松就是一个典型，他一家承包竹山120多亩，承包期一定30年不变，让他吃下"定心丸"，于是，他大胆投入培育竹林，竹山年产值从每亩260元提高到现在的1100多元。

林权证成为林农的"储蓄卡"。2004年，永安市成立林业要素市场，率先在该市实行林权证抵押贷款试点工作。具有法律效力的林权证，为金融部门农村信贷找到了有效的抵押凭证，通过开展林权证抵押贷款，过去的"死"资产盘为"活"资产。爱民爱村合作社股东周爱民，先后四次通过林权证抵押，向信用社贷款130万元，用于造林和扩大经营规模。洪田村林农张林生有两个孩子在读书，年年为筹集学费发愁。林权证发到手后，他来到林业要素市场，将自己名下的40多亩林子进行交易登记、评估变现，解了燃眉之急。他说："有了交易市场'一站式'的服务，买卖林木比买卖青菜还方便！"

破解发展难题，林改不断深化。2009年4月，国家林业局确定永安市为全国林业改革与发展示范区。该市以此为契机，全面铺开了森林资源资本运作、采伐管理制度、林业合作经济组织建设、林业管理体制创新等"四大改革"，有效解决了林木采伐审批手续繁琐、林农监管成本高等问题。

"林改之花"越开越艳。永安林改经验在全省推广，并推向全国。2006年年初，胡锦涛总书记到永安视察时指出"林改意义确实重大"，充分肯定了集体林权制度改革的工作成效。

"绿色宝藏"成就林改效应

在古老的阿拉伯神话传说中，"芝麻开门"这句神奇的咒语，开启了秘藏宝藏的洞门。

在现实生活中，"林改"这把重锤，撞开了"绿色宝藏"的大门。"山林革命"带来的是巨大的经济和社会效益。

昔日空叹山林好，而今植树如造银。林农造林、护林，社会投资兴林的积极性空前高涨。非公有制造林比重由2004年的20%提高到85%；林业吸引社会投资24亿元，大量科技成果、优秀人才和农村劳动力转向林业，为林业发展注入前所未有的活力和动力。罗坊乡溪源村党支部书记陈邦昌在山林确权后，投资修筑了3.2公里的竹山便道，还建成一座可蓄水50多立方米的蓄水池。几年来，他花在竹山上的钱不少于10万元。陈邦昌说："这叫做大做强，滚动发展！"

林改后，林农腰包鼓起来。永安市林竹产业每年可吸纳农村劳动力5.76万人，占该市农村劳动力总数的60%以上。2010年，全市农民人均林业收入比2003年翻了一番。一些村还通过集体投资店面、房地产等项目，实现以财生财。富裕起来的农户，盖了新房，买了摩托车、小车和各类农用车。仅洪田镇有31个经济能人在外地购买或承包山场，经营面积达3万多亩。

走进"中国林改第一村"洪田村，可见一幢幢新颖别致的农家小楼排列有序、整齐划一，一条条平坦的水泥路面伸进了农家宅院，家家户户用上了沼气、自来水，房前屋后还建起造型各异的绿化带……生活富足，环境优美，一幅欣欣向荣的社会主义新农村美好画卷展现在眼前。

山更绿、水更清、城乡更美了。林改带来的环境效应不可低估。永安市连续6年每年造林面积达7万亩以上，比林改前的2002年翻了近两番，全市林地绿化率达91.2％，铁路、公路沿线绿化率均达97％以上，城市绿地率达40.7％，人均公共绿地面积10.9平方米。

青山排闼，绿水绕城，令人欣喜。更可喜的是，林竹产业蓬勃发展。龙头企业"永安林业"现已发展成为中国行业100强、综合实力居全国同行业第三名的"AAA级"信用企业，实行"公司＋基地＋农户"森林经营模式，有力促进了林地增产、林农增收、企业增效。有着"中国笋竹之乡"美誉的永安市，近年来竹业成为地方最具优势和潜力的特色产业经济，建成了全省最大竹胶板生产基地，竹加工产品涵盖10余个行业200多个品种。每年的笋竹节更是热闹非凡，既搭设了产业聚集的平台，又展示了永安作为中国优秀旅游城市的风采。

如今，永安林区和谐稳定，人们安居乐业。该市228个行政村每年从林地使用费和林业经营收益分成中获得稳定收入，林业收益二次分配有力推动了新农村建设，促进了乡村道路、自来水、沼气池和村民养老、医疗保险等公共事业发展。林农自我管理、自我服务的一系列内在功能逐步健全，村务公开、民主管理制度得到落实，探索形成"168"基层党建工作机制，有效转变了干群关系，带动乡风民风好起来，基层组织强起来，实现了林区繁荣发展。

永安开通"农村公交"关照人文交通

骆红芳

有两个场景我至今难忘。

场景一：1997 年我随厦门警方追逃犯到湖南的娄底地区，那里重峦叠嶂，道路崎岖，船开了半天，车开了两小时，就根本无法再前行了，我们在山里走了三小时才到了目的地。村长帮我们找逃犯的父亲，用的不是电话、手机，而是冲着大山呼喊，回声在山里传了很远很远的地方，过了几分钟，从很远很远的地方传来同样的回声，又过了几十分钟，逃犯的父亲才赶过来，他在山里打柴，看到城里来人，惶恐而不知所措，他说只知儿子在南方打工，几年未见，权当没了这个儿子。我们离开时，走了一段路，我禁不住回头，看到他苍老而茫然的身影如一尊雕像定格在破败的木楼前。我感慨万千，老人可能一辈子没有走出这座大山。这里的山民一辈子因为交通不便，难得出几回山。活络一些的年轻人如鸟般飞离了大山，也因交通不便，难得回家。有的从此音讯皆无。

场景二：早些年，制作三明尤溪保险公司一部专题时得知他们赞助的大山里一个女孩读书的事情后，我随车在路上颠簸了 4 个小时，到了这个小姑娘所在的村庄，见到了她。她悲惨而不幸。父亲摔成高位截瘫，一家失去了主要劳动力，他们兄妹 3 人都在念书，每天要走来回 4 个小时的山路读书，父亲出事后，再也无法负担他们的读书费用，就提出要她休学，她哭着求父母只要让她念书，她保证不耽误干农活的时间。小姑娘干瘦的形体蕴含着无限的力量，她的坚持感动了无数的人。尤溪保险公司的赞助让失学的小姑娘有了读书的保障。在回程的路上，我的眼中再也抹不去山里孩子行走在上学路上孤独的身影。

这世上本没有路，走的人多了，便也成了路。可是在现实中，在风光迤逦的大山中，在中国有多少农村的孩子没有这个小姑娘的幸运，他们在求学的路上忍受着城里人难以想象的艰辛却怀揣着希望行走在路上，再苦再难都能忍受。

中国交通日益发达，城市公路、国道、铁路、航空、高速公路、高速铁路……纵横交错，眼花缭乱，实属锦上添花。但在中国的乡镇特别是山区，出行难的问题依然是一个难解决的问题，交通便利对于社会的弱势群体几成奢望。

与高等级公路建设形成强烈反差的是县、镇、乡、村的道路建设滞后，运输车辆的破旧带来的安全隐患，价格不菲的票价让农民望而生畏，在深山里的山民可能一辈子都没有见过汽车，在经济飞速发展和全面建设和谐社会的今天，民众出行和对有保障的物流需求、渴望与交通条件的不具备以及相对落后之间的矛盾越来越突出。2004年以前，在永安一些山区偏远的地方，人们还是走在崎岖的羊肠小道上，行路艰难，信息闭塞落后，农民生活极其不方便，孩子上学、走亲访友、农副产品交易等对于生活在底层的老百姓仍然沿袭着肩挑手提两条腿走路的习惯。

尽快改变出行条件，缩短城乡交通差距，和城里人一样可以坐上价廉物美的公共汽车出行成为贫困地区民众的迫切希望，也成为这个时代应当关注的焦点。

2003年，国家交通部发出《关于加快发展农村客运和开展农村客运网络化试点工作的通知》，如春风涤荡在中国的大地上，凭借这股春风，福建"万里农村路网工程"摆上了工作日程，这是福建省委、省政府于 2004 年提出的战略目标，即对农村公路硬化改造全面提速以及发展农村道路运输。这是服务农村农业农民的重要举措，是建设社会主义新农村的需要，是对如何解决百姓出行难问题的一次探索，是民心工程的重要组成部分，同时，也是探索农村公路管理、农村客车管理和经营向市场化、产业化方向发展的一次历史机遇。大鹏展翅，它能凌空翱翔、奋飞千里吗？

该问问我们的交通人了，我们可以且应该为农民兄弟做些什么？面对农民兄弟殷切的眼神，我们是紧跟时代，雪中送炭，做好服务，还是漫不经心，不闻不问，碌碌无为。

古人云：质美者以通为贵，才良者以显为能。

修路建路是基本条件，而发展城乡交通运输让农民有车可坐、坐得起车才是最终目的。福建省政府和交通部门下定决心要加大财政投入为民办实事。在福建省基本实现建制村通上水泥路之后，省交通运输部门加大了农村通车工程的推动力度，提出了 2010 年底全省建制村 90% 通客车，2011 年底符合通车条件的建制村都开通客车的目标。其中，永安市与尤溪县、长汀县被列入省级试点，在 2010 年底实现建制村 100% 通班车。

永安市政府和交通部门顺势而为。

农村客运，路网建设是保障。安保先行，2010 年，永安市完成所有建制村公路硬化，以及 28 个未通客车建制村共 353 公里的公路安保工程建设，整治道路安全通行隐患点，设置警示标志，2011 年完成 265 公里的建设任务，同时加强对农村客运线路的管理，该市 76 条客运线路有 48 条每日班、16 条墟日班（周末）、7 条隔日班、5 条预约班；136 辆农村车辆，有 117 辆中巴车（12—19 座）、19 辆小型客车（7 座），有 109 辆经营县到乡村线路班车，27 辆经营乡村、村村片区班车；公车公营和公车承包经营比例占 81%。

"政府支持，社会参与，市场运作，微偿服务"极大地推动了"村村通客车"工程的顺利进行，在实施中，永安市各级政府、交通运管、公路工程、交警、安监、物价、税收、客运企业等单位通力合作，深入乡镇调查研究，实事求是，责任到人，认真落实发展农村客运，经过一年的努力，永安市形成了一个以县乡线路为主、农村班线为辅的农村道路客运网络，全市228个建制村100%通车，较好完成了这项民心工程。不仅如此，他们还因地制宜，率先提出在山区开通小城镇公交班车的思路，人们将关注的目光投向永安名镇——小陶镇，时代赋予小陶镇的契机使它再次脱颖而出，生活在这片土地上的老百姓无疑是幸运的。

　　小陶镇是永安市最大的建制镇，三明首批县域次中心试点及福建省省域城镇体系规划中心镇，土地总面积414.8平方公里，地处丘陵地带，平均海拔340米，属亚热带气候，总人口近3万。地处永安市西南部，是永安市的西大门，区位优势显著，农村公交的开通，开创了福建省山区开通公交的先例，为农民提供方便、快捷、经济、安全的出行条件具有重要的意义，必将如星星之火，蓬勃而发。

　　历史要永远记住这一天，2011年10月16日。

　　在喜庆的爆竹声中，农民在自己的家门口乘上了票价一元的公交车。

　　小陶镇首批投入5辆车，开通了4条公交线路，覆盖了全镇——1个社区（居委会）、34个行政村，解决了以小陶镇为中心7公里半径范围内的建制村村民出行难和学生上学难问题。

　　农村公交车定时发车，营运时间从6时30分至18时30分。每隔40分钟发车一趟。全程实行政府定价和低票价政策，公交票价基价只需1元。

　　"城里人才有的公交车，我们在家门口也能坐上了。"

"现在，再也不用担心孩子坐黑车、打摩的，上学时会出事故了。"

"我们再也不用起早摸黑走路上学放学了。"

"现在我们农村路越来越好走了，坐车越来越方便了，如今又通上了公交车，我到城里的市场卖菜，原先要挑着担子在路上耽搁两三个小时，现在半个小时就够了。"

"原先，亲戚间要等到节日才能见面，现在平时也能见面，我们亲戚间的走动也频繁了，大家的感情更好了。"

"以前进城一趟太不方便了，现在只要想去就可去，视野开阔了，信息交流也多了。"

"我们也可以经常去城里玩了。"

——小陶镇村民语

永安的市花为含笑，农民脸上乐开了花，那是从心底开出的花。农民笑了，在田园间，在蜿蜒的山路上，享受到和城里人一样的便利，享受到和城里人一样的速度，跋涉的双脚终于可以解放了。公交车使农民体验到彼此间前所未有的接近，也缩短了城市和村镇间的距离，往来频繁，彼此了解，相互影响。山区公交车的开通对社会影响是巨大的，对农村文化、教育、经济的发展起到重要的推动作用。

自农村客运开通以来，永安市不少建制村由于地处偏远，人口稀少，农村客运班车效益低，出现经营亏损、无人愿意经营的现象。针对这一实际问题，永安市政府对农村客运的扶持问题进行了认真的研究和探讨，积极争取各有关部门的优惠政策，为永安市开通农村客运班线提供有力支持，确保农村客运班车"开得通，留得住"。

小陶镇公交运营投放的首批 5 辆公交车价值 100 万元，永安市政府补贴经营企业 50% 的购车款，小陶镇政府连续三年每年拿出 10 万元的财政预算用于小陶镇公交的运营补贴，同时还享受连续三年的油耗补贴（30元/每趟次）、保险补贴（小型中巴0.6万元/辆年，微型小客车0.4万元/辆年），此外还有税收扶持。

公交车作为最普遍的一种大众运输工具，具有广泛的群众基础和深远的社会影响力，它最大的优势是在道路上循固定路线或者固定班次承载旅客出行。公共交通是由公共汽车、电车、轨道交通、出租汽车、轮渡等交通方式组成的公共客运交通系统，是重要的基础设施，是关系国计民生的社会公益事业。

公共交通优先即"人民大众优先"。我们要充分认识优先发展农村公共交通的重大意义，如果政府把大力发展农村公共交通，为农民提供安全、方便、舒适、快捷、经济的出行条件，作为实践"三个代表"重要思想，坚持立党为公，执政为民的一项重要工作，摆到重要位置切实抓紧抓好，就会营造有利于农村公共交通持续、稳定、健康发展的社会氛围。

韩愈说得好，智足以造谋，材足以立事，忠足以勤上，惠足以存下。在一个变化万千的时代，任一有识之士都应以高度的社会责任感，为构建和谐社会，促进农村公交事业的振兴与繁荣，书写浓墨重彩的篇章。

关照人文交通，繁荣反哺市场。

城乡固然有别，但在市场全球化的呼应下，农村也发生了深刻的变化。

农民的个人生存空间在逐步扩大，流动性迅速增强。当今时代，人们的身份意识逐渐模糊、淡化、交融……譬如城市和农村，工人和农民，很多身份角色已经趋同或合二为一。但不容否认的是，社会底层依然存在，不少农村及城乡结合部，还生活着大量的温饱型人群。农村公交，显现的是一种弱势，但此种弱势是与弱势人群在实际生活中和舆论上的弱势密切相连，要改变弱势地位，首先是要进一步解放思想，从提高对解决

"三农"问题有关的重大时代课题认识上去给农村公交发展提供新的切入点和精神动力。在这一点上，永安市政府和交通部门给我们提供了很好的经验模式。

永安市在全面推进村村通工作期间，不仅开通了小陶镇的农村公交班车，早在2010年，还以大湖镇做试点，开通农村学生接送班车，在开通过程中，采取新举措，创新开通学生接送班车机制即在对学生免学杂费、课本费、补寄宿伙食费"两免一补"的基础上补助农村学生乘车费，实行市镇两级、承运单位和学生家长共同承担的原则和多元投入的学生交通安全接送经费保障机制，学生接送做到定车、定人、定钱、定时，较好遏制了农村学生接送车超载现象，确保了学生乘车安全。

在短短几年中，永安交通，创新模式，营造环境，已蔚然成为一大景观并代表着一种新的思潮——人文交通思潮，魅力在于其人性化、人情化及文化思想内涵的张扬，与民众、社会搭建了一座心灵沟通和关怀的桥梁。通过对交通生活的干预，既而指向一种社会人文关怀，最终彰显的是一种人文精神。

现在我们提倡工业反哺农业，城市反哺农村，我们是不是可以说社会中强势群体应该反哺弱势群体，是历史发展的必然要求，是人类文明前进中应有的人道情怀，我们贡献给社会与底层的，不仅是物质的提升，还需要精神的抚慰。

目前中国农村绝对贫困人口超过3000万，城镇失业下岗者中的贫困人口也不在少数，加上残疾人、受灾人口等其他生活困难者，需要社会救助的人口超过13亿总人口的10%以上。毋庸讳言，先富起来的人群对社会的回报却不那么尽如人意。

城乡的差距很大，人和人的差距很大，有差距就有矛盾，无视这种差距，听任这种差距的发展，到头来就有可能成为影响社会安定和现代化进程的不稳定因素。因此，工业反哺农业，城市反哺农村，扶弱济贫，加强社会保障，扩大交通、教育与文化的无偿支持，无疑是后工业时代调和城市文明和农业文明之间矛盾，维护社会安定，构建和谐"三农"的必由之路。

值得我们注意的是，在反哺的过程中，我们需要的不是恩赐的观点和态度，而是心中的那份真诚和平和，在我们周围形成一个巨大的情感场，这个情感场抑恶扬善，存真去伪，不慕虚荣，它可以抚慰着心灵的伤痛，荡涤着心灵的灰尘，缩短着心灵间的距离，最终，激励着心灵向真善美的终极目标趋近。

公益活动必须完善社会监督机制，充分保障民众的知情权。公益活动需要榜样的力量，其业可嘉，其德可彰，其功可铭，功德无量。

"请君莫奏前朝曲，听唱新翻杨柳枝"。永安农村公交事业才刚刚开始，我们相信，只要假以时日，天道酬勤，奋勇精进，定将可圈可点，可期可喜……

永安现代农业示范区放歌

吴建华

2011年深秋时节，我来到了久违的永安。当许多地方已是落叶纷飞的时候，在永安，我却看到了一派春意盎然的景象。绿色的山，绿色的水，绿色的现代农业示范区。我要用绿色的音符，为永安秀美的山水，谱写一曲春天的赞歌；我要用绿色的叶笛，为永安现代农业示范区，献上一首动人的乐章。

飞桥莴苣的风采

千亩莴苣现飞桥，无边绿色分外娇。

一村一品成特色，健康安全名商标。

在永安，说起莴苣，可谓是家喻户晓，人人皆知。因为，莴苣已成为老百姓饭桌上的家常菜。在几户农民的家里，我都看到了他们喜欢吃的莴苣。莴苣，不仅成为寻常百姓喜爱的菜肴，还是农民增收的重要来源。在永安，除了粮食外，莴苣成为了第二大农作物，仅秋冬莴苣一项，农民人均收入达到760元，是永安农村经济新的增长点，是农民增收致富的重要支柱产业。

近年来，永安市农业局在实施科技部农业成果转化《高品质茎用莴苣新品种"飞桥莴苣1号"中试与示范》项目中，措施有力，成效斐然。莴苣还与名优水果、茶叶、黄椒、鸡爪椒、淮山和槟榔芋、甜玉米等，被列入特产品种，并建设"六个万亩规模种植基地"。"飞桥莴苣"获得国家工商总局地理标志产品保护证明商标的殊荣。永安市飞桥莴苣发展有限公司的"飞桥莴苣"，获省名牌产品和著名商标。"飞桥莴苣1号"自通过省级品种认定以来，《高品质茎用"飞桥莴苣1号"新品种选育和应用》及《高品质茎用莴苣新品种"飞桥莴苣1号"中试与示范》项目得到广泛的推广，"十一五"期间推广面积达37万亩，为农民带来了很好的经济效益。

2006年1月13日，是一个令人难忘的日子，胡锦涛总书记亲临永安市小陶镇八一村，视察飞桥莴苣千亩生产基地，对高效农业模式给予肯定和勉励，给村民们带来了巨大的鼓舞，为永安市发展现代农业提供了历史性的发展机遇。

寒雾山笋的神秘

蒇蕤绿竹指天汉，高山深处人迹罕。

空气清新环境好，寒雾鲜笋零污染。

在永安市700多米高的深山里，有一片土壤肥沃、云雾缭绕、空气清新、人迹罕至面积达数万亩的原始森林，福建永安绿健食品有限公司的竹笋基地就建在这里。绿健人用他们的执著和坚韧，像呵护着自己的小孩一样，细心地照料苗壮成长的竹笋。他们不仅为绿健食品加工提供充足、优质的原材料保障，更为绿健食品铸造了高品质的辉煌，也使"寒雾山笋"闻名遐迩。

永安以中国笋竹之乡著称，于2002年改制成立的永安市绿健食品有限公司，依托笋竹之乡的优势，除了专业从事天然竹笋的加工外，还有蔬菜、食用菌等农副产品的深加工。

带着对寒雾山笋的好奇，我踏上了寻秘之旅，来到坐落于永安森岭工业区的永安市绿健食品有限公司。这座占地面积67669平方米的工厂，既有标准化的厂房，又有研发和检验中心；既有从我国台湾地区和日本引进的先进加工生产设备，又有现代化生产标准的企业管理。企业先后通过出口食品卫生注册、美国FDA（食品和药物管理局）低碳食品注册和HACCP

（控制食品安全的管理体系）、QS（食品质量安全）、绿色食品（AA）以及有机食品等多项认证，保障了产品始终如一的高品质，深受日本、欧美市场客户的青睐。

在鲜笋加工的流水线前，我仿佛看到，一批又一批从高山运来的竹笋，变成丰富多彩的食品。公司董事长许玉娇带领我们去参观食品的陈列室。陈列室里，各种各样的产品琳琅满目，单是笋类食品就有好多种。除了寒雾山笋外，还有清水笋、水煮笋、凤尾笋、木耳笋、梅菜笋、海带笋、香菇笋、笋菜、笋干，适合休闲零食的有手剥笋、随手吃、生态运动等。这些绿色与天然的食品，不仅给人们带来口感的享受，还带来了健康的乐趣，这就是寒雾山笋给我们带来的神秘。

华融禽业的品牌

华融公司有妙法，水禽发展大产业。

生产实现多元化，争创江南第一鸭。

在山清水秀的永安，屹立着一家水禽企业，它就是福建省华融禽业有限公司。这家企业，用6个春秋，书写了光荣和辉煌，由过去的单一食品贸易厂家，发展壮大成为"产供销一条龙、牧工商一体化"的大中型农业综合企业，成功打造鸭业规模化经营的"保、育、养，料、加、销"完整产业链，带动了有机肥加工、果蔬种植、水产养殖、物流运输等相关产业的发展，以福建唯一的肉鸭企业跻身于"全国水禽企业20强"，在南方水禽市场也占据一席之地。

当我们走进厂区，随处可见欣欣向荣的可喜景象。建成投产的一期项目有6万只种鸭场、1100万只鸭苗孵化场、1000万只肉鸭加工厂、4000吨冷库；建成投产的二期项目有18万吨饲料厂；竣工待投产的二期项目有3000万只肉鸭加工厂、万吨冷库等。华融禽业用他们成功的经营，获得了"福建省著名商标"、"福建名牌产品"、"福建名牌农产品"、农业部主办的

"第七届中国（国际）农产品交易会金奖"等品牌的殊荣。

樱桃谷种鸭，是我国珍稀的种鸭品种。华融禽业是迄今福建省内最大的集樱桃谷种鸭繁育、鸭苗孵化、社会养殖、肉鸭屠宰、冷冻储藏、饲料加工为一体的农业产业化龙头企业。打造"福建第一鸭"的规模效应和品牌优势已经凸显，华融禽业将再接再厉，昂首阔步向争创"江南第一鸭"的雄伟目标迈进。

旺丰公司的模式

果蔬收购利农民，销售配送设中心。

旺丰企业新模式，顾客个个喜盈盈。

过去，农副产品的收购、销售，存在着两大难题，这就是通常所说的卖难和买难的问题。农民的蔬菜、水果、农副产品丰收了，但就是卖不出去，能卖出去的，价位又很低；城里的居民，却又买不到需要的农产品，特别是台风、洪水等灾害发生的时候，蔬菜供应紧缺。

解决农产品卖难和买难问题，成为福建旺丰生态农业发展有限公司的宗旨和目标。公司成立于2009年8月，前身为永安市万丰蔬菜果业有限公司。旺丰公司主要经营蔬菜、水果、农副产品的收购、销售代办、配送农务。配送、销售机构分布三明市内、外一些大中城市的大型超市，如佳洁、好又多、好多多、新华都、永辉、万福隆、嘉佳等。同时，还在广州、寿光、衢州、南昌、漳州、同安等城市的农副产品批发市场，设置收购、经销、代办点，公司营业额年均8000万元，并逐年增加。旺丰公司自成立以来，本着"创业、优质、诚信、勤奋"的精神，广大员工团结拼搏、齐心协力，逐步形成一个专业服务型的蔬菜、水果、农副产品的配送中心。

旺丰公司立足于为农民服务、为居民服务。一方面，带动永安市2000个农业种植户增收，人均收入4000元以上，提供

700 个就业岗位，填补了三明市果蔬深加工行业的空白。另一方面，可以满足 30 天的居民多种蔬菜需求，做到保障供应、应急调控，深受居民的欢迎。

温室大棚的雄姿

连片土地架大棚，设施农业效益现。

座座屹立蓝天下，疑是白云落人间。

如果说，永安市现代农业示范区是一个姹紫嫣红的大花园，那么，温室大棚便是一朵朵白色牡丹，绽开得那么鲜艳，那么炽烈。

两年来，永安市温室大棚设施，呈如火如荼之势，迅速发展。目前，全市共建钢架大棚设施农田 1237 亩，主要使用在花卉栽培、蔬菜生产、食用菌生产、烟叶育苗、果树育苗等项目上。2011 年上半年，建钢架大棚面积 361 亩，为现代农业的发展打下了牢固的基础。

在永安市果树标准化苗木繁育基地，我们欣喜地看到，这里 1500 平方米旧大棚的搬迁改造、1600 平方米旧棚整理及网室改造、60 目钢架标准网室 1800 平方米新建和 110 米瓜果长廊建设。7 类近 20 个果树新品种引进等项目已经完成。在这些新品种中，有酿酒葡萄桂葡 1 号，日本甜柿品种太秋，蓝莓有海岸、蓝雨、园蓝、杰兔等，特早熟蜜橘有大分系列、日南 1 号等，还有红肉蜜柚、印尼热带苹果、花兰第草莓等。

在大棚里生长的草莓等新品种，长势良好，为永安市现代农业示范区增添了绚丽的色彩。

喀斯特钢琴协奏曲

——永安市建材发展历程纪实

张如腾

南国山城永安，是"中国优秀旅游城市"，她有着众多风景名胜，可谓天生丽质。桃源洞和鳞隐石林都是4A级旅游区，风景名胜区还有洪云山石林、十八洞、甘乳岩等等，这些都是由丹霞地貌、喀斯特地貌形成的地质景观。由石灰石构成的喀斯特是制造风景的原材料，更重要的是它还用于制造建筑材料、纺织品、纸……建材即水泥、石灰等。风景和水泥是喀斯特的姐妹产品，一个自然的，一个人工的。

永安建材工业的主要产品就是水泥，另外就是砖瓦、石灰、耐火材料、水泥预制品等，水泥是永安建材的当家产品。永安石灰石贮量4.6亿吨，全省第一。有如此丰富的原材料，永安的水泥事业能不兴旺吗？然而，在1958年以前，永安没有水泥产品，有的只是石灰、砖瓦、耐火材料等产品，永安人还管水泥叫洋灰。

丰 厚 底 蕴

砖瓦和石灰是永安民间广泛烧制的传统建材，小陶有关土特产的民谣唱道："桐林烧瓦，坚村烧回（近音字，指陶器），小陶营粉干，美长坂草鞋。"

永安建材有着丰厚的历史底蕴。2011年秋天，省炎黄文化研究会、省作家协会采风团走进贡川，大家对那里保存完好的古城墙赞不绝口。同时惊羡那些长、宽、高分别为 420、200、120 毫米，重约 15 公斤的庞然古砖，那是永安明代的青砖。有的青砖上有刻字：或地名，如"贡川"、"贡堡"；或人名，如"张来孙"、"吴兴"等（据说是烧制工匠的名字，起广告作用，古人当然亦有广告意识）。

在抗日战争时期，作为福建省临时省会的永安，就有了官办和股份合作制的砖瓦、石灰制造企业。省建设厅第三难民工厂、省建设厅第八工厂、永安县麻益口砖瓦生产合作社先后成立，分别设立砖瓦、石灰工场，月产青砖 5000 块、瓦 20 万片、石灰 250 吨，产品供不应求。同期，私营石灰企业发展到 28 家，年产石灰 50—200 吨不等。

新中国成立后，砖瓦、石灰行业发展迅速。1952 年，地方国营永安东坡砖瓦石灰厂开办，当年产砖 108 万块、瓦 93 万片、石灰 258 吨。50 年代末，国营砖瓦、石灰企业增至 15 家。1965 年，砖瓦厂开始采用制砖机、推土机、轮窑等机械化生产工艺，工效大大提高。1989 年砖瓦、石灰生产企业发展到 45 家，年产砖 12257 万块、瓦 2845.9 万片、石灰 4 万吨。但永安自 1958 年水泥工业蓬勃兴起以后，人们的注意力就自然而然转到了水泥方面。

昔 日 辉 煌

上世纪 80 年代末，有一部叫《女奴》的巴西电视连续剧由福建电视台播放。这部有着广泛影响的《女奴》就是由福建水泥厂提供赞助费 10 万元播映的。那时候的 10 万元绝不是个小金额，福建水泥厂可谓"财大气粗"。福建水泥厂始建于 1958 年，原名永安水泥厂。以省份名冠名的福建水泥厂坐落在永安坑边，厂址是由国家建工部水泥设计院会同苏联专家踏勘选定的。1988 年，福建水泥厂进入全国 500 家、行业 50 家经营规模最大的工业企业行列。1989 年，福建水泥厂成为本省建材行业第一个国家二级企业，年产水泥近 100 万吨。"建福"牌水泥在我省销售价格比同行业其他旋窑水泥价格每吨高 40 元以上，成为省、部双优产品。后来福建水泥厂兼并了顺昌水泥厂。与福建水泥厂同时创建的还有县属永安燕江水泥厂和地属永安二级站水泥厂。上世纪 60 年代建了永安县红江水泥厂（后改为永安市水泥厂），80 年代永安扩建 11 家水泥企业。新世纪之初，永安的水泥企业得到更大发展，全市除了罗坊乡，10 多个乡镇都有水泥企业。到 2006 年成立市水泥协会，会员单位就有 35 家之多。这是永安建材行业的鼎盛时期。永安乡镇建材企业相当红火，90 年代初我采访过洪田水泥厂，该厂 80 年代就已成为出厂水泥合格率达 100% 的 3 家水泥企业之一，另两家是福建水泥厂和永安市水泥厂。那时期的企业都很有"文化"，我还为洪田水泥厂写了厂歌的歌词，由曲作者谱曲后参加了乡、市两级文艺汇演。意犹未尽，我又写了《农民变奏曲——写在洪田水泥厂》："厂名就有个'田'字/不是世代匍匐其上的/一个小小平面/是一群平面组合的立体/农民也'从此站起来'/进行现代派耕耘……"

飞雪迎春

我 21 年前采访过福建水泥厂。今日踏进旧地，第一感觉是有点冷清，真的，没有当年热火了。厂办主任介绍说，这里的两条不再先进的立波尔窑水泥熟料生产线（半干法工艺生产线）都停了，正在进行综合节能技改。立波尔窑直径 4 米，长 42 米，日产水泥熟料 720 吨。半个多世纪了，立波尔窑作为福建省建材工业的主力军，为公司的发展壮大和福建经济的繁荣立下了汗马功劳。但立波尔窑已越来越不适应高产、低耗和减排的需求，故在昔日的沧桑与辉煌之后退役了。

福建水泥股份有限公司成立后，福建水泥厂改称建福水泥厂。建福水泥厂落后的两条半干法旋窑生产线都淘汰了，技术更落后、能耗物耗更大的立窑更是一刀切，全市35家立窑水泥企业，根据有关政策，近年纷纷关停了约30家！永安水泥企业剩下零头了，仿佛"万花纷谢一时稀"。市水泥协会也因会员单位太少而申请破产了，真不知经历了多少困难，真不知遇到了多大阻力……这或是产前的阵痛，若将是个胖小子，在肚子里会折腾得更厉害！

真的，建福厂党群部搞宣传、办厂报的小香带我到旧楼后面参观。嗬，想不到后面竟如此喧腾，刚才的所谓冷清，乃"无声胜有声"啊。综合节能技改工程正在紧张地推进，钢筋水泥交响曲正在演奏，一座新厂房即将建成，一条新的生产线即将诞生。这是一条水泥产能达200万吨的生产线，配套建设纯低温余热发电生产线。建福水泥厂有两个子公司：一个在安砂，叫安砂建福水泥有限公司；一个在大湖，叫金银湖旋窑水泥有限公司。安砂建福水泥有限公司要上日产4500吨熟料水泥生产线项目（二期），福建水泥股份公司还要在小陶镇新建两条新型干法旋窑水泥生产线，原来还热闹到外头去了。这些项目建成后，福建水泥股份公司"建福牌"水泥在永安市产能将达到1000万吨目标。

好不容易见到总经理黄强，是在会前的几分钟。他是省能源集团两位劳模之一。1982年大学毕业，就分配到这里，从最底层到总经理，一步一个脚印。与领导班子成员一道团结拼搏、克难攻坚，连续三年提前完成全年水泥生产计划，多项经济指标创历史新高。特别是2007年，建福厂本部提前15天完成年度水泥生产目标，全年实现考核利润1798万元，年人均收入增长 16.78％，是该厂近几年来生产成绩最好的一年。2010 年，他按照公司部署积极开展"大干 150 天、控亏增盈"活动，全年实现减亏 3431.39 万元，各项经济指标不断刷新。现在，福建省永安万年水泥有限公司、福建省谋成水泥发展有限公司、安砂建福水泥公司、金银湖水泥公司所拥有的都是新型干法旋窑水泥生产线，全部"新型"，欣欣向荣，让人感触到的是"红杏枝头春意闹"的诗意。而永安市也正努力建成全省新型干法旋窑水泥生产基地，2010 年底永安市水泥产能才 760 万吨，到 2012 年，新型干法旋窑水泥产能可达 1080 万吨，企业数量大大减少了，产能却大大提高了，犹如一个小山坡，原来长着几十棵杜鹃固然有点繁茂，但换长三五棵大樟树不是更蔚为壮观吗？

环境·风景

今天迎接我的，还有大门里我的老相识：5 棵铁树。我在当年采写的报告文学《蓝天绿地相映美》（发表于《中国环境报》）中写道："回到办公大楼前的绿茵茵的草地边。这是一片面积大约 5 亩的草地。草初种，那绿色极嫩。草地的前头种了一排 5 棵的铁树，据厂办老刘说，这是表示一种决心的：绿化，铁了心了！厂里……绿化覆盖率达 84％，获得三明市绿化先进单位称号。"

5 棵铁树尚在，雄风尚在。可不是吗？荣誉证书就摆在面前。"建福水泥厂：2005 年度循环经济、清洁生产、资源节约先进企业。"颁发荣誉证书的是三明市经济贸易委员会。建福水泥厂是省环保局列入的第一批 33 家省控重点工业企业开展清洁生产审核试点企业之一。经过种种努力，他们取得了显著的环境效益，实现了第一轮审核节能、降耗、减污、增效的目标。2004 年 4 月 30 日，他们完成清洁生产各项审核工作并编制了审核报告，其现场审核于 6 月 16 日通过验收。如果明年再来，旧景，不，是更美的风景，当再现我的眼前。可惜，当今这里是工地，谁又能苛求工地如何如何静谧、干净宜人呢？陪我参观的小香好像懂得了我的心思，说："我带你到金银湖去看看。"

金银湖水泥公司是建福水泥厂的子公司，有其父必有其子，那儿的环保定然不错。金银湖公司不远，小香干脆用摩托车载我过去。

到了那儿，感觉果然清爽，到处绿树成荫，建筑物、机器设备都找不到蓬头垢面的感觉。有几根管状物矗立，是烟囱？问小香，回答说："有烟囱。就是靠前面的这根。"我自作聪明判断：今天没有生产。不对呀，那旋窑不是在转动吗？那输送带不是在奔驰吗？再问小香，他又介绍说：公司熟料生产线和水泥粉磨站生产线均安装收尘器，其中 9 台散装点位均安装单机小布袋收尘器，无排放口。高压风机、磨机、破碎机，采用消声器、密闭、隔声墙等消声、隔声技术措施，并规定在 22 时前停机。厂区周界均种植了可以吸声降噪的高大乔木。长见识了，我过去从没想到这些翠绿的大树也是消声器！

跟许多地方的水泥厂不一样，永安的水泥厂多一份责任，就是除了保护环境还要保护风景区，特别是在大湖，谁让大湖的鳞隐石林是属于喀斯特地貌的 4A 级风景区呢？而且，大湖还有洪云山石林、十八洞、石洞寒泉等风景名胜区，都是属于喀斯特地貌的。大湖一带的水泥厂开采石灰石范围被限制了，优秀旅游城市要求维护石林景区周边的自然环境。是周边环境，不是中心景点，因此范围更宽泛。"本是同根生，相煎何太急"，新华水泥有限公司、大湖水泥股份有限公司、金山水泥厂等水泥企业都向风景区拱手揖让，近水楼台不得月。

创业风采

目标，永安万年水泥公司。下车处，正是清水池村村部。一尊雕塑立即吸引了我的眼球。人物塑像上头是一架飞向蓝天的飞机，原来是"中国本土上的第一个飞机制造家刘佐成"，真是地灵人杰。公路那边就是赫赫有名的永安万年水泥公司，公司董事长黄承鸿、总经理赖利针都是商海弄潮儿。在办公室，主任介绍了董事长、总经理的事迹和公司的一些情况。

黄承鸿，1968年生于永安。1997年，创办永安天平实业工贸有限公司。1998年，租赁永安市兴平水泥厂，仅一年时间就使该厂扭亏为盈。2000年，投资改造永安八闽水泥股份有限公司，使之恢复了生机和活力，"八闽牌"获得三明市知名品牌称号。后又投资经营南平、江西等地3家水泥企业。他所投资企业的水泥年产能达430万吨。他带头淘汰落后水泥产能，与几个企业主联合组建福建省永安万年水泥有限公司，建成两条新型干法旋窑水泥生产线，年可形成高标号旋窑水泥300万吨。又联合几个股东，建成永安燕江国际大酒店，这是永安首家五星级酒店。他曾投标获得永安两个地块，投资约13.5亿元开发房地产。黄承鸿先后荣获"第十三届福建省优秀企业家"、"第七届三明市优秀青年企业家"、永安市"十大创业人物"等多项荣誉称号。

赖利针，这名字就有点咄咄逼人。听了介绍，觉得她真是厉害，实与名符。她1987年高中毕业后，被分配到永安市鸭姆潭水电站工作。鸭姆潭水电站是令人羡慕的国有企业，又是更令人羡慕的水电行业。那是有"电老虎"、"电霸"之说的年代，一般人是不会有离开那样单位的念头。可是才到当年年底，赖利针的厉害很快就显露出来了。才18岁的她，毅然辞去鸭姆潭水电站的工作独闯商海，创办了"双菱贸易有限公司"，经营水泥设备配件。她先后接手经营两家水泥企业，使之起死回生。2005年参股永安市精密机械设备公司。接着，她与几家企业主合资组建了永安万年水泥有限公司。又联合万年公司几个股东创办永安燕江国际大酒店。几年来，她先后获福建省第三届青年创业奖、省"三八红旗手"、三明市第五届"十大杰出青年企业家"等荣誉称号。

万年公司两条新型干法旋窑水泥生产线都已投产，年可生产高标号旋窑水泥300万吨，年实现发电量81670万千瓦时，年可节省标准煤约2.6万吨，产值可达10亿元，年创税利2亿元，解决当地400多人就业，实现节能、减排、增效的目标。公司获三明市"纳税大户"、永安市"先进民营企业"称号

采访即将结束，忽见一堆盒饭占领了茶几。那是一堆句号，一个人拿一个去就结束上午的工作，我仿佛看到"万年"为何能持续、高速发展的一部分答案了，那不就是能兢兢业业、忠诚奉献的服务团队吗？结束采访，一出办公楼，即见一只燕子腾飞而起，但又倏忽不见。燕子当在衔泥做窝，这里的泥是水泥……这一小插曲让我很兴奋，水泥燕窝"万年"固，借此祝愿：万年公司万年春！

福建省谋成水泥发展有限公司离曹远的大岔路口只有一公里左右，我坐18路公交车到岔路口就走了过去。公司规模宏大，从外边的办公楼走到里面办公楼大约10分钟，占地300亩，真的不小。一路看见挖掘浇铸真忙，日产2500吨熟料水泥生产线项目（二期项目）刚在上月建成投产，基础设施还在完善中，给人"小乔初嫁了，雄姿英发"的印象。董事长张谋亭是晋江客商，今天未能见到。办公室主任王金良介绍了情况并认真提供有关文字资料。张谋亭出生于1962年，1981开始从事水泥贸易，后任闽燕水泥集团公司坑边水泥厂厂长。2003年投

资创办谋成水泥发展有限公司，至今已拥有两条新型干法水泥生产线，年产高标号优质水泥280万吨。主导产品"豪福"牌水泥，2009年荣获"福建名牌产品"称号。后又成立南源物流有限公司、辉宇建材有限责任公司。多年来获得许多荣誉。

这些民营企业家事业有成不忘感恩，不忘回报社会。万年水泥有限公司董事长黄承鸿、总经理赖利针先后以协会、企业及个人名义为慈善机构和公益事业捐赠320多万元，水泥1000多吨。其中，为汶川大地震灾后重建捐100万元基金。特别难能可贵的是，黄承鸿还为社会减负，先后吸纳安置一般人视同洪水猛兽的刑释解教"两劳"人员23名。1999—2006年他荣获三明市"刑释解教人员帮教工作积极分子"称号。在航空先驱刘佐成塑像捐赠芳名碑上我看到：福建省永安万年水泥有限公司：4万元……赖利针：3万元……又单位又个人，双管齐下，可见赖利针总经理的慈善之心。几年来，她个人捐款达上百万元。谋成水泥发展有限公司捐助教育事业，帮扶贫困学生，资助乡村道路建设等，几年来捐款捐物计300多万元，另出资百万元创立谋成教育基金。

永安建材行业主要以打造成海西新型建材产业基地为目标，发展新型旋窑水泥，在未来5年内，争取新建旋窑水泥生产线5条，永安旋窑水泥产能达到1500万吨，建材行业现价产值达80亿元以上。写到此，我不禁想到：水泥与风景、环境本是互相矛盾的，可是，在永安，喀斯特既丰产着水泥，又制造着风景名胜，又呵护着蓝天绿地，方方面面协调同行，像演奏着一支铿锵而和谐的钢琴协奏曲……

历史文化篇

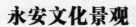

永安文化景观

许怀中

位于闽中偏西的永安，又有一个雅致的别名，叫做燕城，此因巴溪、九龙溪相汇成燕江，而两溪流形如燕子的尾巴，故称。她建县于明景泰三年（1452年），1984年撤县设市，500多年的沧桑历史，赋予她深厚的文化积淀，建构起一座富有魅力的山城。这里山清水秀，极富山川之秀美。

我曾于2005年纪念抗日战争胜利60周年之际来到永安，重点参观了吉山，深受抗战文化的感染。几年后又重访永安，主要去贡川感受历史文化的文脉。此次和采风团走进永安，更是领略了诸多永安地方色彩鲜明的文化韵味，深层地了解近年来当地文化建设新风貌，是一次永安文化的览胜。

贡川是永安的古镇，是燕城历史文化的一座博物馆，也是人文和自然景观荟萃之地。它古称"挂口"、"发口"。唐开元二十九年（741年），在朝廷任中丞之职的陈雍携子定居开发此地。宋朝探花陈瓘以此地编织的有名草席进贡朝廷。宋钦宗问出自何地，陈瓘答曰："发口"。钦宗下令改"发口"为"贡川"。帝王为一个古镇赐名，实属罕见。"先有贡川，后有永安"，显示了它是永安文化的源头和摇篮。自唐至宋元明清，民族的历史，儒、佛、道各种思想，深深地交融于贡川的古文化之中。形态各异的古建筑，丰富多彩的风土人情，著名的历史文化名人，优美感人的神话传说、歌谣、故事、诗文、民俗，流传千年。古老的城墙、民居、桥梁、寺庙、祠堂、水井、巷道集于一体。我国迄今为止最早的笋业同业公会旧址笋帮公栈、纹山和柈桐书院、大儒里、师古堂、瑞芝轩等名胜古迹，留下灿烂的历史文化。与朱熹、罗从彦、李纲合称"南剑七贤"的陈瓘、陈渊、邓肃3位理学家出自贡川，成为"大儒"故里。深厚的历史人文积淀，在千姿百态的地域文化中独树一帜，誉满八闽。如今，永安确立在建设中国文化大镇中以贡川镇发展为核心的目标，正弘扬"承古拓新，敢闯善谋"的贡川精神。当我再度进入建于清顺治年间的笋帮公栈时，感到这个最大民间笋业商贸机构，拥有浓浓的文化氛围。那门厅上方悬挂着的清乾隆年间的"正直无私"牌匾，大厅地面正中镶的一块"公平石"，都说明我国古代的交易公平、公正的准则。洋峰人李宝焌因家人经营笋干，方得以求学深造，成为中国国内制造并驾驶飞机的第一人。我们还看了陈氏入闽始祖唐中丞陈雍的纪念祠，它为明代宫殿式建筑，依山傍水，风光秀丽。陈氏后代家声大振，人文鹊起，九子一婿，皆大儒名宦，朱熹题赠"一门双理学，九子十科名"楹联。民族英雄陈文龙也出于此门。贡川的木雕、石雕、砖雕、牌匾琳琅满目。"厚重的贡川传统文化不仅是隽永的，更是艺术的、美学的。"著名的散文家郭风曾留下《贡川镇》散文，记叙于1942年近端午节，他乘木船从燕溪折入沙溪，船过燕溪溪畔贡川时，天已近晚，"只见一座古老的城墙，作弧形雄踞于岸上，背后层峦和树林。……景象深远而庄严。"过了将近半个世纪，他身临此境，感受它所传达的"一种古远的情意"。结尾郭老深情地写道："我在贡川时，有一个小小的感想：人们有时好古，大约是出于对祖先的建树、芳绩和智慧的尊敬。"

吉山的抗日文化，是永安灿烂文化的组成部分。这里是福建省首批历史文化名乡。清康乾时期，吉山文风大盛，建有萃园、淇园、图南山馆等9座书院。抗战时期，成为福建临时省会达 7 年半之久，省主席府邸落户此地。震惊中外的"羊枣事件"（即杨潮）也发生在这里。当时，这位我国新闻界巨子、著名的国际军事评论家在此被国民党顽固派逮捕。曾关押优秀共产党员羊枣等 10 多位进步文化人士的"囚禁处"，原为刘氏家祠，现已残垣断壁，破烂不堪。我还参观当时省政府主要机关及几所大专院校旧址。吉山原是距县城 5 公里的一个风景秀丽、寂静宁馨的乡村。在抗战烽火中，并不宁静，氤氲抗战 8 年风烟。日本侵略者飞机滥炸，多少同胞被炸死、炸伤。

当时的吉山，是永安抗战进步文化的坚强阵地，集中了一大批文化人士，名人如云，如黎烈文、邵荃麟、葛琴、董秋芳、王亚南、许钦文、王西彦等。我省赵家欣、谢怀丹、郭风青年时代在此留下活动足迹。上世纪 30 年代曾在上海主编《申报》副刊《自由谈》的黎烈文，1939 年在永安创办出版社，编辑出版《改进》《现代文艺》《现代儿童》等杂志，名家郭沫若、朱自清等都为之撰稿。郭风当时和省立师专中文系主任兼《现代文艺》主编章靳以认识，开始发表成名之作，出版第一本儿童诗集《木偶戏》。除此，永安还拥有多家传播媒体，出版各类报纸多种，期刊 120 多种，书稿 700 多种，出版社便有 39 家，以及新闻通讯社、发行机构、印刷社，出版发行的文章著作内容涵盖政治、经济、文化、军事等社会人文学科多个领域，刊行出版全国有影响力的名篇力作，使此时的永安成为与桂林、重庆齐名的东南文化中心，在我国进步文化史上出现奇观、壮举和伟绩。

在吉山，我参观了刘氏宗祠，那是当时省教育厅的机关办公所在地。它使人想起就在这里诞生了《老百姓》进步刊物。我在厦门大学就读时的教务主任章振乾，当时他就职于省银行董事会，他为该刊出面办理登记出版和发行手续。刊物旗帜鲜明，拥护我党"坚持团结，反对分裂；坚持进步，反对倒退；

坚持抗日，反对投降"的主张，社会影响越来越大，从油印到铅印。我还看到了几所高等院校，当我一走进福建音专旧址的门口，一阵酒香扑鼻而来，这里现已成为酒厂。旧址幸好还留存一座，旁侧一间平房，据说是著名指挥家蔡继琨校长和他夫人新婚所住。后该校由省立改为国立，著名词曲家卢前任校长。国难当头，学生刻苦学习，夜以继日练琴，音符旋律迥荡静谧的夜空，素有"音专不夜"之称。福建省立农学院1940年在永安创办，在抓好教学同时，组织学生参加抗日爱国活动，出版《新农季刊》，排演《雷雨》《日出》《雾重庆》等话剧。永安初级中学旧址，也在吉山的"东方月"进士刘元晖祖居地，曾任厦门大学校长的田昭武教授、院士，便是从这里走出来的。值得一提的是，当时以台湾籍将军李友邦为队长的台湾义勇队曾多次来到永安，与福建省政府共商抗日大计。1945年抗日胜利，台湾光复后回台湾。总之，永安是一个不可再生的抗日文化宝库，是一段辉煌的文化载体。如今，这里在进行抗日遗址保护工程，保护好福建的抗战纪念地，珍惜这一部值得永远纪念和保存的文化历史。

红色文化和绿色文化，在永安是两道亮丽的文化景观。红色文化自然指抗战文化，而绿色文化便是笋竹文化。永安是南方绿都，现有竹林面积100.7万亩，乡土竹种15属76种，居全国之首。当我们驱车沿盘山公路而上时，只见满山遍野的绿竹，汇成绿色海洋。九龙竹海国家森林公园，以万亩竹林为独特的风景，你看到的竹海如画卷在山坡、丘陵、盆谷间徐徐地、密集地展现在眼前，轻轻摇曳的翠竹，犹如风姿绰约的少女。走进竹山竹海，漫步竹林幽径，人都被绿色点化了，享受着没有喧嚣的静谧安逸。

永安的笋竹文化更是诱人，更有魅力。作为"中国笋竹之乡"的永安，流传着笋竹的神话传说，在竹神庙里供着竹神。

竹制工艺品的清雅令人爱不释手。含笑笋竹宴是当地的名宴，它拥有不同的笋竹菜谱，具有特色的竹制器皿，已融入永安人文景观和风景名胜之中，也是别有风味的饮食文化。永安制竹业历史悠久，它是"闽西八大干"之一——笋干主产地。永安的笋干被称为"闽笋"。从2002年起，永安在每年的10月18日举办一年一度的"福建·永安笋竹节"。我在贡川"笋竹文化陈列室"读到："一部笋竹文化的历史，孕育了民俗文化的奇观"。笋竹文化和民俗文化紧紧相连。

竹神的故事，流传至今。相传3000年前，永安有个奇人叫竹生，他所到之处会长出绿竹。说是他母亲在竹林采到一个奇异果子吃了而怀孕生下他，故取名竹生。有年春天竹林里出现了一只怪兽，毁坏了大片竹林，竹生独自带了竹箭，经过49天恶战，终于杀死了怪兽。可是他受了重伤，无力走出燃着熊熊大火的竹林。过了几天，火烧过的竹林又长出新的竹笋，那是竹生的化身。于是人们修建了庙宇，把竹生当竹神供奉，每当春天开伐竹子或采竹笋时，老百姓就来朝拜。民间流行的多种活动都与竹笋有关。如《竹笋舞》表现了畲民对竹神的崇拜。民俗风情舞蹈体现了竹乡人的生活、劳作和欢乐。如永安林区的《竹林刀花》生动反映了劳动人民对生活的憧憬。竹乡的诗文、书画，表现出富有生命力的翠竹之姿。

我在离开永安之前，特地到被文化部命名为"中国民间文化艺术之乡"的小陶镇参观访问，这里有流行已久的《竹马灯》，舞者模仿跑马的各种姿态，生动活泼。此处，"朱氏九节龙"以4根龙柱为中心，舞者紧紧围绕龙柱，表演"穿四斗金"、"缠龙柱"等传统套路，别具一格。小陶村开展丰富多彩的民间民俗文化活动，和建设新农村结合起来。我在小陶看到这幅新农村的画面，心中很是欣慰。

全国科技进步先进市、中国魅力城市、中国优秀旅游城市的永安，是一座充满文化气息的城市，一年四季都贯穿着精彩纷呈的文化盛事，从新年伊始的"古琴文化节"到丹桂飘香的"笋竹文化旅游节"，高雅艺术和通俗文化交相辉映，传统文化与现代文化水乳交融，组成一出和谐文化交响乐章。

近年来，永安人民正在弘扬贡川优秀传统文化，继承和发扬吉山抗战进步文化，建设现代先进文化。当地先后投入巨资对抗战先进文化遗址和国民党台湾直属党部旧址复兴堡进行抢救性修复，修建抗战名人馆、抗战进步文化陈列馆，进一步凸显永安抗战文化内涵。此外，还先后投入1亿多元建成中国林改展览馆、国家地质博物馆、永安民间民俗文化馆等10多座富有特色文化展馆，形成占地6.6万平方米的现代城市文化景观群。几年来，永安市展现出文化建设强劲势头，不断抢占文化建设的制高点，并在争当文化强市排头兵的道路上迈进。永安把文化建设作为城市建设之魂，建起了文化馆、图书馆、健身馆、影剧院、文体休闲广场等。2008年10月，总投资4亿元的永安市体育中心项目正式动工。市委、市政府在文化事业上优先文化基础设施建设，把它作为最大惠民工程。公共文化朝着城乡一体化前进，着力提升文化品牌实力，迸发文化产业活力。做足特色文化，打造生态文化，以拓展城市魅力。

永安被人们誉为诗意栖息地。我们所下榻的五洲大酒店的含笑楼，周围环境优美，在闹市中拥有一片自己的参天原始森林，是不可多得的。

采风结束，我怀着依依不舍之心情告别永安，默默祝愿永安人民永远幸福安康！

往事悠悠话贡川

林思翔

在永安境内流传着这么一句话："先有贡川，后有永安"，说的是贡川镇的历史比她的县治永安城要早。查阅史料可以得知，永安建县于明景泰三年（1452 年），而贡川开发立镇则始于唐代开元后期（741 年），比永安早了 700 多年。

贡川何以在 1000 多年前就受古人青睐，而聚居成镇呢？事情还得从头说起。唐开元晚期，玄宗皇帝因宠爱杨贵妃，整日沉湎于酒色之中，不理朝政，且重用奸臣，朝廷渐渐腐败，危机四伏。面对每况愈下的朝廷，一向务实的御史中丞陈雍忧心忡忡。陈雍是唐代中期一位了不起的政治家，先后辅佐过唐高宗、中宗、睿宗、武则天、中宗（复位）、玄宗六朝五个皇帝，是将大唐推向鼎盛的功臣之一。凭他丰富的政治经验预感中原将发生大乱，京都不可久留。为了保全家庭，使子孙延绵不绝，年逾八旬的陈雍毅然决定率领其家族南迁隐居，并叫身居仆射兼尚书省事的次子陈野辞官一同前往。

茫茫神州地，何处是归家？历经数月的跋涉，走过千山万水，陈雍率领的亲眷和族人来到了闽中沙溪河畔，已是人疲马乏了。当陈雍老人一行来到现贡川固发冲时，被这里的美丽景色吸引住了：群山环抱的山地蜿蜒数千米，形成一片开阔的河谷平原；一条清溪贯穿其中，流水滋润着两岸沃土；一座小山如同屏风把守谷口，四围山色犹如仙境一般。于是，陈雍老人指着山谷对族人说：就在这里定居吧！

果不其然，他的预感很快变成现实，就在他定居贡川后14年，安史之乱爆发了，京都成了战场。而地处东南僻隅的贡川由于这位政治家及其家族的到来，日渐兴旺起来，发展成了闽中的一个重镇。

　　不过，那时不叫贡川，叫挂口、发口。自陈雍举家定居开发后，这里一直保持着编织草席的习惯。这种草席由生长于沼泽地中的莞蒲草所编，具有耐用、吸汗、冬暖、夏凉的特点，深受欢迎。宋朝探花陈瓘（陈雍后裔）便以地产草席进贡朝廷，钦宗皇帝问此席出自何地，陈瓘说是"发口"，钦宗随即下令改"发口"为"贡川"，这就有了贡川这个地名。这里产的草席从此也声名远扬，畅销八闽。"延平枕头挂口席，沙县女儿不用挑"成了一句流行民谣。

　　发迹于唐，定名于宋的贡川，地灵人杰，古镇至今仍保留许多古建筑，讲述着中原文化在这里延续发展的故事，解读着古镇昔日的繁华与兴旺。

　　发源于连城腹地的沙溪，与发源于清流深山的胡贡溪在贡川交汇，双溪映青山，使古镇显得妩媚动人。可溪水的阻隔也给交通带来不便，于是在明成化二十一年（1485年），人们就在这两溪交汇处修起一座廊桥，把此岸的贡堡与彼岸的巫峡头连接了起来。因雨季时胡贡溪水较浑浊，而沙溪水较清澈，桥下交汇处泾渭分明，因而人们取桥名曰"会清"，明人撰嵌字桥联曰："会极环瞻星北拱，清波永奠水东流"。建于明中期的会清桥虽已500多年，至今看仍不失为古桥中的佼佼者，长41米、宽7米、高8.1米的桥身不仅遮风挡雨，起交通作用，而且还是一件流淌古韵的艺术品。丹霞石砌就的基座，灰竭板护卫的桥翼，木屋式长廊的桥面，飞檐翘角的桥脊，色彩斑驳，浑然一体，巍巍然如昂首巨龙雄卧溪面，桥下那波光粼粼的溪水，便是龙的身段。有道是："山不在高有仙则名，水不在深有龙则灵。"这巨龙蛰伏之处自然地灵。"厝桥"连接着古镇两岸，连接着闽西与闽北，贡川因此有"水陆通衢"之称。会清桥修成140多年后，明大旅行家徐霞客就是至此舍舟过桥上桃源洞，感叹道：我见过许多地方的"一线天"景观，但从未见过像这样高大而狭窄、深远而规整的"一线天"。

如果说会清桥把古镇与外界联结起来使贡川走出去的话，那么城墙则如长城环绕古镇，使贡川成了高墙厚壁的坚固"围城"。走进古镇，一眼就看到高高的古城墙，城墙沿沙溪垒筑，守望着河，护卫着城，巍巍然，森森然，环城而列，延绵千余米。这修于明嘉靖年间"筑堡自卫"的城墙，虽苔迹斑斑，仍雄姿不减。城墙随河就势，利用落差，成外高内低造型，形成了坚固的城堡。下部是鹅卵石、花岗石、丹霞石砌就的墙基，上部则用青砖垒叠，每隔一定距离都留有用于防卫的垛口和枪口。每块重约15公斤的长方形青砖，上面还印有诸如"贡川"、"贡堡"以及烧制工匠姓名的字样。看来这些砖头都是专门定制并建立质量责任制的。城墙沿线原有7道城门，现尚存5道，城门也是通往水路的码头。城墙脚下还设有马道，供夜间城门关闭后过往路人行走。地处闽中腹地的贡川小镇修起如此功能完备的城墙实属罕见，它记录了400多年前"贡民谋筑堡"，群策群力，修建"自是永有宁宇哉"城墙的辉煌，见证了明代"高筑墙"国策在乡间实施的一段史实。古老的城墙承载着民族的历史文化。

青青的山，绿绿的水，安宁的环境，便捷的交通，这地灵之处，繁衍出众多人才，其中不乏国家栋梁之才。走进古镇的陈家祠堂便可感受这一点。坐落在贡川巫峡头的陈氏大宗祠是一座明代风格的殿堂式古建筑，这座建于明万历三十三年（1605年）的祠堂，又称追远堂，由开发桃源洞有很大贡献的陈源湛通判邀请漳州、泉州郡府几名陈氏进士发起兴建的。"追远堂"匾额两旁的大柱上悬挂着宋理学家杨时撰写的一副楹联："半壁宫花春宴罢，满床牙笏早朝归"，盛赞陈氏家族当时盛况。

在陈氏家族走出的人才中尤为著名的有如下几位：

陈世卿。生于五代后周的陈世卿，北宋初考中进士。曾任福建建州（今建瓯）知州和福建转运使，因开发南剑州（今南平）安仁等地银矿有功，朝廷曾给奖励。后任广州知州，对繁荣广州作了贡献。去世后，真宗皇帝赐吏部尚书衔，王安石为其撰写墓志铭。

陈世卿之子陈偁。曾任漳州司法参军、龙溪县主簿、罗源知县、惠州知州、开封知府等职。在泉州知州任上曾上奏设置市舶司，以方便外商出入，宋哲宗准奏后，对泉州的对外贸易起了促进作用。

陈世卿孙子陈瓘。宋嘉祐二年（1057年）探花，曾任太学博士，其时，得知蔡京一伙欲把司马光编的《资治通鉴》烧毁时，便据理力争，竭力挽救，终使这部珍贵史籍得以保存。在遭受蔡京死党迫害被软禁，在"裘葛不具，箪瓢屡空"的窘境中仍奋笔疾书，写成政论集《尊尧集》。陈瓘逝世后，皇帝赐谥为"忠肃"，意即"虑国恋家曰忠，刚德克成曰肃"。

陈瓘侄儿陈渊。年轻时拜杨时为师，专攻二程（程颢、程颐）理论，深得杨时赏识。南宋绍兴五年（1135年）陈渊任枢密院编修官，代李纲起草大量文件书信，并为李纲出谋献策。屡遭秦桧党羽打击排挤而罢官。著有《默堂先生文集》22卷。

为表彰宋大儒陈瓘、陈渊叔侄对国家所作的贡献，高宗敕赐建"大儒里"牌坊于贡川，牌坊一直保存到1966年"文革"开始后才被毁，近年人们又在原地修起牌坊，以纪念这两位宋代大儒。从祠堂的谱牒可知，宋代以来陈氏家族人才辈出，享有"一门双理学，九子十科名"的美誉，明清两代更是进士、举人、贡生迭出。陈氏家族人才荟萃，与其传统的良好家风不无关系。在陈氏祠堂门前我看到一块祖训石碑，碑文曰："汝曹事亲以孝，事君以忠，为吏以廉，立身以学。居官不爱子民，为衣冠之贼；立业不思积德，如眼前之花。"这些诠释着儒家经典的传统教育思想，对于今天为官做人仍有着现实意义。

贡川地灵，除陈姓外，其他姓也出人才。比如，北宋时为官清正，留下"循吏"（清官）美名的尚书左丞（副宰相）张若谷；南宋时因支持李纲抗金救国，坚决反对迁都而遭罢官，被称之"大节与杜甫略相似"的右正言邓肃；明嘉靖年间敢于揭露皇族腐败行为，人赞"有掀天揭地之气"，施拯溺救焚之策的河南按察司金林腾蛟；明万历奉政大夫，逝世后御赐"天宠荐承"匾额的严九岳；明崇祯年间知县罗明祖著作甚丰，著有《纹山全集》18卷、《评书》100卷。贡川清朝还走出了罗南星、聂敬、邱坦等文化名人。贡川有条"进士巷"，大约百米长的巷坊间明代就走出了三位进士，占明代永安全县五位进士的一半以上。贡川小镇，历史上共出了2名探花，16名进士，13名举人，24名贡生。《延平府志》记载，"南剑七贤"贡川占了三贤，堪称闽中书香名镇。

从贡川走出的人才中，还有两个人很值得一提。

一是古琴大师杨表正。自幼专心音乐，勤学古琴，对琴学"苦志究心三十余年"。他于明万历年间将自己对古琴30多年的实践和研究结果汇录诸调，考正音文，撰写成《重修正文对音捷要真传琴谱大全》一书共10卷，该书前半部为《通纪》，记述历代圣贤的琴学成就、音乐论述及他们的音乐典故。自黄帝起，包括孔子、诸葛亮、李白、唐明皇、朱熹等共记载了130多人。后半部为《琴操》，都是曲谱，计历史名曲名词102首，包括屈原的《离骚》、蔡文姬的《胡笳》、陶渊明的《归去来辞》等，每一首都有曲和词的并行间隔配对。该书问世后，备受音乐界赞赏，说"其文之粹，如金之精，如玉之润"，称赞杨表正"与古之伯牙无异也"。此后的操琴者都按琴谱大全所指，遵循奉行。

二是我国第一架飞机制造者李宝焌。清末出生于贡川洋峰村的一个商绅家庭，光绪三十二年（1906年）毕业于全闽师范学堂，后与同为永安人的刘佐成一起被选送日本留学。在日期间，他加入孙中山先生组织的中国同盟会，进行革命活动。清宣统二年（1910年），李宝焌与刘佐成合作在日本研制飞机，民国元年（1912年），李宝焌应召到南京担任飞行营营长，与刘佐成再次合作，研制出的我国第一架飞机终于在南京试飞成功。李宝焌撰写的《研究飞行机报告》是我国第一篇航空论文。"特别是向后焚烧（喷气推进）的提出，比四十年代喷气飞机的出现还早三十年，这确实是了不起的"。（航空史学者厉汝燕语）

今天当我们乘坐飞机遨游天空、欣赏天地美景时，可曾知道，百年前李宝焌为了研制飞机曾向上海笋干行的乡亲借来巨款。飞机研制成功了，他却英年早逝，欠下的债务导致笋干行倒闭。李父变卖全部家产还不够还债，被下狱沙县，其兄见状代父坐牢。李宝焌一家为飞行事业所作贡献的故事，至今听来仍令人感动不已。

为彰显贡川人才辈出的"人杰"之地，前几年在沙溪河上新建贡川大桥时，人们在桥头立了两个人物塑像，一是宋代的陈瓘，一是现代的李宝焌。两个人生活年代跨度近千年，首尾两端牵起了一条千年的人才链条。这链条如同天上银河，周围群星璀璨，竞相生辉。

"水陆通衢"的贡川，不仅人才辈出，而且也是一块商贾云集之地。永安遍植毛竹，笋业发达，以芳香嫩脆而驰名中外的贡川笋干更是"闽西八大干"的佼佼者。笋好加上交通方便，贡川成了笋业交易的中心，位于古镇胜利街43号的"笋帮公栈"见证了当年这里商贸的兴旺。这座建于清顺治三年（1646

年）的笋帮商会会址，就是当时进行笋干交易的场所，公栈为平房，大厅边上放着长木凳供人歇息，正中地面嵌有一块长方形青石，谓"公平石"，据说当年买卖笋干的"主持人"就是站在这块石上，面对拥挤的满堂笋农与商人，高声喊出笋干价格，立石身正，一锤定音，南方笋区同价交易。"笋帮"其实就是300多年前的笋业协会，"笋帮公栈"是当年市场经济的商品交易所。这里收购的笋干，经沙溪河的木船运往全国各地。笋业带来了贡川的经济繁荣，贡川出现了一批依靠笋干发家致富的著名豪绅，成为永安的第一批商人贵族。

徜徉贡川古镇，还能看到建于宋代的正顺庙，象征"府地"的元代东岳庙、明代古井、清代显佑祠，供奉陈靖姑的临水宫，姜氏、严氏、邢氏、李氏、聂氏、刘氏、杨氏等祖祠，还有纹山书院、栟榈书院等遗址。古建筑蕴涵的丰厚文化土壤孕育了贡川人，而贡川走出的名人又为古镇增添了光彩，古建筑与名人相互映照，千年薪火相传，古镇熠熠生辉。

离开贡川时，我再次走过会清桥。桥头的一块横板上写着一首贡川之歌《贡川，我的家乡》，与我同行的贡川镇宣传委员小黄说，这首歌已在全镇流行，许多人都会唱。说着她就唱了起来："静静会清桥，巍巍古城墙，笋帮公栈从这里走向四方……民风淳朴，古道热肠……贡川，贡川，我的家乡。"她那自豪的神情告诉我们，贡川人深爱着这美丽的家乡。新时代的贡川人民正朝着把贡川打造成"新兴工业重镇、旅游度假名镇、中国文化大镇"的目标而努力奋斗！

浮 流 风 情

赖世禹

永安，古称浮流，别名燕城。因境内文川溪与巴溪交汇于九龙溪，形成燕尾之状，而交汇后的九龙溪缓缓北流，流经的水域构成燕身、燕首，故绕城而流的九龙溪到此被称为燕江，永安城亦被称为燕城。永安在明景泰三年（1452 年）置县之前隶属沙县，是其治下的一个行政区，称浮流司。故此，永安人也常用浮流代指永安。

永安作为客家与原住民共同繁衍生息的一片热土，多元文化在此碰撞交融，形成许多风情各异的民风民俗，为这座位于闽中偏西的古城留下深深的文化印记。

奇特的闽中方言

闽方言，又称闽语，俗称"福佬话"，是汉语七大方言中语言最复杂的一种方言。

闽方言按其语言特点大致分为 5 个方言片，即：闽南方言、闽东方言、闽北方言、闽中方言和莆仙方言。闽中方言通行于永安、三明、沙县。

闽中方言以永安话为代表，带有明显的古中原语言，留下了大量古中原的词汇。如：不知道、怎么知道，永安话称作"安达地"（安得知）；我、你、他、我们，这些人称代词，永安话分别讲为"俺"、"伊"、"汝"、"俺侪"；再如：今天、眼睛、脑袋，永安话依次讲作"今朝"、"目珠"、"头壳"；还有筷子、斗笠、锅、房屋、学校、碗或杯分别说成"箸"、"箬"、"鼎"、"厝"、"书斋"、"瓯"等。

永安人有着正直、质朴、豪爽的品质，但说起话来，却不失诙谐、风趣，其中一些俚语、俗语非常形象生动。比如说某件事不可能实现时，通常会说："哩是会成，那盐水都会长蛆，豆豉会发芽"；比如说某人装模作样摆派头时，通常会说："排啥哈谱哩？饭汤浆裙——假硬沁（笔挺）"。

语音方面，永安话以面舌音为主，元音占多数，有辅音、擦音、塞音。送气多，声调高，声音洪亮，鼻音较重，没有翘舌音，轻声少，几乎不用儿化。尤有特点的是，永安话讲"半碗饭"这个词组时，就是闭着嘴，完全通过鼻音发出的。所以"安达地"、"半碗饭"几乎成了外地人了解永安话最感兴趣的话题。

礼仪习俗规矩多

中国是礼仪之邦，无论做什么都重礼仪，讲规矩，正所谓"不讲规矩，不成方圆"。旧时的永安人平常十分节俭，宴客应酬却尽其所有，曰之"可以欠人钱，欠人米，不能欠人礼"。男子成年，即交朋结友，形成松散小团体，谓之"同年"。遇有婚丧喜庆，天灾人祸，便主动提供帮忙。每逢喜庆，亲戚朋友必定登门道贺；出嫁女儿逢年过节必备礼品给父母送年送节。其余人情交往，注重礼尚往来，敬称谦词，其礼仪习俗丰富多彩。

筵宴礼仪很有讲究，未摆筵宴，先要请客送礼。请柬有两种：把要请的客人都列在一张红纸上的称"全帖"，另一种是一人一帖，称"单帖"。请客用帖比较庄重的用全帖，一般为单帖，不同的筵席请客送礼的习俗并不同。如：结婚酒的习俗是先请后送，即先下请帖，后送礼，不请则不送；寿筵则要先贺后请，即先要向寿者贺寿，不贺则不请；永安习俗人生60（岁）为"上寿"，逢十（岁）祝寿称"寿庆"。旧时寿庆仪式十分隆重，设寿堂，张灯结彩。高点红烛，堂上悬挂金色"寿"字或寿星图，两边挂寿幛、寿联，满堂红艳，堂前正中置大靠背椅，有的摆虎皮交椅，寿桃、寿果陈列两侧。凌晨，寿星依次接受来宾祝拜，亲属侍立厅前回拜，并赠红蛋。深夜，子孙行拜寿礼，按辈分从大到小叩拜，寿星赏赐红包。祝寿的礼仪：女婿孝敬炮烛、寿桃、寿幛、衣料、鞋袜和鸡蛋；亲友奉送炮烛、寿联、衣料、鞋袜等礼物。除至亲外，只收寿烛、寿联或袜。设寿宴时必加一道寿面，称"大庆"。青中年逢十祝寿，只吃蛋、面，不设宴请客，但20岁生日称"起家十"可宴请"做生日"。丧葬祭奠要先送"烛礼"，后做"拆封"（谢客宴）；故有"请亲贺寿"之说。贺岁春酒多为口头先请，不用请帖。其他宴席一般为先送礼后宴请，即"有送有请"。

旧俗送礼，客人通常使用竹篮盛装礼物，喜庆送礼包红包，礼物上贴或放红纸条，以示吉祥与敬意。丧事包白包。现时喜庆多用铅印大红请柬请客。送礼数目往往视亲疏、来往情谊深浅以及经济条件情况等，因人因事而异。三代亲、姻亲和姑表、姨表亲均需送厚礼。族人和朋友邻里一般只送一个红包。迎娶通常送喜联、烛、炮、鸡及拜见礼（现钞）若干；祝寿则另加寿糕、衣料及鞋袜；嫁女送衣料、妆奁等；丧事送挽联（现时多用花圈代）、香、纸、烛等冥品及白包丧礼。"贺礼"不可封口，否则会被退回。无论喜事还是丧事，主人均需将三代亲所送的寿（挽）幛挂于大厅首位，以示对外家的敬意。逢春节、端午、中秋等年节，对父母、岳父母、养父母、舅父母、姨父母、姑父母和师傅，作为晚辈更要备礼登堂问好。一般以土特产、时令糕点、烟酒、补品等作为礼品。长辈留吃饭，"还礼"。

若逢年节不送节礼，会被视为不恭或不懂礼数。

酒宴坐席也有讲究。旧时酒宴多用方桌，每桌8人。现在多用圆桌，每桌10—12人。厅堂正中为首席。桌缝横摆，上横左为首位，右为次；桌缝直摆，左边上位为首位，右边上位为次。谁坐首席，视不同筵席按尊长亲疏而定，"列全帖"第一名的必坐首席，见帖要签"敬陪末坐"，其余客人出席的可签"敬陪"，不出席的则签"敬谢"。一般来讲，外家"三代亲"为上宾，姻亲次之，亲属、同属则按辈分及年龄分主次，朋友则左右随便入席。

筵席离不开敬酒猜拳。旧时请客，宾客到齐后，由负责请客的专人依次唱号，按序入席。主人一一请其就座，为其斟酒，俗称"拘席"。待全体坐定，鸣炮开宴。酒过三巡，太平蛋一出，主人开始向宾客敬酒。敬酒先从贵客、长辈开始，而后依次进行，宾客应起立。席上素有敬喝"鸡头酒"习俗，即帮厨将全鸡捧至桌上，鸡头对准贵宾、长者，以表敬意。面对鸡头的宾客要喝1—2杯酒，面对鸡尾的减半喝。后增加鸭头、鱼头，指向谁，同样受敬喝酒。席间猜拳之俗，城乡历来均有。家庭办春酒、喜庆酒常有猜拳声。猜拳时往往先拱手互道"让一拳"，然后以"齐"起拳，而后出拳。通常酒令以四字吉祥语入拳，如"一定高升"、"两榜进士"、"三元及第"、"四逢四喜"、"五子金魁"、"六联大顺"、"七子贤徒"、"八仙过海"、"九九快发"、"全家得福"，猜拳喊拳令时音调抑扬顿挫，富有节奏和韵律，好像唱歌一样，极富永安特色。常用右手，掌心向下，一般要求1—9拇指必出，出"一"拇指不得朝上，以显示自谦。永安的百姓纯朴热情，客人不醉不让归。

送迎宾客也有习俗。宴前，主人一般在厅堂恭候宾客，招呼请坐，倒茶水递烟。有的忙于催请，表示主人热情诚意。现时在酒家设筵，多在店门口或筵席门前迎接。结婚酒由新郎、新娘在大门口迎客。婚嫁寿庆，东道主要在席间斟酒、敬客。吃完后，要待首席起身时才能散席，主人要提早等候在大门口送客。

畲乡风情多异彩

永安青水、洪田、罗坊有一些畲村，尤以青水为多，过去有许多民间习俗，现在虽然已销声匿迹。但存在的过程却充分表明了这个少数民族在繁衍生息中的一种特定的文化符号与民间习俗。

古代畲族人婚姻比较自由。钟、雷、盘、蓝四大姓为畲族人的传统姓氏，同姓一般不通婚，但同姓不同宗则可以。畲族男女社交完全公开，其婚姻之权虽操于父母，但一般不太干涉。女儿家出嫁前一晚，娘家人为待嫁女守夜、哭嫁，女儿的母亲边哭边叮嘱做女人的私房话，并表达母女依依惜别之情。次日新郎迎亲，迎亲不事花轿，新郎直接到新娘家接亲。临门后，岳父以酒饭招待。就席时，席上不摆一物，必须新郎一一指明歌之。如要筷子则唱《筷歌》，要酒则唱《酒歌》。吃完之后，新郎又领唱一首又一首的歌，把酒席上的东西一样样唱回去，这时，司厨者也唱着歌来收席。席毕，新郎新娘交拜成礼，然后祭祖，众人围坐唱拜……祭毕，辞舅姑。临出门时，母女要抱头大哭，母哭叮咛女儿要孝敬公婆，夫妻和好；女哭祝愿父母健康长寿，感谢养育之恩。走嫁时，新郎前行，新娘头裹红帕，身穿蓝衫尾随，多执雨伞半遮脸，岳父殿后，一路步行到夫家。因为畲家认为牛踏的路为新路，所以富裕人家的嫁妆中往往还有一头踏路牛。

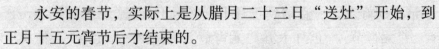

春节习俗韵味浓

　　永安的春节，实际上是从腊月二十三日"送灶"开始，到正月十五元宵节后才结束的。

　　"送灶"。是指腊月二十三日灶神公上天的日子，家家户户锅台洗刷得干干净净，傍晚点烛烧香放鞭炮，用炒米、花生、荷饼、福橘等素供祭祀灶神。要他"上天奏好事，回宫保平安"。

　　"扫尘"。腊月二十四是"扫尘日"。"扫尘"不仅是清扫灰尘，还有驱邪除灾之意。这一天，家家户户掸尘扫屋，把窗台、门板、桌子、橱具无不洗得干干净净。此后，亲朋之间互相馈赠年礼，称为"分年"；各家开始蒸年糕、炸豆腐、杀鸡宰鸭备年货。

　　"除夕"。即腊月三十晚上开始"过年"。凡外出男女，除夕夜都要回家团聚。这天一大早，家家户户门前贴春联，厅堂挂年画，厨房、谷仓、猪栏分别贴上"人寿年丰"、"五谷丰登"、"六畜兴旺"之类红帖，以示欢庆之意。放完爆竹开始吃年夜饭。全家人团团围坐，长辈居上座，儿孙左右相陪，外出未归者留空席、摆碗筷，以示团圆；饭后，仍用花生、荷饼、福橘等果点祭灶神公，请灶神回宫司事。之后，大人给小孩压岁钱；主妇要煮好"隔年饭"，留待年初一食用，以示年有余粮，灶内用硬木炭蕴火种，象征烟火不断，人丁兴旺；厅堂灶房还要点岁灯，大人们通宵守岁，意为去旧迎新。从上世纪80年代起，全家收看中央电视台春晚节目成为新俗，零点钟声一响，家家燃放鞭炮，喜迎新年。

　　"春节"。大年初一，大人小孩清晨即起，穿戴一新，鸣炮开门，以图开门大吉。早餐前要先吃"甜头"，即要喝冰糖茶。

长幼互敬、邻里互敬。一年的春节就从喝甜茶、说吉利话开始了。

初二起，人们开始走亲访友，互相拜年。初三开始，各家宴请亲朋好友，一直请到正月十五甚至正月底。

"元宵节"。正月十五"元宵节"，又称"上元节"，及"上元天官赐福"日。是春节中活动最精彩、最热闹的佳节。

元宵节人们都要吃元宵（汤圆），以祈合家团圆。同时还有做芋包、圆籽等小吃。元宵节，永安人称为"寿年"。

元宵节最让人难忘的是多姿多彩的民间"闹花灯"。这一天，家家户户张灯结彩，街头村落千灯争艳。龙灯、花灯、走马灯、龙凤呈祥灯、麒麟送子灯、吉祥如意灯、百鸟朝凤灯、牡丹富贵灯、松鹤延年灯、鸳鸯戏水灯……仅龙灯就派生出了烛桥龙、板凳龙、稻草龙等等，灯火辉煌、千姿百态。不但有观不完的花灯令人陶醉，还有热闹欢腾的舞龙灯、舞狮子、台阁、踩高跷、旱船等，各种游艺美不胜收。改革开放后，随着经济的发展，政府还在元宵节之夜组织燃放焰火活动，美丽而壮观。元宵夜多姿多彩的活动引得大人小孩倾巢而出，街上人潮如涌、笑语喧天。

红色永安

夏 蒙

一

在石峰村矮房的粉墙上
墨渍和锅底灰也是一把强有力的枪
一百多条标语和漫画
一百多条真理指明方向
北上北上一致抗日

我来到石峰村
寻找一本书
从现在开始在阳光下
一字一句地读

读岁月沧桑的一页
读石峰村老人额头深藏的文字
————聂书专《红色组诗·红军标语》

　　还没有踏上去永安采风的旅途，永安诗人聂书专的这几行
小诗就从网上跳入我的眼帘。诗人到过的石峰村，我也到过。
这几年，为了拍摄一部文献纪录片，我们走遍了八闽大地的山
山水水，寻找那些红色的足迹与红色的记忆。石峰村这些穿越

时空，仿佛遗世独立的红色标语，确实让我们感到吃惊，也让我们似乎读懂了这块土地上"岁月沧桑的一页"。

为了这部纪录片，我们请来了著名的红军史专家、军事科学院的资深研究员徐占权教授，他也对永安能有这么多红军的标语感到吃惊。经历了五次反"围剿"的斗争，经历了国民党军队拉网式的"清剿"，还能够保留这样多的红军标语，真是一个奇迹。

石峰村位于永安与连城、漳平和龙岩新罗区交界的大山深处，距永安市区 50 多公里，距小陶镇也有 10 余公里。70 多年前，这里曾是红军和白军拉锯的地方，曾经先后有彭德怀指挥的东方军，寻淮洲、乐少华、粟裕等指挥的红七军团等经过这里。第五次反"围剿"失利，中央红军北上长征，而留在敌后的红九团亦曾在这一带苦苦坚持，并建立游击根据地。

"在石峰村矮房的粉墙上 \ 墨渍和锅底灰也是一把强有力的枪 \ 一百多条标语和漫画 \ 一百多条真理指明方向 \ 北上北上一致抗日"——诗人用简洁的语言，非常准确传神地勾画出石峰村这些标语的状况和内容。这些标语大都依稀可辨："打倒屠杀工农群众的国民党军阀"、"工农群众起来打土豪分田地"、"反对日本帝国主义侵占福建"、"打倒法西斯，反对国民党"、"打倒出卖华北给日本帝国主义的国民党"……从一些标语的落款上写着的番号与时间上看，这些标语正是第五次反"围剿"前后在这里书写的。

中央苏区时代的闽西各县，每个红色村庄都曾有过这样的标语，但在国民党军队随后拉网式的"清剿"中，这些标语都被逐村逐户地清理干净，或代之以各式各样的反共标语。有些红色标语难于清理，国民党军就干脆一把火连房屋烧掉。石峰村这样大量而又集中地保留下来的红军标语，为我们在这部红色文献片的拍摄之旅中所仅见。因此，它的文献价值与文物价值不容低估。

二

如果把铺进石峰村的水泥路减去水泥加上杂草
我就能够找回一条记忆的小道
——聂书专《红色组诗·红军亭》

永安对我来说并不陌生。在我童年的记忆里，家是流动的。从福州到南平，从南平到三明，又从三明到清流、龙岩……我们总是随着父亲他们那支建设大军不停地搬家。先后读过五六所小学，终于，到了永安，才开始安定下来，在这里读完了初中、高中。那时，只知道永安是抗战时福建临时省会，还知道红军曾经路过这里，别的就所知不多了。从来没有把永安与红土地联系在一起。在我的心目中，似乎只有毛泽东诗词里提到的"宁化、清流、归化"，还有"红旗跃过汀江，直下龙岩上杭"中的龙岩、上杭等这样的地方，才是真正的红土地。

这个错误的印象直到1990年才改变。当时我执笔创作反映福建三年游击战争的电视连续剧《赤魂》，着手翻阅了大量的革命回忆录和党史资料，采访了当时还健在的一些红军老战士，他们都不约而同地提到了永安，提到了宁洋。伍洪祥、王直两位老人还绘声绘色讲述了他们打宁洋和打永安的故事。

宁洋，是明隆庆元年（1567年）析龙岩、大田、永安部分属地所置，其县治在今天的漳平双洋镇。这里山高林密，地广人稀，但对于当时的中央苏区来说，却是与白区之间的一个战略缓冲带。宁洋各乡镇在1929年到1934年间，普遍建立了苏维埃政权。中央苏区中央局通告第一号中曾明确指出："闽粤赣苏区范围包括闽西南的龙岩、永定、上杭、武平、连城、长汀、宁化、清流、归化、漳平、宁洋、平和，南靖、诏安等县……"

宁洋县在 1956 年撤销，治下所辖村镇分别并入永安、漳平等。从这一意义上说，宁洋在中央苏区的地位，也应该由永安来继承的。而永安本身当时正处于闽西苏区与白区交界的地方，是红军筹粮筹款的重要区域之一。早在 1932 年，时任福建省军区司令员的叶剑英就曾指示："福建军区争取把漳平、永安、建宁、泰宁等小块根据地连成一片。"时任福建省委书记罗明也强调："向永安发展，是巩固闽西与闽北打成一片发展中、计划中最迫切的工作。"

1934 年 4 月，在艰苦的第五次反"围剿"斗争中，由寻淮洲、乐少华、粟裕等领导的红七军团组成中国工农红军抗日先遣队，从江西黎川出发，越过将乐前进到永安的安砂、曹远、大湖、贡川一线。并在方方和吴胜领导的红九团配合下，经过一番激战，把红旗插上永安县城。此战毙敌千余，俘敌 2000 余人，缴获步枪 900 多支，轻重机枪 20 多挺，子弹 10 余万发，还有数台收发报机。中华苏维埃中央执委陈潭秋为《红色中华》撰写社论，赞扬永安之战的胜利"给了敌人堡垒政策以有力的回答"。

打下永安之后，红七军团继续北上，红九团在方方和吴胜领导下，相继成立了永安县革命委员会和永安县苏维埃政府，红军长征前夕，在龙岩、连城、宁洋、永安之间，建立了一块纵横 300 余里的红色根据地。这块包括永安现有县域面积 2/3 以上的红色土地，毫无疑问应该是中央苏区的一个组成部分。

红军长征前一些最后的战斗也发生在永安。如果说，发生在松毛岭的阻击战是长征前的最后一战，那么，红一军团 1934 年 8 月 12 日、8 月 19 日、8 月 21 日在永安小陶的几场战斗，则是这场恶战的前奏。近年来，有人据此提出"中央红军长征始于永安"，当然，这种观点能否成立有很大争议。当我率领摄制组寻访当年旧战场时，那些挖掘得非常专业的战壕与掩体，一

160

看而知是出自红军主力部队之手。

我们完全可以想象，当年红军与敌军在这里激战的场面。

当时，投入战斗的红军部队是林彪指挥的红一军团一师、二师、十五师及彭德怀指挥的红三军团之一部。国民党军是蒋介石嫡系李延年的第三师、李玉堂的第九师、刘戡的八十三师。英勇顽强的红一军团面对装备精良的敌军，且战且退，几番激战下来双方尸横遍野，直到新中国成立后，人们还能在这一带的丛林间看见累累的白骨。

三

　　我的卷发乱了有山风为我梳理

　　我的眼泪乱了有坟上的野花吸取

　　我的记忆乱了叫不出你的名字

　　我的双膝乱了跪在你的坟前久久祭拜

　　你坟头的松树取名叫红军松

　　我满山望去

　　每一棵红军松的下面就埋着一名战士

——聂书专《红色组诗·红军坟》

1955 年，在新中国举行的第一次授衔仪式中，福建籍将军有 83 位，其中上将 3 位，中将 9 位，少将 71 位，从永安走出的红军不仅没有一颗将星，甚至没有一人在革命胜利后活着回到家乡，按当时不近情理的规定，如果没有两个团以上干部证明，这些红军战士不能算烈士，只能算"失踪"红军。

这让我很受刺激，一直想弄明白，这些红军战士都到哪里去了呢？

10 多年前，我在撰写反映红 34 师浴血湘江全军覆灭的报告文学《壮士一去兮》时，作了大量的采访和调查。早年从永安当红军走出去的青年人，有一部分被编入当时的福建省军区独立第八师和第九师。这两个师在第五次反"围剿"期间，合编成红34师并入红五军团。中央红军长征经过湘江的时候，红34师为全军总后卫之一，奉命在广西灌阳一线阻击敌军，连番苦战之后，终因寡不敌众，全军覆灭。

1934年，红七军团与红九团打下永安，又有一批永安青年加入红军。可是，红七军团作为红军的抗日先遣队北上的征途，注定是一个悲壮的结局。我在拍摄关于福建三年游击战争的文献电视片时，沿着红七军团北上的路线进行采访，我确信，这些战士并没有走出多远，就在北上的途中牺牲了。因为红七军团离开永安后，为了执行中革军委的命令，沿闽江一路向南挺进，居然还通过水口向福州守敌发动进攻，付出很大伤亡后不得不仓促向闽东转移。这样的军事行动几乎就是一种"自杀"。经过一路苦战到达闽东时，部队已经损失大半。两个月后，红七军团与方志敏的红十军会合，又是几番恶战，全军损失殆尽。那些参加红七军团北上的永安儿女，也在这些惨烈的战斗中流尽了最后一滴血。

红九团占领永安之后不久，在大敌当前的紧急情况下，主动撤出永安。关于这段往事，在红九团政委方方的回忆录中有详细的记载。但多年来深深打动我的却是王直将军的一段回忆。红九团打下永安时，王直在团政治处担任宣传干事，并负责新成立的永安革命委员会办公处的日常事务。他去永安的教会医院探望伤员时，认识了当时教会医院的护士陈素英。这位美丽的女护士在红军指战员的感召下，萌生了参加红军的念头。王直高兴地把这一情况报告给方方政委，正为红军缺医少药发愁的方方立即批准了陈素英的参军请求。

她坐在离我几步远的地方，约有20岁，中等个儿，短发下一张丰润的圆脸，嵌着一双又大又黑的眼睛。她不施脂粉，不事修饰，朴素大方，端庄明丽，浑身洋溢着青春的活力。交谈中，我们了解到她是福建南平人，从小失去父母，是在福州一家孤儿院里长大的，受尽残酷压迫和非人的虐待。为了摆脱这个吃人的"魔窟"，她在繁重劳动的空隙发奋读书，14岁那年考进了福州一所护士学校，毕业后派到永安教会医院当护士。在几年的工作中，她学会了一些医疗技术。由于心地善良，特别同情贫苦的群众，深受群众爱戴。她很诚恳地说："我护理红军伤员，看到红军真正是咱穷人的救星，所以决心参加这支队伍。"我问她："当红军要能吃苦，不怕牺牲，你能做到吗？"她表示："我已下了决心，什么都不怕。"说到这里，她那双明亮的大眼睛，顿时闪射出一种坚毅的光芒。

陈素英义无反顾地带着另一名女护士一起参加了红军，随红九团撤到闽西的大山里。在艰苦的游击战争环境下，陈素英克服难以想象的困难，建立起一所伤兵医院。为解决药物奇缺的困难，她和战友们虚心向老乡们请教，收集和研究各种中草药，用土洋结合的办法救治了红九团的许多伤病员。1935年春，在艰苦的反"清剿"战斗中，陈素英不幸中弹，壮烈牺牲。

从王直将军在半个多世纪后写下的这段文字里，可以看出红九团指战员对这位从永安走出来的白衣天使由衷的爱戴之情。

永安市区那座经历百年风雨的教堂还在，这次到永安采风，我特意又来到这座教堂跟前默默地站了一会，注视着哥特式建筑尖顶上的十字架，我听到教堂里传出了悠扬的琴声。在这里出出进进的人们，还有大街上摩肩接踵的人群中，还有人记得这位名叫陈素英的白衣天使么？

用火把照亮着的夜

——永安抗战进步文化纪实

钟兆云

共产党员和《老百姓》一马当先

国民党福建省政府于 1938 年夏内迁永安时，正是抗日战争临近相持阶段。对于抗战的前景，民众和各阶层反应不一，但总的来说，悲观情绪像大雨前的阴云一样，滋长、密布在人们心里。

战时临时省会除了日军飞机带着尖啸的轰炸，和市民们呼天哭地的喊叫外，竟没有更能表现生命意志的内容。有识之士对此甚为不满。国民党福建省政府教育厅科员、中共闽北特委委员陈培光想着创办一份报纸，宣传抗日，唤起民众。这个想法，和教育厅进步人士林浩藩、卓克淦、高时良等人一拍即合。

该给报纸取个什么名字呢？陈培光仿佛早已思考过这个问题，脱口而出："国民党害怕发动群众，害怕群众起来，我们就用'老百姓'这名字，也更有利于发动群众，搞好抗日宣传。"

为了尽快通过当局这关，大家找到了省银行董事会秘书章振乾。章振乾在卢沟桥事变后从日本回国，参加过省抗敌后援会及福州文化界抗日救亡协会，他看到永安地处山区文化落后、民风闭塞，广大群众有的还不知抗战为何物，早就感到出版抗日宣传刊物的重要。他与永安县政府要员私交不错，经他出面，《老百姓》很快就在永安县政府办好了注册登记手续。

章振乾被公推为报纸的发行人，陈培光为总编辑，林浩藩、卓克淤、高时良、陈启肃等人任社论、时事、问题解答等各栏编辑。才几天工夫，散发着油墨香的《老百姓》便开始在永安街头散发。

为了扩大政治影响，1938 年底，《老百姓》改为铅印四开版 3 日报，放在中共南平工委所在地南平编印，社址仍留永安。工委从建瓯县委先后抽调党员叶康参、叶文恒担任专职编辑。

改版后的《老百姓》在当地比国民党《中央日报》的发行量还大，增至 5000 余份。每期报纸在南平印好后，工委组织汽车司机义务托运到闽浙赣边各地，由当地的代理人及时分送到订户手中。《老百姓》很快就声名卓著。这份外形不怎么显眼的刊物，内容却吸引了成千上万读者。它宣讲共产党的抗日主张，揭露日本侵略中国的罪行，阐明"战则存，降则亡"的道理，指出中国抗战的光明前途，激发广大老百姓的抗日热情，敦促国民党政府以实际行动投入到抗日中去。同时也揭露国民党黑暗面，为老百姓说公道话。

国民党福建省党部主任委员陈肇英坐不住了，《老百姓》创办 1 年 5 个月、出版 100 多期后，以"有异党活动"为由而被当局勒令停办。在它之后，大量抗日救亡报刊纷纷继起，发出了更加巨大的挞伐之声。

东南半壁闪耀着抗战进步文化的火光

《老百姓》率先揭开永安进步文化活动的序幕后，改进出版社也开始呐喊。

改进出版社有官方身份，由国民党福建省政府出资创办，社长兼发行人黎烈文是著名"左翼"作家，"八一三"上海抗战后来闽。时任国民党福建省政府主席的陈仪曾和鲁迅同在日本留学，知道黎烈文在上海与鲁迅多有交往，因此对黎颇为信任。

为了利用国民党的出版社，扩大战斗队伍，中共中央东南局文委书记邵荃麟和夫人葛琴以及聂绀弩等党员作家，发动金华、桂林、重庆等地的进步文化人士大力支持改进出版社，在《改进》半月刊上发表文章，帮助黎烈文实现其宣传抗战、推动战时文化的办社目的。1939年夏，邵荃麟又委托左翼作家王西彦到永安，设法在改进出版社争取编《现代文艺》，中心内容由王西彦和邵荃麟通信商定。时值国民党大吹大擂，以抗战的发动者和领导者自居，自封为"抗战英雄"。为了向人民揭穿这个骗局，经邵荃麟同意，王西彦通过采用的作品，说明一个"究竟谁在抗战"的问题。

《现代文艺》"创刊特大号"搞得很有声势。创刊号稿件几乎全由邵荃麟从金华寄来。王西彦采用万堤思所作木刻"蒋委员长慰劳出征军人家属"作扉页，然后编入邵荃麟的中篇《英雄》，作为重点作品，在目录上印成黑体字。这样，一方面，好像是颇为尊重"最高当局"，另一方面，却用作品的形象描写，揭露了国民党的所谓"英雄"究竟是怎么一回事。因为《英雄》描写的，是一个被强拉壮丁出来的，实际上遭受非人虐待的可怜虫。创刊号还发表了冯雪峰的论文、艾青的诗、葛琴的小说、唐弢的杂文，以及王西彦自己创作的短篇《死在担架上的担架兵》。

这样的安排也算巧妙了，但责难还是很快就来了。国民党福建省保安处长黄珍吾读罢《英雄》，敏感的鼻子立即嗅出了味道。他匆匆从三元赶来，呼呼呼地跑上吉山省主席公馆，以"妨碍役政"的罪名向陈仪告了一状，并叫嚷改进出版社里潜伏着共产党，要予以查封。黄珍吾走后，陈仪找来黎烈文，询问王西彦的政治背景。黎烈文隐瞒了王西彦在湖南参加共产党所办《观察日报》和"塘田讲学院"工作的事实，并对《英雄》的描写内容作了一番无关"役政"的解释，特别出示了刊登在同一期的"蒋委员长慰问"木刻画。陈仪便不再说话了。

一场麻烦刚平息不久，1940年6月，金衢特委遭顽固派破坏，邵荃麟、葛琴夫妇受到国民党通缉，东南局命他们撤往永安。当王西彦接到黎烈文通知连夜赶往中南旅社时，共产党员、《现代青年》主编卢茅居也来看望邵荃麟夫妇。卢茅居是黎烈文邀请来永安的，因其才华在改进出版社中享有很高声誉，团结了大批文化界同仁，成为在永安的闽浙赣秘密党员的核心人物。

安排邵荃麟夫妇在永安落脚，可是件棘手的事。因为他俩是共产党的"红人"，稍有不慎，即有被捕可能。黎烈文求助于陈仪，邵荃麟得以在《改进》杂志任编译，身怀六甲的葛琴任《现代儿童》主编。

1939年6月至1941年，成了改进出版社抗日宣传活动的高潮期。闽浙赣边区的中共党员分别在福建省委、闽江工委（特委）的单线领导下，通过不同的渠道进入改进出版社工作。

卢茅居、陈培光等一批党员奉命撤往省委机关后，中共福建省委宣传部长王助又派刘子崧到永安工作，经南平专员黄朴心介绍，由陈仪安插担任省政府参议兼社会科学研究所研究员，创办《经济理论》半月刊，在经济领域宣传抗日。

根据王助的指示，刘子崧通过黎烈文安排卓如接替卢茅居担任《现代青年》主编，坚持了这块战斗的文化阵地。

种子落到了泥土里。抗日的篝火从山丛里透出，照亮了东南半壁。

一大批爱国人士和进步青年被吸引、聚集在共产党统一战线的大旗下。就连陈仪，这位奉蒋介石命令对共产党、游击队发动了一次又一次"清剿"的国民党省主席，也不得不容纳和接受团结抗日的主张。1939年7月，他在接受新华社记者孟秋江采访时，发表了振聋发聩的谈话，云："共产党坚持抗战"，其"刻苦耐劳、埋头苦干的精神，我们要学习它"；共产党提的意见是对的，国民党"应该切实去做，要是自己不动，还要消灭人家，天下没有这种例子"；现在要提倡民主团结，合力对付中国唯一的敌人日本，即使"抗战胜利之后，一切力量用于建设，千万不能有内部的分裂"。

这期间，先后任国民党南平专员的夏明钢、黄朴心，陆军第十三补训处处长李良荣，莆田县长夏涛声，福安县长程星龄，闽清县长黄枝热，崇安县长刘超然，大田县长罗诚纯，闽侯县长霍六丁等，也都与共产党组织有密切往来。

国民党福建省政府内迁永安后，陈仪急于开拓异常落后的福建内地经济和文化事业，因而采取一些较为开明的政治方略，容纳进步人士和抗日言论。

1939年4月，新西兰国际友人路易·艾黎以"工合社"国际委员会执行联络员和国民政府行政院技术总顾问的身份，带领一批技术人员亲临福建，先后筹建起了东南"工合社"长汀事务所、永安事务所等，其目的是在中国的广大城镇和农村，建立一条抗战时期的经济战线，以便将旷日持久的抗战进行到底。中国共产党利用"工合社"的合法阵地，以党员表率作用，团结进步工人，大力开展抗日生产运动，以实际行动支援抗战。"工合社"永安事务所把工作重心放在印刷业，承担大部分进步报刊书籍的印刷业务，对进步文化事业贡献殊多。

永安进步文化的兴起和发展，固然与陈仪主闽时较为清明的政治不无关系，但起主导作用的却是共产党。

"我们要战胜敌人，首先要依靠手里拿枪的军队，但是仅仅有这种军队是不够的。我们还要有文化的军队，这是团结自己，战胜敌人必不可少的一支军队。"毛泽东的论述何等深刻精辟！

从1938年5月至抗战胜利7年多时间，隐蔽战斗在永安的共产党员先后有 60 余名。他们和一批革命知识分子，在中共南方局及福建地方党组织的领导下，高举抗日民族统一战线的旗帜，广泛团结各阶层爱国人士和进步青年，积极开展各种形式的进步文化活动。

历史不能不惊讶，一个小小的永安山城，竟有这样的文化阵势：

大小专业出版社 30 来家；编辑单位 20 多个；印刷所 19 家；文化学术团体 40 余个；报纸期刊 129 种；出版专著 800 种；联系著名作家和学者 100 多人……

其时间之长，出版物之多，作者阵容之大，作品战斗力之强，较之当时的国统区，仅次于重庆和桂林。永安，无愧为抗战文化在东南半壁的一个重要据点。

偏居永安的一群文化巨子

永安抗战进步文化，是共产党人用生命和鲜血浇灌培育出来的一簇奇葩。时代的洪流把千千万万的知识分子从书斋卷到奔腾呼啸的大海，共产党员、左联作家、军事评论家羊枣便是其中之一。

1944 年 7 月，屡遭顽固派迫害的杨潮（笔名：羊枣）偕夫人沈强从湖南衡阳到永安，国民党福建省主席刘建绪请他担任省政府参事及省社会科学研究所研究员兼政治组长。受共产党影响至深的省政府秘书长程星龄在陪羊枣到省研究所宿舍的途中相告，王亚南即将来永安，就任省研究所所长。羊枣大喜："目前正是全世界反法西斯战争与中国抗战的紧要关头，人们正希望从学者那里得到对现实中的迫切问题的解答。王亚南先生学识渊博，宏观世界，他能来，真是好事！"

数天后，羊枣在住所迎来了一位客人——《民主报》副社长兼总编辑颜学回。颜学回客气地说要请他为该报撰写星期社论和政治军事论文，并告诉他："是省府程秘书长催促我来的，说迟了，就抢不到你了。"

《民主报》原在闽北建瓯出版，社长朱宛邻虽为国民党福建省党部执委，却还算开明，总编辑颜学回是国民党内坚持抗日的进步爱国人士。程星龄看刘建绪想办报又怕出纰漏，就替他出了个主意：补助《民主报》一笔钱，让它迁到永安来出版。《民主报》迁永安后，和同在永安出版的《中央日报》（福建版）、在南平出版的《东南日报》《南方日报》平起平坐，俨然是福建的一家大报。《东南日报》的副刊由共产党员陈向平编辑，文章短小精悍，清新可读。颜学回亦想打开局面，就聘请进步作家董秋芳为副刊《新语》主编。董秋芳是鲁迅、郁达夫的学生，他通过这个文艺阵地，培植和指引一些爱好文艺的青年走向革命道路。

8月初，羊枣在《民主报》发表了到永安的第一篇军事论文《只有牺牲才有胜利》，文章热情地赞扬衡阳军民不怕牺牲、坚守孤城40余天的爱国精神，鞭挞了国民党顽固派消极抗战，造成军队精神崩溃，使日军直趋桂滇的误国政策。8月29日，又在《民主报》上发表《人民的力量是伟大的》一文，文中公然宣传人民的力量是伟大的，这在福建报界是空谷足音！在这篇文章中，羊枣还指出："我们的抗战是全民战争……必须把全民战争真正实现在全民的基础上……""全民战争"在国统区一向是个敏感的名词。当时的政界、新闻界人士都知道，实行"全民抗战"的抗战路线是中国共产党在1938年提出的，国民党当局执行的片面抗战路线与之大相径庭。

有羊枣的几篇雄文，《民主报》面目焕然一新。颜学回要聘羊枣当主笔。几番交往，羊枣认为《民主报》值得争取，乃欣然受聘，并约请省社会科学研究所的李达仁、谢怀丹，及省政府编译室的赵家欣、叶康参等参加撰写社论。

他们中，赵家欣在 1938 年 2 月作为厦门《星光日报》战地记者，北上采访抗日前线新闻后，在福州接触了新四军福州办事处主任王助，深受革命教益。随后他在泉州以新闻记者身份掩护被国民党追捕的抗日战士、女共产党员谢怀丹，不久结成夫妻，在危难中携手人生。夫妇俩来战时省会山城永安，全力投身抗日文化活动。

羊枣等人同报社约定，所写社论可以不用，如用则不得变动内容。这样，《民主报》社论这块阵地就基本上为共产党和进步人士所掌握了。

中共南方工作委员会遭顽固派破坏后，为避免更大损失，周恩来下令暂停工作。中共福建党组织还处于"隐蔽精干"状态，国民党第三战区指挥系统迁移闽北，白色恐怖加重。尚在永安的共产党人绝大多数在暂停组织联系的情况下，通过各种渠道，隐蔽身份，广交朋友，与进步文化人士默契配合，继续宣传党的抗日方针政策。

王亚南就职福建省社会科学研究所所长后，注意通过教学、学术报告来发扬民主，培养人才，使研究所的学术研究气氛迅速活跃起来，成为宣传马列主义的阵地。

羊枣还担任设在永安的美国新闻处的顾问。他精通英文，每天从美国新闻处取回一大卷英文资料，作为撰写评论的参考，或直接译成中文发表。为了使国人及时了解国际形势和第二次世界大战的动态，在他的周密策划和勤奋写作下，1944 年 9 月 1 日，一本 16 开 16 页的《国际时事研究》与读者见面了。该刊前后出版 10 个月，共 39 期，在抗战后期永安进步文化活动中占有重要地位。

多年后，研究者和读者仍惊叹于羊枣军事论文的预见性。他对形势的分析和战局判断，持之有据，言之成理，令人信服，大大地增强了人们抗日救亡的信心和斗志。他的文章，在风雨如晦、乌烟弥漫的福建省会山城永安，起了很大的澄清作用，成为黑暗中的一盏明灯。他的言论，帮助人们了解形势、考虑动向，坚定对反法西斯战争必胜的信念，在当地上层人士中影响很大。

交锋下的"永安大狱"

羊枣的一枝如椽之笔，引起了国民党顽固派和特务们的嫉恨。从 1944 年 11 月至 1945 年 3 月，国民党 CC 系控制的《中央日报》（福建版）连续发表反动露骨的文章，这理所当然地激起了进步文化界人士的义愤，他们在《新语》上发表大量文章加以批驳。这场大论战前后延续 3 个多月，引起了后方文化界，尤其是东南各省文化界的注意和广大读者的关心，成为当时东南文化界的一件大事。

《新语》主编董秋芳觉察到《中央日报》那些人，企图把"论战"引到政治问题上去后，及时刹车，停止论战。

树欲静而风不止。1945 年 3 月 13 日，国民党 CC 系控制的《中央日报》（福建版）刊发反动社论《肃清危害党国的毒菌》，矛头指向共产党，胡说什么"最近有人……对于中国的政治问题，竟公然提出'联合政权'与'党派会议'的主张，以满足他们政治集团的野心"。

羊枣看罢，愤然在报上打个叉，疾书批道："国民党要保持其法西斯独裁的真实面目，由此文可见！"

次日，《中央日报》（福建版）又发表题为《强化本党革命的壁垒》，叫嚷"潜藏在福建境内的反革命及假革命分子"，已经"打入上层政治组织，巧言令色，蒙蔽地方首长，进而拉拢下层社会民众"，宣称在"国民革命"的"这最后阶段"，"不得不肃清我们阵营里的一切反革命和假革命"，并特别"提醒地方各级领袖"，"首先肃清包围自己周遭的鬼祟人物，并以擒贼先擒王的方式，把那些混进本党的首要奸伪分子一起赶掉"。

7月7日，该报刊登了一个以"闽省文化界"名义，由该报社长、中央社福建分社社长、福建省图书杂志审查处处长等130多名"文化界人士"署名，发给重庆国民参政会、国民政府、国民党中央党部、三民主义青年团中央团部、十八集团军总司令部及"全国父老"通电，"吁请中共应深明大义，为抗战而统一"，指责中共"于政府外另组一政府"，"于国家军队之外另有一种军队，想诉诸武力，以夺取政权"等等。

顽固派舆论已造，下一步就是磨刀霍霍，"拿出大刀阔斧的手段，彻底对付"那些"异党分子"了。

7月12日凌晨，刘建绪还在睡梦中，第三战区高级参议、少将特务俞嘉庸紧急求见，同来的还有省党部调查室主任赖文清等。俞嘉庸一见面就说："3月下旬，改进出版社编辑周璧玉夫妇秘密前往新四军浙江纵队活动，于返闽途中被我捕获。他们供认此事系谌震指使，另外省政府参事羊枣亦有关系。希望刘主席以大局为重，交出这两个共产党分子。"接着出示了第三战区司令长官顾祝同的密令。

刘建绪细看一遍，憬然色变。谌震是他的随从秘书，曾任湖南《开明日报》和国际新闻社的记者、编辑，1943年冬负责创办东南出版社，任社长，出版了30来种颇有影响的书籍；他在任职官方报纸《建设导报》期间，聘请中共党员周左严为总编辑，谢怀丹、林子力为编辑，后又聘曾任中共湖南宁乡县工委书记的李达仁担任主笔，王石林为采访部主任，使这家国民党报纸几成共产党的另一支"文化军队"。

继羊枣、谌震被捕，另有30位进步文化人士也遭受特务们的逮捕、软禁、扣留。他们中除了羊枣于翌年1月惨死狱中，半年后，余者皆在中国共产党政治抗争下，走出囚牢，重新革命。

永安大狱后，刘建绪侥幸保全了省主席的职位，但失去了程星龄这样的胳膊，也不敢再有所作为了。永安很快就成立了第五绥靖区司令部，在重兵"清剿"下，闽中工委书记、游击队领导人林大藩等血洒山城。

黎烈文沉着应付国民党的政治压力，做好入狱准备。王亚南也打了背包，做好随时被捕的准备，他向刘建绪递交辞呈以示对"永安大狱"的抗议，在社科所留下一句掷地有声的话："国民党可以抓去我们的人，但决不能迫使我们做他们要求做的事。"

离开永安前，王亚南再次捧读羊枣入狱前两个月作品《从柏林到东京》。在这篇惊世绝作中，羊枣，这位偏居东南小城永安的新闻巨子、中国彼时最出色的军事评论家，为世界描绘了最后战胜日本法西斯的蓝图："如果苏联参战，如果美空军对敌国本部的战略轰炸特别有效，如果我军反攻有力……至多三四个月，日本便可能完全崩溃。"

曙 光 在 前

1945 年 8 月 15 日，日本战败投降的喜报传到永安，一批从天南地北云集永安不懈战斗的文化人，忘情高呼胜利，他们有的和当地军民狂欢庆祝，有的赶回住地或编辑部，发排消息，撰写胜利的赞歌。

历史这样书写：永安抗战进步文化活动，是抗日战争的重要组成部分，不仅对促进团结抗日、夺取民族解放战争的胜利发挥了积极作用，而且丰富了中国新文化艺术宝库，给世人留下了一份珍贵的文化遗产。

这也是东南山城永安对抗战的伟大贡献。

竹 影 琴 音

黄种生

行走于永安的山水之间，极目所见，天是蓝的，水是碧的，满山遍野的树木、竹林，甚至连在水田里的一片片一点点浮萍，都是青苍翠绿的。永安，仿佛到处都染上了象征着生机与活力的生命底色。

2011年10月25日，从位于沙溪西岸临水而筑的名镇贡川乘车返城，一路山光水色，赏心悦目，水边连片的竹林，临风微动，袅袅婷婷，风韵迷人。贡川是明代著名古琴家杨表正的故里。杨表正淡泊名利，远离尘嚣，芒鞋琴囊，足迹遍及江南名山大川，有时独坐于竹林溪畔，焚香抚琴，"其音之清，如月之秋，如江之澄，如潭之寒，千里一碧，冷然内彻也。"真是竹影琴音，千古奇绝！

一

翌日，为追寻令人痴迷的永安"竹影琴音"，在市文体局领导陪同下，走访了建设中的永安市西峰山琴院和驻院琴师、西峰古琴学会秘书长、古琴艺术培训中心副主任陈如雪。

车子沿江溯流而上，在建设中的道路上跌跌撞撞半个多小时，来到了西峰山琴院。琴院坐落于燕江之畔，西峰山下，背依遍植茂密竹林、呈半弧形的山峦间，宛如安坐在古时的交椅上，面临碧绿江流，山环水转，活泼而灵动。琴院总建筑面积为4000平方米，正面是杨表正古琴艺术纪念馆，右边是供古琴专家和研究者住宿的别墅，左边是演奏厅和低矮的楼房、错落有致的小平屋，设有当年杨表正习琴的古琴台、古琴艺术培训馆、研究馆，周边竹林掩映。据介绍，展馆前的开阔地，将开凿池塘，引入清泉。琴院建成之后，无疑将是集中国古琴交流、培训、科研、展示和文化旅游于一体的绝佳胜地。虽然琴院建设尚未竣工，然"竹影琴音"恍如已弥漫于山水之间。

在西峰山琴院装修完成之前，文化馆内有一房间，作为陈如雪和另一位驻院琴师的办公地点。办公室里，摆放一把有防尘布料覆盖的古琴，而墙上悬挂着的五把古琴，漆黑发亮，熠熠生辉。办公室里还有一架装满古琴资料的厨柜，两张办公桌。入门处摆放沙发和一套茶具，用来招待琴友和访客。房间虽然略显拥挤，却也井然有序。陈如雪琴师听明来意，热心地介绍了古琴的简史和古琴在永安发展的概况，并当场弹奏一曲阮籍的"酒狂"。演奏之前，她关上窗户，掀开琴盖，拿出一方细腻柔软的毛巾小心揩拭，在弦上涂抹润滑的油脂，然后轻轻抚动，调好琴音，才正式弹奏。此曲虽短，但一曲未了，琴师脸上已现细细的汗珠。她似乎感觉意犹未尽，又重新弹奏一遍，中间三次停顿，细说那是表现酒醉，那是呕吐，那是呕尽酒污之后显现的轻松舒适之感。可见琴师弹琴是何等的专注与投入。听她解说，细细品味，阮籍那"醉于酒，隐于狂"的意态仿佛就在眼前。

临别，陈如雪琴师赠送一叠有关介绍古琴和永安琴事的资料，其中有一唱片，名曰《永安古韵，盛世清音》。这是由福建省文化厅、永安市人民政府、中国古琴学会共同主办的2008年"金林凯"杯首届中国古琴名家新年音乐会暨"永安古韵·盛世清音"古琴文化节之时，来自福州、西安、江苏、上海、广东、浙江、天津、重庆的著名古琴家演奏的专辑。返回福州，在闽江入海口的小岛上，一个月白风清、海风微拂、涛声轻拍的夜晚，坐在办公桌前，一边翻阅着有关古琴的资料，一边倾听着古琴大师的演奏，那风云四起、慷慨激昂的《风云际会》，那雁声嘹亮、群雁飞旋的《平沙落雁》，那清泉涓涓、时急时缓的《碧涧流泉》，那一曲曲穿越时空的琴音，最容易把人的思绪引向悠远的年代，引向与古今琴人作心灵交流的境地。

二

历代文人、琴人，爱竹、咏竹、画竹、论竹，为竹子旷达豪迈的胸襟，虚心潇洒的秉性，刚直坚毅的品格，不屈不挠的气节所熏陶，是一种常见的文化现象。文人、琴人与竹林，似乎有一层天然的亲密关系。

魏晋之交，嵇康、阮籍、山涛、向秀、刘伶、阮咸、王戎等人，时称"竹林七贤"。他们为避乱世，就时常饮宴于竹林，弹琴赋诗，咏怀言志。

"独坐幽篁里，弹琴复长啸。深林人不知，明月来相照。"作者为盛唐著名诗人王维，诗中描绘在澄明的月夜，诗人独坐在清幽竹林下抚琴长啸的意境。诗人心灵与竹林、明月的属性悠然相会，融为一体，传唱千古。

苏轼，字子瞻，号东坡，北宋文学家、书画家。他的故乡产有沾染血泪的斑竹，他"宁可食无肉，不可居无竹"，生活中随处有竹。"门前万竿竹，堂上四库书"；"累尽无可言，风来竹自啸"；"披衣坐小阁，散发临修竹"；"疏疏帘外竹，浏浏竹间雨。窗扉净无尘，几砚寒生雾。"这些诗句，生动地表达了他人生之旅不同阶段的不同心境，由胸怀"四库书"的抱负而逐渐转向安闲、淡定、超然潇洒。他不仅是诗书画的高手，又是著名古琴家，著有《杂书琴事》，曾为《醉翁吟》填词。

这是随手拈来的文人、琴人与竹子结缘的一些故事。

永安，是竹子的故乡，我国多数竹子最适宜生长的中心产区。永安的贡川镇胜利巷 43 号，至今保存有完好的"笋帮公栈"。它始建于清顺治三年（1646 年），距今已有 356 年，在明清时期曾为闽、浙、赣、豫等省区笋业商贸组织的中心联络机构，全国东南各省最大的笋干批发市场。现在，永安竹林面积达 100 多万亩，乡土竹种 15 属 76 种，农民人均拥有毛竹林面积和竹种资源总数居全国县（市、区）之首，到处可见浩瀚无边的绿竹海洋。沿江耸立的绿竹屏风，房前屋后的茂林修竹，如烟如画，如梦如幻，装点着延绵不绝的山峦，养育出一代代杰出之士。

古琴家杨表正，就是竹育笋养的永安人。杨表正，字本直，号西峰山人，又号巫峡主人。生于明正德十五年（1520 年），是明代音乐史上一位具有代表性的优秀音乐家，江派古琴艺术的杰出代表。他掌握古琴的历史、曲谱、歌词资料翔实，对琴学理论造诣很深，将自己 30 年实践和研究的成果撰写成《重修正文对音捷要真传琴谱大全》。书的前半部记述历代圣贤名人琴学的成就、音乐论述及他们的音乐典故，以及琴学、琴法理论；后半部记载《琴操》曲谱，收入 102 首历史名曲名词。这部琴谱大全在南京出版后，备受当时音乐界的赞赏，称"其文之粹，如金之精，如玉之润。"此后的操琴者大都按琴谱大全所指，遵循奉行。新中国成立后，文化部文学艺术研究会音乐研究所和北京古琴研究会合编的《琴曲集成》，全文影印杨表正著作的这部书，给予充分的重视和高度的评价。

永安市决心打造"南国琴都"，并非空穴来风，正是因为这里古琴源远流长，琴人杨表正影响深远。而中国古琴学会副会长、福建古琴研究会会长、闽派传人李禹贤，也是杨表正故乡琴风重振不能不提及的一位重要人物。

上世纪 60 年代，李禹贤从上海来闽，在福建艺术学校任教。"文革"期间，琴人息琴，古琴的传承陷入低潮。1986 年，他怀抱为重振琴风发奋图强的心愿，创办琴室，广收弟子，学者甚众，其中就有来自永安的弟子。2007 年，永安市政府投资100 万元，在市区阳顶山幽静之处为李禹贤建造一处占地 500 平方米的琴堂，名为"劲草琴堂"，全国古琴名家、大师前来参加剪彩庆典，无不叹为天下第一琴堂，盛赞永安市政府的远见卓识。以此为契机，永安出现了一批痴迷琴事之人。在永安这座仅 30 多万人口的小山城，习琴者多达数百人。

2008 年"金林凯"杯首届中国古琴名家新年音乐会暨"永安古韵·盛世清音"古琴文化节的举办，使古琴在永安大放光彩。在此期间，中国古琴名家音乐会，著名古琴家李禹贤师生音乐会，古琴艺术讲座，古琴展览会，"劲草琴堂"落成典礼，"西峰山琴院"奠基仪式，"西峰万琴堂"建设项目签约仪式，"魅力永安·高山流水之旅"暨"永安古韵·盛世清音"琴人雅集，琴瑟校园行等等项目异彩纷呈。这一系列活动，特别是全国第一家国有琴院永安市西峰山琴院的成立，被中国琴界誉为"华夏第一琴堂"的"劲草琴堂"的落成，福建省艺术研究院闽派古琴艺术研究中心在永安的落户，以及永安市西峰古琴文化产业园区被评为第三批"福建省文化产业示范基地"，有力地推动了永安"南国琴城"的建设热潮。

三

人们对古琴的理解，往往止于抒发个人幽怨之情思，陶冶自我之性情，认为古琴曲高和寡，只不过是文化人的一种雅好而已。古琴界的确也存在着一种孤芳自赏的现象。这固然是古琴的一个明显特色，然而，对古琴的认识仅止于此又未免有所偏颇。

相传，古代高明的琴人，弹琴时可使"玄鹤起舞"，"沉鱼出听"，"六马仰秣"，"飞沙走石"。知琴之士闻琴可知"巍巍乎志在高山"、"洋洋乎志在流水"。征战、杀伐之声，甚至鸟虫之斗，窃贼之行，也能在琴人指间反映出来，为知音者所识。而相关典籍也常见古代圣贤于琴中寄托征服无道、以图王化之志的记载。可见，琴可以传情，可以言志，可以鼓气，可闻戈矛杀伐之声，可为治国兴邦之策。琴之用亦大矣！

黄帝善于琴，曾作琴曲《华胥引》。《华胥引》记述的是黄帝梦游华胥国的故事，见"其国自然，民无嗜欲，而不夭殇，不知乐生，不知恶死，美恶不萌于心，山谷不踬其步，熙乐以生"。黄帝醒来，决心以此为治国目标。于是作《华胥引》以明其志。

《尚书》记载："舜弹五弦之琴，歌南国之诗，而天下治。"在琴曲方面，虞舜的作品《南风歌》，其辞曰："南风之薰兮，可以解吾民之愠兮；南风之时兮，可以阜吾民之财兮！"表达的是舜广开视听，恭己无为，乐化天下之心。

周文王姬昌，也是古琴家，舜时琴为五弦，而至文王、武王，加两弦以合君臣之德，是为七弦琴。文王的《古风操》也是追太古淳风、思贤若渴，以图王化所作的琴曲。

孔子，春秋时著名教育家、音乐家，主张"礼乐兴邦"，很重视音乐的社会作用和教化作用。他精通音律，喜弹古琴，能作琴曲，《诗》三百篇皆"弦歌之"。《论语·述而第七》："子在齐闻《韶》，三月不知肉味。"《韶》是歌颂先王德行的古乐，他对那种"尽善"与"尽美"相统一的古乐的迷醉，简直到了如痴如醉的地步。

古琴也有激越、肃杀的一面。

《广陵散》，是描写战国时代铸剑工匠之子聂政为报杀父之仇刺杀韩王而后自杀的大型琴曲，那慷慨激昂的旋律，从容赴死的悲壮气氛，令人闻之荡气回肠，如临其境。

汉代蔡邕，年轻即以善弹古琴而闻名。他还有个听琴闻杀音的著名故事。一次，朋友请他赴宴，他走到大门外时，忽感主人琴音中隐隐透露出一股杀气，心中疑惑，转身就走。主人得知情况，亲自追上，道出缘由。原来，他弹琴时看到窗外树上有一螳螂，张牙舞爪正欲捕蝉，那蝉似有觉察，展翅欲飞，当此千钧一发之际，他十指情不自禁转而为螳螂助威。琴音因而充满了"杀气"。

清代福建《续修连城县志》，也曾记载清初竹溪人王郑佑的一则奇闻：王郑佑性幽静，精音律，隐居乡东员峰寨，建一亭，名曰"晚香"，常与友人饮宴亭中，诗词唱和。一日，他在月下操琴，音忽变，知有异，遂返舍，见门户大开，知被窃，大呼家人，贼弃物奔逃……

无论是奇闻异说还是严肃作品记载的故事，都从不同角度透露了一个信息：古琴的内涵十分广阔，古琴的表现力十分丰富，大有开发、拓展的空间。中国古琴艺术走出国门，逐渐为世人所认同，已是不争的事实。据报道，古琴《高山流水》一曲，被录入美国"航天者"号太空船上携带的一张镀金唱片，在1977年8月22日发射到太空，向宇宙星球的高级生物传播中华民族的智慧和文明信息。2003年11月7日，联合国教科文组织在其巴黎总部宣布了我国古琴艺术为世界第二批"人类口头和非物质遗产代表作"之一。

我们有理由给予古琴这一国之瑰宝足够的重视。目前，永安正在探索一条让古琴走向现实、走向群众、走向生活之路，显得十分可贵。永安不仅有琴院、琴堂、琴网、琴行，还有琴学典籍收藏中心、古琴艺术培训中心、古琴文化艺术研究交流中心和业余艺术学校。西峰山琴院驻院琴师，经常利用假日和工作之余，无偿指导热心学习古琴的小学、幼儿园老师和古琴爱好者，协助有关部门组织、举办各种演出，永安学琴之风日炽，学琴之人渐多。我们相信，在当地党、政领导的关心扶持之下，永安琴事必将蓬勃兴起，永安琴人必将更加普及，并在普及中拓展创新，赋予古琴时代的精神，广阔的天地，走向更大的文化舞台。古琴文化街、古琴风情园、琴驿度假村、十八琴楼、弦歌艺园……在永安这个闽派古琴的发祥地，正展现出一道色彩斑斓的文化风景线。

愿典雅、幽深、高洁、清和的竹影琴音充盈于南国琴城。

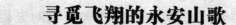

寻觅飞翔的永安山歌

朱谷忠

一

山歌和其他的音、乐、歌、诗一样，似乎都是有翅膀的，一旦羽翼丰满，就能够从这里飞到那里，从一个地方飞到另一个地方；甚至，能飞到我们从不曾想象的遥远之处。这样的例子可谓不胜枚举。就说山歌吧，此类例子也不算少，比如我们耳熟能详而又历久弥新的经典山歌《小河淌水》，它从云南高原十万大山的腹地飞出，似潺湲的溪水，如银的月光，以穿越时空和生命的力量，撒向全国，最终，撒向了世界文化之林。

事实上，山歌从来就是中国诗歌文体中久远而又特殊的样式，它具有直抒胸臆、扬善抑恶、审美审丑的多样功能，历来受到广大劳动人民的喜爱。众所周知，中国是个多民族国家，方言庞杂，各地的山歌都以各地的方言且歌且唱。但不同地域的山歌，却有着诸多共同的特点，从我这样一个号称写诗并与山歌打过交道的人看来，大概有这么三条：

一是句式基本整齐，内容通俗易懂；

二是语音铿锵，节奏鲜明；

三是强调音乐性，押韵动听。

也许由于这些特点，较之各种诗歌文体，山歌总是最易于在民间流行。

然而近代以来，山歌已在诗歌文体中渐渐缺失了。用口语入歌，用不同民族语言、不同形式唱出广大人民群众心声的山歌创作更是稀有少见。面对山歌创作和演唱的失衡状态，如同面对大自然动物世界濒临消失的物种，人们心头的迷茫和叹息也是显而易见的。

有感于此，20多年前，我省著名作家郭风有一次在福建永安参加该地举办的"绿色文学笔会"时，对随同前来参会的我说过大意如下的一段话：

我在抗战时期到永安，大致了解了一下永安的山歌。我认为，山歌是中国传统音乐的重要组成部分，它是音乐和文学的综合艺术；而永安的山歌很著名，它所反映的内容能为我们的写作提供一些认识遥远的社会生活的宝贵资料，其对社会的认识功能，也是其他文学形式所不能及的。

郭老的这一番话，对我有着极大的教育和启示作用。也就是在那一次笔会中，我去了永安两个乡村，搜集了部分永安山歌。我发现，诚如郭风老师所说的那样，永安山歌确实具有独特的流传生存环境和表现特色。在学习的过程中，我还模仿创作了一首山歌，题为《农家饭》，后来发表在《解放日报》上。

由此，我也了解了永安山歌的发展由来。原来，永安位于闽中偏西，属吴地，竹乡遍布。永安人唱山歌在古时就形成风气，也有了"上山不离刀，开口不离歌"的说法。永安人热爱歌唱，也善于歌唱，山歌就是他们最拿手的一门艺术，也是劳动人民在山间野外抒发内心情感的一种方式。据史料记载，唐朝时，现今的永安城区称为"浮流村"，那时的山歌就已十分兴盛了，歌声成了劳动者生产的有力助手，也成了掌握知识的手段和生活中倾诉爱情的载体。

更值得一提的是，永安青水畲族乡，是闽西北唯一的少数民族乡，也是驰名的山歌之乡。那里的畲歌，内容丰富多彩，去过该地体验过的人都说，凡天上地下，古今人间，看到听到的，书上有的、没有的，畲歌都能一一唱到。

青水畲族人又称"山哈人"，因没有自己的文字，语言靠口头传承，唱山歌便成了重要的表现和交流途径。女作家厉艺在有关永安的一本书中，这样写道："当地老少几乎都会唱山歌，即景编词，随编随唱。夏夜南瓜架下纳凉，冬日屋内拥火塘，也常以歌对答……年轻的钟情男子和怀春的少女，则到野外，以歌寻友，共结百年之好。"

其实，永安各地都有能编会唱的山歌手，永安山歌，无愧为活生生的永安话的派生物。

但是，我在调查中也发现：随着现代生活方式越来越多地取代了传统的文化生活方式，永安山歌也逐渐走向了衰落。这里的原因竟是那样地显而易见：

首先，现代化工业的发展，代替了大部分传统的农耕劳动方式，锄头、镰刀、扁担以及畜耕使用的减少，手工劳动被机械化所代替，农谚、谚语被气象预报和生活流行词语填充等等，有关山间野外的诸多体力劳动包括江溪行船号子逐渐消失，就使得这方面的山歌也逐渐稀少乃至失传，其劳动氛围和劳动内容的变易，使得传统生活方式也发生了巨大变化。谁也无法否认：山歌曾是永安山乡人民日常生活中不可或缺的重要部分。诸如：老幼之间，以歌嘻之；男女相恋，以歌为媒；喜庆节日，以歌庆贺；劳动生产，以歌传言；丧葬祭祀，以歌当哭。但当新的生活方式取代了旧的生活方式后，生活的观念也就发生了改变，甚而乡俗民情、感悟思考，都增添了新鲜的样式和广博的意义，山歌这种形式，自然也就由于本身的局限，再也无法承载这一切的一切了。而今，娱乐、愚乐的文化时不时又占领着影视的某些频道，日长月久，谁又会想起那即编即吟的悠悠山歌呢？

其次，当文艺"拜金主义"尘嚣至上，名人和公众人物中，还不知有多少人愿意"走基层、转作风、改文风"，不趋时尚，淡泊名利，去把曾经耳濡目染的山歌逐一雕梳注释、传承发展呢？那么，山歌这一形式中曾经蕴含的那么丰富的资源和独特的个性，也就只能随波逐流了。

二

20 多年过去了。令我意想不到的是，2011 年秋天，我又一次来到永安，接受了寻觅、采访永安山歌的写作题目。恰巧的是，在这之前，我刚刚为我省散文作家林月恩以数年时间搜集整理的戴云山脉山歌的一本书写了序言，那些山歌均用当地云溪话哼唱的，表现得也都是当地的乡俗民情、感悟思考，其观察细致、生动活泼，令我十分赞赏。我把这个地方的山歌和永安山歌作了对比，结果发现：两地相隔甚远，山歌却有许多共通之处。简要说，这些山歌都能使人从中读到人民大众的勤劳善良、淳朴率真的品格，也能使人从中感知了他们追求美好生活的愿望和信心。高兴之余，我在电话里对林月恩说："我很喜欢你搜集整理的这本书，一个只有千余人又说着自己方言的村落，能用口头创作并流传下这样众多原生态的山歌，本身就是一个奇迹。"

而永安，山歌不仅是过去的一个奇迹，到了现在，也仍然有"奇迹"发生。

我说的这个带有引号的奇迹，完全是从我个人的角度引用的，因为那一天，我所能看到的情景，至少对我来说，完全是不曾想到甚至难以置信的。

那是 10 月 26 日下午，专程驱车前来接我去采访搜集永安山歌的人，正是永安市文化馆的罗馆长。罗馆长圆脸，留着稍长的卷曲的头发，是当地有名的一位音乐家。也许算是"同行"吧，一见如故，似乎无话不谈。他见我急于搜集永安山歌的相关资料，便带我上车，一边开一边说："永安山歌，说来话长。不过今天下午，我先带你去江滨路溪边公园逛逛。"

我一听就乐了，说："罗馆长，我任务在身，你不带我去看资料，却叫我去逛公园，雷我呀？"

罗馆长回头一笑，又专注开他的车："老朱，你放心，我这不正带去听听永安山歌嘛！"

"哪里有？就在要去的地方？"

罗馆长点点头，得意地说："很快就会到的，够你听看的啰！"

我仍然有些不相信：大白天，在一个城市的公园里，有人唱永安山歌？

我记得之前曾给一位在厦门工作的永安文友发过短信：我到永安采访永安山歌。文友回讯：现在永安哪还有人唱山歌？搞错了吧？

瞧，每年都回永安探亲的文友都这么说，我能不一下蒙住了。

可眼下，罗馆长正用他的小车带我，急驶向可能见证"奇迹"发生的地方。

到了。这正是永安市中心地带一处叫江滨绿化带的地方。燕江缓缓流过，岸边一片片花草树木敷阴的平地，风吹人影稠，歌飘云彩远。我和罗馆长下了车，三步两步小跑进了人群之中。场地上有许多塑料小板凳，我们各抓了一张，挤进人堆，就势坐了下来。抬眼望去，人圈中一男一女正在对唱永安山歌，他们年龄大约都在50岁以上，穿着整洁，健康活泼，手中的麦克风几乎贴住了嘴唇，正一开一合哇呀呀唱得正欢快，围观的听众，里面有不少歌手，急煞煞地，没等别人唱完，就上去把麦克风接了过去，又伊呀呀唱了起来。演唱之中，不时爆发着一阵阵掌声和笑声，看得出，唱着的听着的，都高兴极了，也开心极了。

罗馆长侧身对我说："怎么样？这就是永安的山歌，全是自发的。"

"自发的在这里演唱？每天都这样？"

"每天！沿这条江边走，不远的地方还有二三摊。"

我真的不能相信了。都说，永安山歌失传了，也没人听了，可就在永安的市中心，每天却有好几拨人自发去休闲的地方大唱山歌。

我对罗馆长说："奇迹啊，我心里很感动，也很激动！"

正说着，身旁一位老妇人似乎发现我们很久，就挪坐了过来。她冲我们一笑，就问道："是外地来的？"

我点点头，向她问了好，便索性采访起来。

"你们是自发来的？"

她开头没有听明白，后面突然又明白了，笑着答道："自动来的。"

"每次都这么多人吗？"

"今天还不算多，这里才 100 来个，多的时候二三百人。"

"这里唱歌用的器材设备跟谁借的？"

"是我买的。"老妇人提高了嗓门，很骄傲地说了一句。

"你买的？"

老妇人坚定地点了点头，仰起脸看着我。

我怔了一下，这才看清，这位老妇人虽然头上银发絮飘，却有着一种端正清秀的脸庞。

"你多大年纪啦？过去是做什么的？"

"我 69 岁啦，名叫赖顺容。"老人的爽直顿时令我刮目相看。随之，她又手指着场地上唱歌的一个老头，说道："这个人

77 岁啦，住在我家附近，每天都是我带他来这儿的。他老婆不在这世上了，我怕他烦闷，就叫他跟我学唱歌。我也是跟别人学的，过去是在城里做工的。"

这时，旁边还有一位 50 来岁的人告诉我："这儿每天下午一点到四点半都有很多人在唱永安山歌，大家都唱得听得上瘾了。"

哗！哗！哗！又一阵掌声骤然响起，原来是一个中年妇女开始演唱了。用旁边老妇人的话说："她是我们这里的名角，唱得可好哩！"

中年妇女即席演唱永安民歌：

阿哥不知阿妹心，放支目箭探真情。

一箭放去不得知，二箭放去笑嘻嘻。

三箭放去脸皮烧，四箭放去人变娇。

五箭放去没啥嫌，六箭放去接姻缘。

果然音色俱佳，尤其是那浓浓的乡音，唱得四周听众连连拍手叫好。

罗馆长见我入迷的样子，连忙拉我站了起来，说："就到这里吧，我们到前面再看看。"

正说着，一个老汉突然站到我们眼前，原来是老妇人把他带过来的，她指着他对我们说："这个人叫叶祖希，71 岁了，大湖瑶田村人，每天都来，都是自己坐车上来的。"

寒暄了一阵后，罗馆长开车带我又路过几个地方，他手指着路边绿化带里一拨一拨的人，说："这些都是唱永安山歌的。现在永安的山歌协会，有四五个分会呢，人一多，许多人也争着当头，竞争很厉害。我们为这事正操不少心呢。"

毫无疑问，由于政府和当地文化部门的支持，永安山歌远不像外人想象的那样式微了，而是在改革开放形势推动下，逐渐回归、并飞进了市民的生活之中。例如，在永安，当地经常举行一些山歌创作和改编、演出比赛。2010 年 5 月 1 日至 4 日，由永安市文体局、广播电视局等单位联合举办的"永安市'名流杯'首届山歌大赛"，全市 15 个乡镇街道选送了 100 多名选手，节目有 80 多个，真是人山人海，盛况空前。

三

不过，明眼的人还是能看得出来，永安山歌的传承者，绝大多数还是以中老年人为主，许多青年人，心里盎然跃出的，还是强势的流行和时尚，以及那些当红的网络和综艺节目。

我之所以要说到这一点，是我似乎看到，永安山歌在进入现代化生活时期，自身的功能和形式的单一已显而易见，在表现生活的复杂性、广阔性和变化性等方面，它和其他新鲜的艺术门类差相比似。特别是现在的青年人，生活与工作完全不是传统时代的模样，劳动场景，工作内容，生活技巧，待人接物，谈情说爱，其口味，其审美需求，都不是山歌所能承载的，山歌在他们的当代生活中当然已不具有吸引力了，严重的断层，就是这样存着。

但是，永安山歌的丰富资源和独特魅力，也是谁也无法抹去的。它的品种、体裁、形式、风味、音调、节拍、节奏、曲艺以及表现方式，也总有它发挥功能和独特性的地方。最好的例子就是 2006 年，永安市开展中国中央电视台 2006 年度中国魅力城市永安形象大使选拔活动，53 位参赛者通过语言表达、歌舞展示、才艺展示及整体形象的综合表达，评选出徐丽婷等为形象大使，其永安山歌的展示为这些青年增加了不少分。当年 6 月，在参加中央电视台举办的"全国魅力城市申报展演"现场，时任永安市委书记江兴禄带头唱起永安山歌，博得满堂喝彩。最终，永安市也脱颖而出，获得了"中国魅力城市"。此后，飞进北京的永安山歌，更使永安市的群众性山歌演唱活动一度高潮迭起，如火如荼。

另一例子是永安市小陶镇。这个镇有个永安市山歌协会小陶分会，会员来自小陶镇各个村的村民，年龄大都四五十岁，也有的已年过花甲。每逢圩天，他们总会自发来到镇公园广场上，在临时搭建的舞台上演唱山歌。每一回，观看的人都把舞台围得水泄不通。这些农民会员，自己写山歌、唱山歌，载歌载舞，神采飞扬，对山歌的热爱远远超出一般人的想象。2008年，小陶镇被中国文化部授予"中国民间文化艺术之乡"。近几年来，该镇党委和政府更加重视精神文明创建工作，大力支持民间文化团体的发展，使得永安山歌也在社会经济的发展中发挥了作用。

城乡自摆唱歌台，唱出永安新风采。永安山歌引起城乡诸多人们的响应、加入，并持续至今，确是一种独特的现象。其间，还有许多故事令人感叹不已。诸如，四位农村妇女在永安城区打工，某天相遇相识后，谈话中回忆当年挚爱的永安山歌，四人就小声哼唱了起来。之后又约定有空去江边公园唱山歌，结果吸引了不少人，队伍也逐渐发展壮大了。另一个是大湖村魏坊自然村村民魏光仁，每晚为瘫痪在床的妻子唱著名的情歌《大红莲》，连唱 5 年，奇迹般地唤得妻子站了起来，一时传为佳话。有人还把许多故事编成顺口溜，诸如"唱起山歌，享受生活；歌声响起，老人云集；精神康健，家人支持；自编山歌，喜事多多。"据说，这篇顺口溜的每二句，都有一个动听的故事。

即便如此，永安的山歌爱好者在对永安山歌的现状进行摸底、调查和交流中，仍感觉到一些问题，一是永安山歌的歌手年轻人偏少，如何促进青年人的加入，是一个难点；二是永安山歌旋律节奏有待改进，没有创新和突破，就不可能吸引更多的人；三是老歌多，新歌少，创作上还缺少知名的写手；四是有关部门的支持力度还要加强，使永安山歌有更大的再发展空间；五是要使永安山歌能永传后世，无疑必须继续加强搜集、记录、整理和保存工作。

从这一点看，如何根据时代和文化发展的要求，改进和利用永安山歌，使它更好地为精神文明建设服务，是一件有着深远意义的事情。而当我在采访本上记下这些时，我觉得我的心情也会随着永安路况和山势的变化，在百转千回的山道上跌宕起伏着。那一天，当我在一处景区眺望着苍松翠柏的深处时，我是多么渴望能听到那声调柔和、充满诗情画意的当地山歌。我知道，只要有一支调子，也将衍生我心中的点点绿意。

四

永安，历史悠久，人杰地灵。拥有源远流长的文化传统和历史文化底蕴。在采访、悦览永安的几天里，我似乎每天都处于一种兴奋的状态之中。离开永安的前夕，我还得到了一本题为《永安之最》的书。翻开书籍，在文化章节里，我赫然看到了介绍永安最古老的地方戏：大腔戏；随之又看到了介绍永安最早的音乐创作人，即明代贡川人杨表正对古琴历史曲谱、歌词、琴学理论的深厚造诣。但不解的是，书中却没有介绍永安山歌。我觉得，至少在唐代时就已兴起并飞翔的永安山歌，应该在此类永安的文化记载中占有重要的一笔。

纵观永安山歌的流变史，我深切体会到更加自觉、更加主动地加强文化建设的重要意义，同时，我也从中获得了一个重要启示：即任何一门民间艺术，都不能脱离时代而存在，尤其像永安山歌这一类传统艺术，我们只有全面了解它的起源、演变、作用和现状，才能对它的定义和特点乃至内涵有一个准确的认知。我对中国歌谣缺乏系统的涉及，更谈不上任何的研究；对永安山歌，我也只有数次浮光掠影的探究，从发掘和研究的角度说，我完全是一个门外汉。但我仍然认为，永安山歌的历史、发展和现状，完全得益于它的民众性、草根性。换一句话说，永安山歌一直是手头不宽裕的民间文化消费者的一门艺术，它在过去有过兴盛，是因为它诉说劳动、仁义、道德、孝敬和男女情爱；它在当下依然存在，是因为它诉说现状、良知及自尊自立的生命意识，这样的文艺形态，自然与时尚艺术的灯红酒绿无缘。由此，它传承的接力棒，也就很自然地落在上了年纪的人群之中。

永安山歌要在传承中变革、创新，也是一个不可回避的问题。研究传统艺术的专家认为，如果一味强调传统艺术的"遗产原生态"，或是过分地强调推崇所谓的"覆盖面"，无异于在这些艺术中加入了"苏丹红"，只会加速它的衰亡。而要在"活"字上下工夫，重要的表现是看其是否能自觉地吸收时代精气，并且勇于创新，才能赢得与时代同步的发展空间。否则，它最多也只能成为一个"微缩景观"。

创新，才能使古老艺术活得更有尊严。永安山歌，只有在这一前提下根植大众，才能继续飞翔并撑起那一片谁也无法替代的美丽天空。

安贞堡，在久远山谷里遗世独立

哈 雷

多山的福建，星罗棋布地散落着大大小小或圆或方的土楼，土楼人家至今依然保持着完好的原生态的生活景象，蓝天白云、青山绿水、飞鸟野花、层层梯田、阵阵林涛、潺潺小溪——像遗世独立于世外的桃源，充满着田园牧歌的诗情画意。

土楼是一个扩大的家，也是一座缩小的城。所有的土楼都住着一个族群，所有的土楼都围绕着"防护安全"这个旨意建造，几乎所有的土楼，都坐落在群山峻岭之中，它那恢弘的气势、古拙庞大的形态、精致完美的布局和那沐风沥雨的斑斑陈迹，吸引着来自世界各地的目光。

我一直以为只有闽西才能看到这些庞大的"土围子"，不想到了永安采风，在闽中偏西山区里也蛰伏着一座永安最大的文化宝贝——安贞堡。其实早就听说过安贞堡，但我一直没有将它和闽西土楼归为"同类"，所以忽略了20多年，一直未能有幸造访。见过永安安贞堡的诸多建筑学家们，称其"有奇异建筑艺术之精彩"，众多的赞誉吸引了我，得之这次采风的机缘，安贞堡这才走入了我的采访视野。

一

到达永安的这天已近傍晚，遇上了大雾，坐落在燕江边的小城被弥漫的浓雾笼罩。站在燕江大桥上，可以隐约看到在河边浣衣的妇女，还有沉睡中的乌篷船，这样的画面仿佛几百年也不曾变化，而远处雾气中的座座高楼倒让山城显得说不出的缥缈……为了传说中的安贞堡，我欣然领了采风团布置的任务，选题会后第二天就出发。一路山陵夹道，山溪为伴，山风送爽，经过近两个小时的颠簸，才到达了目的地——槐南乡洋头村。而被评为国家级文物保护单位的安贞堡，竟然由村口一条宽不盈尺的田间小路连接着，沿着山脚走约 200 米，抬眼便见一个马蹄形的庞大建筑物——我更愿意把它理解为一个密集型的建筑群，这就是安贞堡。建筑顺应山势而逐次升高，傍山屋顶层层叠叠，错落有致，像雄鹰展开欲要飞腾起来的羽翼。

站在宽阔的洋面上远眺古堡，堡前端呈方形，后部延为半圆形，楼房随地势起伏而逐次升高，若站在高处俯瞰，它的建筑群落首尾相接，围廊式的构造，合得严丝无缝，它又像一条盘踞沉睡的龙，不事张扬；但若细瞧，又显庄严，暗藏着凛然之气。矮墙绕堡，墙前又有沟渠如护城河。入得院门，就是一个三合土打成的露天广场，可容千人操练，也许百年前此时此刻堡内人家正在那上面习武演练着哩。

安贞堡背靠象形山，左右皆有小丘护持，前面一道平川展开直奔远山，坐落着这座占地上万平方米、建筑面积近 6000 平方米的安贞堡，这番取势，自然是应"左青龙、右白虎、前朱雀、后玄武，靠山宏大，明堂广阔"的"风水"理论而立，它坐西朝东，又有"紫气东来"意念。古人择居讲究的"天人合一"，于此可见一斑。安贞堡取名也有讲究，大概与《周易·坤》中"安贞之吉，应地无疆"之意相合。

大凡风景绮丽的地方，往往地势险峻。"天下幽奇多僻壤，真疑造化恶人知"，南宋宰相李纲游览桃源洞后留下的诗句说的就是这个道理。清末同治、光绪年间，当时内外忧患，战火连绵，"匪气四起，满地萑符"。导游告诉我，这里的堡主池占瑞和儿子池云龙都是走四方见世面的人物，也是永安槐南乡有头有脸的乡绅。他们见村里人常受到土匪寇贼的威胁，并虑及不太平的世道对子孙后代也将构成生存上的隐患。于是，父子俩一合计，决定倾尽家资兴建一座集防御系统完善、居住条件优越的安全土堡，让全村人都搬进去居住，避免遭受寇贼的侵袭。清光绪十一年（1885年），池家在村后仙马山脚下坡地择址奠基，开始了兴建安贞堡这座庞大建筑的伟业。"安于未雨绸缪因，贞观休风静谧多。"从刻在安贞堡大门两侧的对联中，我们可以体察到建堡主人的用心良苦！

　　建筑这样一座大规模的土堡，动用的财力物力是相当巨大的。池家父子心里十分清楚，所以他们一边动手兴建土堡，一边更加努力走南闯北做生意，将经商所得全部投入土堡建设之中。因财力所致，工程也打打停停，从开工兴建直至14年后，才全部完成建设工程。14年间，池家父子勤俭刻苦，终于成就了一项具有划时代意义的伟业，一座围廊式的以土楼与厅堂为中心的院落式土堡气势雄伟地屹立在闽中这山岽之上。这座古民宅，大小房间360余间，三进十八个厅堂，可容千人居住。称它为城堡一点也不为过，一旦有敌情发生，洋头村乃至邻近村庄的人都可以躲进土堡避难。若有强人来犯，土堡周围9米高的石块垒砌加"三合土"夯实的围墙足以让敌人望而生畏。围墙四周90个瞭望窗、180个枪眼时刻盯视着敌人的动静。安贞堡，如一座坚不可摧的堡垒，历史上确有土匪强人围攻过好几回，每次都是被堡内强大的火力打得落花流水，狼狈而逃。因此，安贞堡在庇护一方平安中起到了巨大作用。

　　我佩服池家父子的勇气，他们居然有"千金散尽还复来"的勇气，将十几年甚至几辈子的积蓄孤注一掷，营造出一座流芳百世的土堡。我更佩服池家父子的创新精神，他们一反常人的思维，也一反客家人建造土楼的基本格局，将北京故宫的建筑艺术和江南传统古建筑艺术都搬到土堡来，有机糅合在一起，创造了安贞堡建筑艺术的独特风格。建筑学家认为，安贞堡的建筑艺术是古、近代建筑艺术中的典范，是现代人研究古建筑艺术不可多得的科教基地。而池家父子不是将百万巨资留给后代慢慢享受，却把它投入到一个艺术品般的土堡建筑之中，其治家之道的深层涵义尤为令人赞叹不已。尽管历史的风云无数次激荡着这座古堡，尽管池家后人千百回陷入艰险困苦之境，但他们都以满腔热血守护着土堡，守护着这座典范般的古民居艺术品，给世人留下一份弥足珍贵的文化遗产，这不得不让我感佩起池家先祖的治家之道了。

我站在堡中，发现偌大一个院子，现在空旷无人。想来安贞堡遗世独立得太久，正在打盹中。唯那些射击孔和瞭望孔，是它半眯的眼睛，偷窥着进出古堡的人。院内斑驳的青石板上，沁出绿苔和水意来，泠泠地淌了一地，仿佛是在寂寞的岁月里，述说着前世的繁华。

二

安贞堡建筑宏阔，气势巍然，高 9 米、厚 3 米的围廊式土楼和以厅堂为中心的 360 余间屋，光是绕着外墙走一圈，就需 20 分钟，真是一座罕见的保留完好的大型清代民居。安贞堡具有相当高的审美价值，它的外观造型沉厚、豪放、简练，空间层次丰富，而其悬山坡屋顶顺山势层层升起，线条遒劲，飘逸舒展；堡内有厅院、天井、阁楼、回廊，有正堂、卧室、库屋、书房、花圃、谷仓、水井、下水道、炮楼、跑马甬道，以套进有序的四合院组合，布局错落参差，安排精巧有致，兼顾居、食、乐、聚、防、藏、行、作，自成一方天地。堡内的浮雕、木刻、泥塑、绘画最有特色，屋檐、门扇、窗棂、柱础、雀替、

197

斗拱、梁架，随处可见灯笼、花篮、瓜果、花卉、卷云、龙凤、走兽、飞禽式样的精工雕饰，组成"竹报平安"、"富贵花开"、"龙凤呈祥"、"麒麟献瑞"等种种图案，它们与堡内那50多幅源自儒、佛、道三教义理的民间传说、故事的彩绘壁画，编织出一道极具中国民俗文化风格的景致。饶有意味的是，安贞堡内民居中这些取旨教化追求安详吉瑞的精致安排，与这所建筑用于武卫力拒侵夺的厚重设施形成鲜明对比，而两者间又浑然一体畛域无分，表现中国农村僻壤穷乡中建筑布局的实用性和以农耕文化为本的审美要求的高度统一。

在我眼里，它的美不仅仅在它的巍峨，其实它的外观算不得峥嵘轩峻，反而略显粗朴，可我偏就喜欢这粗朴苍劲，喜欢这少有的童贞，像藏在深山里的处子，在田塍之间、密林之中，有一种接近诗经的、原始的苍凉味道。

走近去左右一看，上面一色清凉白墙，夯土而成。外墙5米以下，大块岩石随势而砌，不则不规，形似虎皮，得自然之气，丝毫不见穿凿，朴拙而不落俗套。我简直疑心堡主修这城堡时，看过红楼的手抄本，灵感是从曹雪芹那里得来的。

正门有两重。前面一道木门，请了一对虎虎生威的门神守着。入门，走过操练场，后面是道拱形大门，巨石砌成，木门用铁皮包着，年成久了，青铜里便洇出些赭黄来——像那泛黄的、烟火久远的日子。第二道门也有门神，只是武将换了文臣，作揖打躬，斯文得多了。我瞅了一眼，门神的衣服红得令人心跳，仿佛是前朝的时光，挟着一种生命的力量，在这个荒疏的地方，热烈地冒出来，直逼你的眼。

推开这道厚重的门，安贞堡便半裸在面前。数百米的走廊两边，木楼高起，面面合抱，清雅不俗。穿坊神龛，正梁垂柱，无不细雕精刻。我打量了一下门栏窗牖，或天圆地方，或连环半璧，变化多姿，皆是镂空玲珑木格；或山水人物，或翔龙游凤，或翎毛花卉；或集锦，或博古，各种花样，上面一律朱涂粉饰，配上这些跳跃的色彩图案，安贞堡顿时活色生香，就像一身素朴的女孩儿，头上斜插了朵山茶花，说不出的简便俏丽，整个生命也显得丰满起来。

楼厅里走道上还放着谷砻、米碓、石磨、糍粑臼和纺车，仿佛做旧的时光，让我走回了农耕时代。

在这里时间似乎已经停止了，或者是倒退了。我拿着相机不停地拍摄着，从相机的镜头里看到的是明亮的屋顶、院子，深掩的窗户和幽幽的木门之间巨大的光对比，当我要按下快门的时候，似乎很难照顾到每一点。在这里没有特别的聚焦，没有真确与否，关键看你感觉到了什么。就如同这个古老的村落与外面的现代都市之间、现代的摄影器材与古老的民宅之间存在的反差一样。刚刚还是一个空荡荡的客厅，厅堂上供着祖先的照片和牌位，可是跨过一个小门，你可能突然就看到一个在放电视的小房间，门口还贴着一张时尚的海报。或许你正在对这一扇木门测光，突然从门里走出一个老妇，冲着你微笑，自然地打个招呼，你就像走进她们家的邻居一样没有陌生感，没有被隔离的感觉。他们的骨子里具有一种天生的好客情结。

三

古堡有许多让人匪夷所思的地方，它一反民居坐北朝南的常规建筑风格，而是坐西朝东，真是不按常理出牌。想来堡主除了胆子眼界谋略外，还是一个我行我素的性情中人吧。

安贞堡里，藏有多少故事？伏下多少谜底？至今引人探究。比如堡内诸多上下台阶为何都是3、5、7、9的单数？楼梯级和窗棂条为何都是9或9的倍数？前后天井一大一小为何合成一个"昌"字？主楼天井中的出水口为何将滤水件做成一个螃蟹形？堡内6所厨房的通烟口为何是鳄鱼头状？前天井的二楼屋檐壁画的两座西洋钟，为何一个指针为10时10分，一个指针为下午2时20分？堡内偌大的下水道内为何放生了许多乌龟？还有，当年乡绅池占瑞、池云龙父子于清代光绪十一年开工起建安贞堡，历时14年完工，耗银数万，其投资规模在福建民居建筑中无出其右，如此僻远的地方，如此巨费，当时官家尚且不能，池家父子从何聚得这般财力？池家人丁不旺，他们大建此堡，庇佑者不独本家，还包括当地乡邻百众，在中国传统乡村社会中，乡绅为何担此职能，他们是一种什么社会角色？……走进安贞堡，就像走进中国一段凝固的历史，走进一座中国民俗博物馆，走进一个充满传奇的世界，它引你欣赏、考究、发现、思索，让你思接千载，目极八荒，让你体味中国文化在流荡演变中闪烁出智慧的灵光。

　　据当地文史学者考证，当时建造土堡，有人提议，俗名"池贯城"冠以池云龙父子的姓与名，能否把池云龙父子的名或号，嵌入其中呢？拼来拼去，还是不妥。这时，有人说，数笔画是取名字的一种方法，何不找一个最吉利的数字为土堡名字的笔画数呢？于是，有人说27画最好，原因是云龙兄27岁考取"拔贡"，又在那年土堡开工。笔画数确定为27画，"堡"12画、"安"6画，只差9画，并且把三个字按笔画数6、9、12排列，相差3，呈上递增，是绝好的。他们找出所有的9画字，一个个地拼，一个个地读，最后觉得"贞"字（"贞"繁体字为9画）最好！说来也巧，为了给土堡取名，当时有人带着《周易》，一翻开书，就看到坤卦中"安贞，吉"的卦辞。"安贞堡"的名字就这样产生了。

　　第二天，有人对池云龙父子说"安贞"两字太女性化了，不妥。池云龙父子只好邀请当地名士，开了个"土堡命名论证会"。意见当然是众说纷纭，莫衷一是，最后池云龙提议，从

《周易》入手进行论证。于是人们发现：坤为地，含有兼容万物之象、以柔制刚之意。而土堡为刚，名字为柔，刚柔相济；"安贞堡"为柔，进攻者为刚，以柔制刚。这样，一个绝妙的名字就确定下来了。

在安贞堡几乎都带有9的级别，如：360个房间、18个厅堂，分别是9的倍数，最凑巧的要数厅堂上挂的那张池云龙的照片了，因他取中拔贡那年正好是27岁时拍的，也就是9的倍数。9是个数上最大的奇数，奇数在民间为阳数，居住的民宅又数阳宅，故而采用单数。

更奇的，是这座庞然大物，竟然躺在一片两米深的烂泥田里。你可以想象一下，一座万吨油轮陷在沼泽地里的形景，这不能不让人诧异——原来建堡时，池占瑞父子俩在淤泥里铺了18层松木，古堡站在这厚实的底座上，自然稳稳当当。

这么一个如宫殿般规模的豪宅数十年无人居住打扫，为何没有一丝蛛迹一点虫蛀？这是所有到访者心中发出的疑问。堡内有两幅壁画，是当初建堡时画的。一幅是"千蛛扫去"，画中一个仙童正拿扫帚拂去飘落的蜘蛛；一幅是"万蝠招来"，画中仙童手挥芭蕉叶将蝙蝠收入一个巨大的葫芦中。我好奇地仔细寻找，堡内看不到任何蜘蛛的踪迹，但堡外不过数十米远的附属建筑里蛛网随处可见；而每到夏秋的傍晚，确有大群的蝙蝠飞来堡中栖身，安贞堡内长年无蜘蛛，无尘网，和这幅画有什么关系吗？当然，纯属灵异之说。但是，至今为止还没有科学依据可以破解人们心中的疑问。

正听着导游小姐的介绍，突然成群的蝙蝠从阴暗的角落飞出来，吓了我们一跳，一瞬间就没了蝙蝠的踪影，只见房中楼板上、窗台上是厚厚的黑糊糊的一层蝙蝠屎，但并不发出臭味，只闻到一种久没人居住的轻微霉味。

安贞堡给我们提供了太多的视角。在这里，考古学家看到了历史，学者感受到了文化，美学家领略到了艺术，而建筑学家在研究它的奇诡与反常。

四

虽然只是走马观花地巡游了一圈安贞堡，但也似乎从中领略到了客家文化的博大精深，望着这承载着历史、承载着客家文化深厚底蕴的古民居，读着"敬祖不敬神"的客家古训，越发觉得"耕读为本"的客家思想，是造就一代代贤人名仕的座右铭，并且这些思想仍然影响着现在的客家人。通过对安贞堡的更多了解，感受着古朴的客家民俗民风，领略着灿烂的客家文化内涵，探寻南迁客家人某种物化的情绪，仿佛也让我回到了精神家园。安贞堡，它是一个久远故事的载体，它固化了一段怀旧的情绪。

我后悔自己来得太晚，我真的被它深深地打动了。

在采访安贞堡之前查看了很多写安贞堡的文字，各不相同。其实无论外界如何评说，安贞堡是安定的，不一样的是看安贞堡的心。有了这不同的心思，安贞堡便更加不同起来。

庭院深深的高官富贾的豪宅，在我看来，总是故事丛生的地方，不知道有过多少前尘往事，都淹没在漫漫岁月里了。如今，物是人非，保存完好的院宅，还可以历几百年的风雨，笑看风云变幻。站在这古宅中央，感觉时光没变、古宅没变，是我们在飞驰，一拨拨熙来攘往的过客飞驰而去。老宅的主人，也早已作古，而他留下的瑰宝，依然还在静静地诉说着旧日的故事。

安贞堡，是一个时代的缩影，比如绣花楼，它也是堡内的花厅。安贞堡内共有4个花厅，每个花厅的面积最多不过十几平方米。4个花厅的总面积还不如一间教室大呢！可想而知，封建社会的女性，生活空间是多么狭小呀！在封建时代里，男尊女卑，女人不能抛头露面，因为这里光线比较明亮，绣花楼便成了女人们做针线、裁剪、省亲、聊天等活动的场所了。这让我想起去年初春在连城培田看到的古村落，里面有间"容膝斋"，是教习女子的地方，当时的女子在这里学习些什么？女红？家政？礼仪？可院墙上赫然写了四个大字："可谈风月"，由此可见，几百年前的培田风气的开化。古时的培田，应该是宽容和慈爱的。"容膝居"实质上是一所女子婚育学校，培田女子在此接受文化、礼仪、闺范、女识、女红等教育。

相比之下，安贞堡的绣花楼也许更加封建传统一些！

但这里的男人却是豪放的。他们敲出的安贞旌鼓动人心魄、声震八方。

安贞旌鼓，鼓面直径约 50 厘米，除了鼓心为红色外，其余均漆成黑色，由每人用一挑棍将鼓挂在面前，背后挂一红毯，脖子上插一灯笼，每年正月十五元宵节时，安贞旌鼓以村为单位组成各自鼓队，有的队伍多达三四百人，鼓手们按一定的节奏，忽而敲边，忽而敲鼓心，鼓声振奋人心，边声节律清快，鼓队跟随着花灯长龙走街串巷，直到天亮，祈求来年平安吉祥。

安贞旌鼓是一个独特的民俗艺术。它起源于宋代初年，最初是在丰收、喜庆和春节、元宵等重大节日，由村民自发形成的鼓队。每人一面旌鼓，擂鼓人把一头黄色彩旗，一头旌鼓，用自制的灯笼挑在肩上，边走边擂，变幻各种队列，鼓声整齐、欢快，节奏变化大，具有烘托节日热闹气氛的作用。1899 年，槐南安贞堡建成后，堡主池连贯又将旌鼓进行了改编，为其打上了客家文化的烙印。擂鼓者服饰保留中原汉族的风格，并添入舞火龙、舞金狮等客家风格的民俗游艺，在春节、闹元宵、端午节、中秋节及婚嫁、寿辰、祭祖等场面使用，用喧天锣鼓，凝聚民心，鼓舞士气，寄托着"风调雨顺"、"五谷丰登"、"安宁和平"的希望和"驱散邪魔"、"吉利安康"、"恩赐瑞祥"的祈求。"安贞旌鼓"因而更加有名。

"巍巍百年古堡，耀耀万代生辉"。张灯结彩，锣鼓喧天，身着白色对襟上衣、中式裤、红色软腰带、圆口黑布鞋的安贞堡人唱着平稳流畅、优美柔和的民间小调，敲出勇于开拓的创业精神，敲出美好新生活的风采，敲出客家人"梅花香散天涯路，创业他乡是故乡"的深深情怀。易中天教授在评价安贞堡和安旌贞鼓时说：安贞堡前方后圆，象征着"天圆地方"的宇宙观；安贞旌鼓色彩外黑内红，黑色代表"水"，红色代表"火"，这两者之间的交融也体现了永安的和谐与包容。2003年7月，安贞旌鼓作为民间传统文化节目，应邀到中央电视台录制节目，在"今日农村"栏目播出，向全国展示了永安人特别的安贞旌鼓情。

安贞堡，有着鹰的志向、龙的精神，它让我看到一个族群历经百年风雨而精神永不颓败的化身。它在岁月中凝视，在天地间沉思。它倔强，天崩地裂也不会把它吓垮，滚滚烟尘也无法将它湮灭。与青山做伴，贴近田园，以朴质为怀，以宁静致远，岁月走得愈久，气质愈加清新，正如刘如姬所作的《临江仙·安贞堡记游》所述那样——

垄上禾青风泻绿，百年古堡逢春。

象形山下鼓声频。重门迎紫气，苔径印新痕。

雄垒角楼犹肃穆，当年烽火如焚。

沧桑记忆散如尘。安贞开气象，四海自堪闻。

跨越海峡复兴路

景 艳

2011 年 10 月的一个下午，在永安市委宣传部相关同志的陪同下，我们驱车来到了距离永安市区几公里之外的文龙村的复兴堡。抗日战争期间，永安有 7 年半时间是福建省政府所在地，而这里，也曾是中国国民党中央直属台湾党部的所在地。很多人这么多年来，不曾知道有这么个地方，有这么一段历史。而我，进了村，看到了路口竖立的牌子，竟然还不知道眼前的这座土黄色建筑就是复兴堡，它的大门并不对着我们的来路。在这个永安市百村万户生态家园建设示范村，复兴堡被包裹在农田、池塘之中，它和周围这一切是如此的相融，如此的不显山露水，以至于我们只有走进它的深处，才能感受得到那一段风云激荡所赋予它的历史重负。

重 负

复兴堡始建于清代，坐西朝东，占地 1979 平方米，堡高 8 米，墙厚 1.7 米，土木结构，平面呈南北长的方形，主体建筑是以中轴线中分构建的对称纵向两进木结构平房，后设有阁楼，从外表看起来，复兴堡和福建永定、南靖地区的方形土楼很接近，但是，它不像土楼里的房子依墙而建，只是沿内墙居高筑一贯通长廊，上开小窗供瞭望用，不设枪眼。房子很简洁，除了窗户上的回形花案之外并没有太多的雕梁画栋，据说，北面的房子曾在上世纪50年代遭火毁，院墙一角也已坍塌，今天我们看到的陈旧但很完整的堡体建筑，是几经修缮的结果。

　　"1941年2月，以台胞为主的台湾革命同盟会成立，吸纳和联合多个台胞团体，不久又改名为台湾党部筹备处，部址最初设在香港，后来移到广东，1943年春，为加强工作，国民党中央直属台湾党部正式成立，翁俊明为首任主任委员，谢东闵、林忠、丘念台、郭天乙等五人为委员，党部设福建漳州，派员驻台湾岛内，分别担负督导责任，并在东南要港设交通联络站，同年11月，为了进一步开展工作，迁址战时福建省会所在地永安文龙村的复兴堡内，萧宜增时任主任委员。1945年9月，台湾党部更名为台湾省党部，1945年10月，台湾省党部全体人员赴台参与接收台湾工作。"

　　这是写在复兴堡简介上的一段文字。上世纪40年代初期的台湾还在日本的殖民统治之下，从1937年日本发动全面侵略中国的战争之后，很多台湾同胞就已经把抗日的焦点转向了具有全亚洲抗日大支柱象征的中国大陆抗日战线上：在李友邦将军推动奔走下，台湾义勇队于1939年2月22日在浙江金华正式成立，同时筹组了"台湾少年团"，隶属于国民政府军委会政治部。1940年3月，在台湾人刘启光的推动下，李友邦与谢南光所领导的团体在重庆成立了"台湾革命团体联合会"。而台湾革命同盟会和后来的台湾党部筹备处、中国国民党中央直属台湾党部也就是在这一背景之下成立的。它的成立不仅说明了台湾同胞参与全国抗战和光复故土的意志和努力，也说明了国民政府念念不忘收复台湾失地的决心。永安的复兴堡作为中国国民党中央直属台湾党部的日子不过短短两年，但它在这近两年时间里见证了两岸同胞为光复台湾所做的种种努力以及抗战胜利的到来。

　　据了解，国民党中央直属台湾党部在抗战期间做了大量工作，包括研究台湾现况，编印《台湾问题参考资料》《台湾研究季刊》，收集日军在台情报，联络、培植台籍人士，发展国民党员（在永安期间发展689名台籍党员），为复台做一些前期性工作等等。可以说，为抗日复台，党部要员们不辞劳苦。

1944年，抗战已经进入了最后的阶段。3月15日蒋介石在"国防最高会议"属下的中央设计局成立了"东北调查委员会"与"台湾调查委员会"，并派陈仪主掌"台湾调查委员会"，负责日本投降后台湾的接收与复员工作。这个会有11名委员，李友邦、谢南光、黄朝琴、游弥坚、丘念台等台籍人士占了5名，还有宋斐如、李万居、林忠、连震东等也担任专门委员。这些团体的成员，不只有台湾籍人士，也包括许多大陆人士。在复兴堡内，我看到了当时申请创办《台湾研究季刊》的呈批件。里面清晰地写着旨在"加强国人对台湾认识，并提供政府建设接收之参考"，那是1944年11月29日。

永安市博物馆馆长张承忠先生介绍说："有三件事在接收台湾的过程中产生了很大影响：一、1945年的5月，谢东闵作为第一位台籍同胞，参加了国民党在重庆召开的第六次大会；二、他在大会上所提三个提案之一是要求把台湾作为一个行政省来对待，不久政府采纳了这个意见；三、接收台湾计划大纲中的相当一部分是在这里制定的。"而在随后随陈仪赴台接收台湾，参加台湾建设的各类人才更不在少数，曾在这里担任过执行委员兼宣传科长的谢东闵先生后来担任了台湾地区"副总统"。

情　深

在短暂的10天时间里，我到了复兴堡三次，并不仅仅是为了制作节目或写作。在那一个青砖铺地，布满苔藓，麻雀轻掠的地方，总有一股力量让人留恋。历史，或者只是一部分，情感却如那岁月的印迹，渗透于每一块青砖，让我们可以在一个不经意间就发现它。

2011年11月6日的下午，昔日安静的复兴堡忽然热闹起来，车辆喧挤，彩旗飘飘，气球悬扬，红毡铺地，周围的山坡上、田埂上、屋顶上老早就站满了人，为的是迎接一群特殊的人。他们是曾在这里工作生活的原中国国民党中央直属台湾党部执行委员和宣传科长谢东闵先生的儿子（台湾实践大学董事长、台北医学大学教授）、儿媳。谢孟雄先生和他的夫人（中国国民党原副主席、中国国民党中央评议委员会主席团主席、中华文化总会副会长林澄枝女士）。谢孟雄夫妇俩在福建三明参加林博会之后，特意带着大女儿文宜、三女儿文心来到这里，参加复兴堡二期修复工程竣工剪彩仪式，并向永安市捐赠谢东闵先生个人珍贵历史资料。

在谢孟雄夫妇到达的那一刻，现场一下子安静了下来。他们的到来仿佛将历史和现实、家和国、海峡的这头和那头一下子连接起来，当我们离那段烽火燃烧的岁月更加近了的时候，那跨越时光的历史沉重呼吸声仿佛真切地回响在耳边，任何语言都显得多余和苍白。面对这记忆中或想象中的百转千回，谢孟雄夫妇难掩内心的波涛汹涌。

1943年，时年9岁的谢孟雄跟着母亲从广西来到永安追随父亲，曾亲眼见证当年烽火漫地时的生活艰辛。谢孟雄先生说："那时候我在福建省银行子弟小学，从学校到家要走五华里，三四十分钟。我早上吃一条烤番薯就到学校去，下午三点半钟回家，中间没有饭吃，放学了就沿路捡田螺，捡一袋子田螺回家给妈妈，晚上就可以做菜了。"

林澄枝女士告诉我，走在小小复兴堡，她时常有一种时光叠加的感觉，分不清历史发生的顺序。她还清晰地记得2009年第一次到复兴堡来的时候看到的残破的样子，当公公的讲述和眼前的现实结合起来时，她被深深震撼："那时三餐不足，物质生活非常贫瘠，但是，一个台湾本省青年，为什么会有那么坚强的民族意识，一定要冲破千辛万苦，来到这里，为国家复兴，为台湾能够重新回到祖国的怀抱而努力工作。想到那些，那种感动，那种不舍，说不出来。"

往事如流，我们没有办法透过历史的烟云，完全了解古堡中曾经发生的事情，但是，古堡中的一砖一瓦，一板一木，以一种深沉的缄默向我们讲述当年。非常难得的是，在谢东闵先生曾经住过的屋子里，还保留着原来他用过的桌子、椅子、柜子和床铺。房间很小很暗，摆设都很袖珍，传统的镂空雕花和写有文联的古床，充满斑驳的岁月痕迹。谢家大女儿文宜和三女儿文心都是第一次来复兴堡，谢孟雄先生特意带着她们一起坐在床上照了相，说是祖父睡过的床，年轻的文宜不觉之间泪流满面："很简单的一个小房间，想到他以前这么认真地，希望说要光复台湾，第一次看到，非常感动。另一方面也非常想念他，因为小时候常跟他在一起，他以前常常抱我，给我很多鼓励，他是我的典范。"

典礼、致词、植树、参观、题字，当一切仪式都结束的时候，谢孟雄、林澄枝夫妇在厅堂小坐听琴，琴声如水，琴意漫卷。谢孟雄先生突然走上前去，自告奋勇以歌配琴，高歌一曲《满江红》，意兴所致，甚至用不同地方的方言说起"油炸桧"，一曲幽默诙谐的《凤阳花鼓》更引得在场的两岸同胞击掌应和。那情那景，让我忽然有了一种特别的感觉，这哪是客人远来，分明是家人相聚，在这小小复兴堡，谢先生是如此的放松，是如此的不拘情感，走过了近乡情怯的游子情怀，他便是乡人中的一分子。不觉联想到堡中修葺时，清洗墙粉时无意发现的那首唐诗："故园东望路漫漫，双袖龙钟泪不干。马上相逢无纸笔，凭君传语报平安。"是党部成立前不知何人所书，时过境迁，却是一样地深情款款，跨越海峡。

复 兴

复兴堡最初是余姓人家的土堡，抗战时被国民政府征用，而更名"复兴堡"。来到近前，可见黑色的木制拱门是当年的旧物，两边悬挂木牌，上书一联："光复台湾，振兴中华"，并不知出自台湾党部谁人手笔，而这门顶白墙上"复兴堡"三字便是择其中"复"与"兴"字组合而成的。

据说，复兴堡在抗战结束之后，又交回了余家，长年由家中长者居住，少有修整，因而破旧残败，直到2000年被永安市政府公布为文物保护单位，出资从附近乡民手中购买。2007年，复兴堡进行了第一期抢救性修复，2009年被福建省人民政府列为第七批重点文物保护单位，2011年又投入200多万元进行了二期修复，修复后的复兴堡，大致恢复了原来的面貌，还增加了很多史料展板。曾经沉寂萧条的古堡在各级政府的关心下，重新焕发出勃勃生机。

流连于复兴堡，历史的记忆就像那厅柱上的对联，一层未撕又覆一层，残纸遗字尽显岁月峥嵘。从清朝家族遗训到国民党台湾党部工作复印文书，从繁体的红军口号到新中国成立后简体的标语，从历史资料中选取的黑白老照片到台湾同胞赠送的彩色照片，呈现的并不只是复兴堡跨越数十年的风雨，还记录着大陆发展的脉络和两岸关系的递进。

在谢家家人当中，有一段特别值得珍惜的回忆，那就是1945年5月，谢东闵先生赴重庆参加中国国民党第六次代表大会，连夜从长汀坐飞机经湖南前往重庆，包括浙江、福建、广东、安徽和台湾在内的7名沿海代表前往，蒋介石告诉大家日本快要败亡，谢东闵先生受命在中央广播电台、重庆广播电台，用闽南语向台湾同胞广播："我们抗战必胜。"从一个信息的传递，我们完全可以想见身为中国台湾郎的谢东闵先生和他同事们内心的激动与喜悦。那是一个让所有苦难都退居其次，所有希望都振翅起飞的年代，家庭的奔波离合、台湾故土的聚散、国家民族的兴衰就在那样一个时空背景下通过个体生命展现出来，直入人心。

"1945 年台湾光复，10 月 23 日，谢东闵、连震东等往台湾接收。10 月 25 日，丘念台参加了在台北举行的中国战区台湾省受降仪式。"这些往事经由谢东闵先生的回忆变得清晰，但是永安文史馆的工作人员也正努力地搜集其他曾在这里工作过的台湾同胞及其后人的相关资料，他们力争通过自己的努力让这一段历史更加完整，他们认为小小"复兴堡"是中国复兴之路的一个缩影，是两岸同胞抗日图存，力求国家统一的一个见证："台湾党部只是台湾同胞在抗战期间的一部分，一个章节，还有台湾义勇队，还有在台湾的那些台胞们的抗战，那些都是丰富的史料，我们要通过它们形成全面的景象，不仅让台胞们感受到，更要让大陆青少年知道台胞始终和我们心心相连，所以我们在努力。"

对于当时的人来说，台湾光复、民族独立是他们最幸福的梦想，而对于今天的人来说，复兴的梦想有了更为丰富的内涵和延伸。谢孟雄说："当年复兴堡是光复台湾、复兴中华的意思，其实和我们说的振兴中华，复兴中华意思一样。中华文化博大精深，历史悠久，中华民族非常优秀，但是，近 200 年来却因为列强侵略，饱受苦难，今天，我们讲复兴，尤其重要的是复兴中华文化，不是复古，是去伪存真、去粗取精再出发。"

林澄枝说："曾经战乱，我们的父辈经过这么一段艰苦的过程，一心一意地希望复兴，希望他的祖国富强康乐，他的同胞能够站得很骄傲、很尊严。想到今天，我们真是太幸福了，所以我们一定要珍惜现在的生活，加倍地努力，把曾经遗失的、迷失的东西找回来。两岸同一个祖先，同一个民族，都是中国人，今天终于能够幸福地来往，如果再分隔，再分崩离析，实在没有道理。现在我们也在全心全意地投入，两岸来来往往，相互包容，逐渐一致，我觉得这是大势所趋，我相信未来一定是非常美好的。"

小小一个复兴堡，里面住过来自台湾的先贤，也住过来自大陆的精英，东来西往，他们在抗日战争中肩并肩，他们在建设两岸中手牵手。那一代人的梦想经由"复兴"二字而相连。据永安市抗战史料记载，在那个非常时期，国民党台湾省党部与福建省党部，一个在文龙村，一个在霞岭村，比邻而处，会开联席，小小复兴堡就是那段缘分的见证，正如台湾省党部执行委员兼宣传科长的谢东闵在永安发表的《福建与台湾》一文所述：闽台有"不可分的密切关系"，"台湾如自成一省或成一特别行政区，在我国行政区划上，虽与福建分立为两家，但事实上亦仍是一家。"而当抗战胜利，台湾省首任行政长官兼警备总司令正是福建省省会迁往永安时的第一任省主席陈仪，台湾光复后，更有大量的福建人才从永安渡海到台湾，从事科研的，从事教育的，从事艺术的，从事行政管理的，他们同样以一腔热血为建设光复后的台湾贡献心力。

"一粥一饭，当思来处不易；半丝半缕，恒念物力维艰。"都说前人栽树后人乘凉，而今天的播种同样是未来的收获，就像谢家夫妇在堡中后园种下的那一株乐昌含笑，必定枝繁叶茂。

沧海桑田，衡阳雁去，漫步古堡，如同穿行在连接历史与现代的时光隧道里。林澄枝女士说：福建永安复兴堡在抗日战争时曾是中国政府收复台湾的一个基地，那何尝不是一段从复兴堡延伸而出的跨越海峡两岸的复兴路？历史的车轮从未停息，遥远却似在眼前。

叔侄双贤　青史流芳

——记贡川镇宋代名人陈瓘与陈渊

楚　欣

"未有永安，先有贡川"。

贡川早先属于沙县，明景泰三年（1452 年）永安建县，其归属因此改变过来，并有了上面所说的那句话。2011 年深秋时节，笔者随团到永安市采风，走进了这座文化古镇，听到许多介绍当地古今名人的情况，对其中宋代的陈瓘与陈渊叔侄俩，印象尤为深刻。他们既是杰出的理学家、文学家，更是敢于向恶势力作斗争的诤臣。

陈瓘——他抨击蔡京上了《水浒传》

明代施耐庵所著的小说《水浒传》，几乎家喻户晓，而在它的第九十七回"陈瓘谏官升安抚……"和第一百回"……陈瓘宋江同奏捷"，都有对陈瓘的描述，甚至说他因"劾蔡京、童贯、高俅诬陷忠良、排挤异类"而被"道君皇帝"（即宋徽宗）所赏识，"于原官上加升枢密院同知"，"统领御营军马二万，前往宋江军前督战"。虽然书中关于陈瓘与宋江联手征讨田虎的描述纯属作者的虚构，但陈瓘与奸佞蔡京等人的斗争，却是明确无误的事实，它不仅见之于《水浒传》，更载入《宋史》。

陈瓘，字莹中，号了斋，生于宋仁宗嘉祐二年（1057 年），自幼聪明好学，深受长辈的称赞。但他"不喜为进取学"，即对功名利禄不感兴趣。后来还是父母以光宗耀祖的"门户事"加以勉励与劝说，才不得不去应试。这一试，就考中甲科进士，接着殿试又得了第三名（探花）。那一年，陈瓘才23岁，科举之路可谓相当顺畅。但是，他的仕途却充满荆棘、险恶与艰辛。

高中进士之后，陈瓘的第一个官职是"湖州掌书记"，继而到越州（今绍兴）当签书通判，后又兼明州（今宁波）通判。按照当时朝廷的规定，陈瓘可以领取两份"职田"（即官员的薪俸），但是他坚决不要比较丰厚的明州那一份，而把它"尽弃于官以归"。可以说，从当官的第一站开始，陈瓘就表现出为政清廉的高风亮节。

宋哲宗绍圣元年（1094年），章惇（福建浦城人）出任尚书左丞（左相）。有一天，陈瓘与同僚在码头上拜见这位新宰相，章惇因"闻其名，独邀与同舟，询当世之务"，给了他很大的面子。但不谙世故的陈瓘却直抒己见，根本不顾及这位老乡与上司是否高兴。他对章惇说："请以所乘舟为喻，偏重可行乎？移左置右，其偏一也。明此，则可行矣。"言下之意是，为政必须秉公办事，不可偏袒。因为当时朋党之争甚烈，章惇复行新法，对元祐时代的大臣实施报复，陈瓘认为此举不妥，才说了这番话。接着他问章惇："天子待公为政，敢问将何先？"章惇回答说："司马光奸邪，所当先辨，势无急于此。"那时司马光已去世多年，章惇认为，清除他所留下的影响是当务之急。陈瓘说，丞相你错了，如果按照你的意见去执行，船就会失去平衡，我看天下的老百姓都不希望你这样做。章惇听了很生气，声色俱厉地反驳了他的意见。陈瓘却毫不退却，他诚恳地对章惇说："为今之计，唯消朋党，持中道，庶可以救弊。"尽管这话并不中听，但此时的章惇对陈瓘的胆识与勇气还是很佩服的，于是"用为太学博士"。

陈瓘任太学博士时，蔡京一伙的薛昂、林自，秉承主子的意志，攻击司马光编撰的《资治通鉴》，提议将其烧毁。为了保护这部历史巨著，陈瓘想尽了办法。他发现书中有神宗所制的序文，大喜过望，当即以此为武器反击薛、林二人——难道你们也要把先帝的序文烧掉吗？这一反诘，把对方问得哑口无言，企图烧毁《资治通鉴》的事也因此被制止。

陈瓘保护《资治通鉴》这件事，似乎并不太为后人所熟悉（笔者也是初次接触），但它在中国文化史上有着特殊的意义，应该得到充分肯定并予以宣扬。

宋元符二年（1099 年），陈瓘出任卫州（今河南新乡）知州，不久奉调回朝任右正言。作为谏官，他刚正不阿，大胆评论许多人与事（包括蔡京）。时任左仆射的章惇，尽管是同乡，又曾赏识过他，但其人独裁专权，陈瓘还是不顾情面，联合其他大臣，予以弹劾，章惇因此被罢职外放。元符三年，陈瓘升任右司谏。此时的他，对蔡京的认识更加深刻，当即上《论蔡京疏》，痛加抨击，从而得罪了奸相，埋下了祸根。

宋建中靖国元年（1101 年），曾布（唐宋八大家曾巩的同父异母弟弟）任尚书右仆射（右相）时，让使客事前告诉陈瓘，将对他予以提拔，从著作郎"迁右司员外郎兼权给事中"。这件事要是换成别人，肯定会千恩万谢。但陈瓘人格非凡，境界很高，他对儿子正汇说："吾与丞相议事多不合，今若此，是欲与官爵相饵也。若受其荐进，复有异同，则公议私恩，两有愧矣。吾有一书论其过，将投之以决去就。汝其书之。但郊祀不远，彼不相容，则泽不及汝矣，能不介于心乎？"第二天早上，曾布邀请数人座谈时，陈瓘果然把事先写好的批评文章拿出来，当面谈论曾布的不是，引得他"大怒"，两人"争辩移时"，曾布态度越来越凶，陈瓘则"色不为动"，心平气和地对他说："适所论者国事，是非有公议，公未可失待士礼。"曾布一听，既感到对方说得在理，也觉得自己的举止确实太过分了，便"蘧然改容"。嗣后，陈瓘被外放到泰州去当地方官。

宋崇宁元年（1102年），蔡京任尚书左仆射，一朝权在握，便对曾经与他过不去的人"秋后算账"。陈瓘自然也在其中，他被贬到袁州（今江西宜春）"编管"（即官员被流放，编入当地户籍监管），第二年又被转到廉州（今广西合浦）继续监管，过着"裘葛不具，箪瓢屡空"（即吃不饱穿不暖）的贫困生活。崇宁五年（1106年），汴京的夜空出现长长的彗星，朝廷怕是得罪了上苍，赶紧赦免一批被贬的官员，陈瓘因此获得赦免，当了个挂名的宣德郎。

　　宋大观三年（1109年），陈瓘的儿子正汇在杭州，发现蔡京有动摇东宫（太子）的迹象，便报告了杭州知府蔡薿。哪知此人正是蔡京的亲信，一接到对主子不利的信息，便"飞书告京"。蔡京当即将正汇投入监狱，交给开封府尹李孝称审讯。李孝称是个酷吏，在蔡京的指使下，把陈瓘也抓起来。府堂上摆着许多刑具，企图以此逼他交代正汇的罪状。陈瓘无所畏惧，他对李孝称说，正汇看到蔡京将有不利于国家的行动迹象，急忙报告上方，我岂能预先知道？不知道的事我怎么能乱说？如果乱说，于情不容，于义也不为。至于蔡京，为人奸佞，他的所作所为，必定给国家带来祸害。对此我早已上书评论过，无须到了今天才来讲。陈瓘的此番陈词，可谓正气凛然。但蔡京等人还是死死缠住。最后，正汇获罪，被流放到海岛，陈瓘也遭到牵连，被押送到通州（今南通）软禁。

　　即便如此，蔡京对陈瓘还是不放心。宋政和元年（1111年），他又把陈瓘转到台州（今属浙江省）"羁管"，还如临大敌似的，"遍令所过州出兵甲护送"。台州知县石悈是蔡京的死党，不仅派人监视陈瓘，而且"大陈狱具，将胁以死"。陈瓘一眼就看穿他的鬼把戏，大声问道，今天的事，难道是皇上的旨意吗？石悈被问得"失措"，不得不告诉他，"朝廷令取《尊尧集》尔"。陈瓘说，那也用不着这样，尊尧是把先帝比作尧，把皇上比作舜，这有什么罪呢？何况我早已把《尊尧集》呈献给皇上了。由于据理抗争，石悈才不敢对他加害，但陈瓘在台州被软禁了5年，直到政和六年（1116年）遇到大赦，才获得自由，复官承事郎。但不久又因被人陷害，"卜居江州"，人身自由受到限制（"不许辄出城"）。宋宣和三年（1121年），陈瓘的女婿被方腊的起义军所俘，蔡京死党又以"政治嫌疑犯"把陈瓘转移到楚州（今江苏淮安）。第二年，陈瓘含冤死去，那一年他65岁。

宋钦宗靖康元年（1126年），朝廷门下、中书、尚书三省联合上奏，为陈瓘平反，钦宗当即准奏，特赠陈瓘为谏议大夫。到了南宋，绍兴二十六年（1156年），朝廷再次肯定陈瓘的表现，特赐谥"忠肃"，并作了解释："虑国忘家曰忠，刚德克成曰肃"。宋高宗还对辅臣说："陈瓘昔为谏官，甚有说议（正直的议论）。近览所著《尊尧集》，明君臣之大分，合于《易》天尊地卑及《春秋》尊王之法。……瓘宜特赐谥以表之。"

在陈瓘被赐予"忠肃"时，贡川曾建起"大儒里"牌坊，以表示对先贤的敬仰和纪念，可惜这座古迹毁于上世纪的10年动乱。

陈瓘学问渊博，著有《了斋集》（30卷）、《了斋易说》《尊尧集》等。后人又编撰了《陈忠肃公言行录》。其中《了斋集》被收进《钦定四库全书》。陈瓘还精于书法。他的福建同乡、南宋第一个宰相李纲曾赞道："了翁书法，不循古人格辙，自有一种风味。观其书，可以知气节之劲也。"

陈瓘的词也写得很好，有的作品让人感到一种正气，如《减字木兰花》："大江北去，未到沧溟终不住。淮水东流，日夜朝宗亦未休。香炉烟袅，浓淡卷舒终不老。寸碧千钟，人醉花胥月色中。"有的作品又带着浓浓的禅意，如《卜算子》："梦里不知眠，觉后眠何在？试问眠身与梦身，那个能只对？醉后有人醒，醒后无人醉。要识三千与大千，不在微尘外。"

陈渊——他与秦桧斗争到底

陈渊，初名渐，字知默，又字几叟，世称默堂先生。他是陈瓘的侄儿，生于宋治平四年（1067年）。受陈瓘的影响，陈渊从小就具有忠诚、正直的品质。年轻时拜理学大家杨时为师，专攻二程（程颢、程颐）理论。杨时对他很器重，夸他"深识圣贤旨趣"，后来还将女儿许配给他。

同为杨时门生的罗从彦（著名理学家，字仲素，南平人，后移居沙县），当时就住在离陈渊处不远。陈渊与罗从彦的关系很好，每次到他那里，都要聊上一整天才回去，并对人说："自我交仲素，日闻所不闻，奥学清节，真南州之冠冕也。"从此，陈渊"筑室山中，绝意仕途，经日端坐，间而时将溪上，吟咏而归，恒充然自得焉。"李纲谪居沙县时，他也曾相与唱和。

陈渊之所以对当官不感兴趣的一个重要原因在于，他看到自己的叔叔陈瓘长期被蔡京等人迫害，对仕途望而生畏，便转入潜心研究学问。陈瓘的冤案平反之后，陈渊的政治枷锁也相应得到了解脱，南宋绍兴二年（1132年），他入朝充当枢密院计议官。绍兴五年（1135年），几位资深的老臣向朝廷推荐，说他"有文有学，通达世务，垂老流落，负材未试"，因此当上了枢密院编修官。同年10月，李纲出任江南西路安抚制置大使，邀请他在幕府主管"机宜文字"。他除了很好地完成分内之事，起草大量的文件书信之外，还为李纲出谋划策，深得其信任。

绍兴八年（1138年），宋高宗召见陈渊，与他作了长谈。当时陈渊已是72岁的老人，但锐气与豪情不减，他直率地指出当时的弊端："恩惠太滥，赏给太厚，颁赉赐予文费太过"，并提出相应的解决办法。高宗听了很满意，认为"渊乃杨时之婿，老成有学，可嘉也。"于是特赐进士出身，授予秘书丞职。高宗还赞扬陈渊对《论语》《孟子》等经典的见解具有独到之处。

也就是在这一年，主张抗金、与秦桧不和的赵鼎被罢去尚书左仆射之职，陈渊挺身出来为他鸣不平，说赵鼎"可以任天下之重"，建议让他留任，"以济中兴之然"。刚刚升任右仆射的秦桧很不高兴，他责问陈渊，你提出这样建议，"欲置我于何地？"老谋深算的秦桧以势压人，赵鼎最终被贬，以忠武节度使出知绍兴府。

绍兴九年（1139 年），宋高宗任命陈渊为监察御史，不久，又将其升任为右正言。高宗对陈渊说，以前你叔叔陈瓘当谏官，评论国家的安危治乱，总是联系到用人的问题，指出任用君子还是任用小人，有着根本的区别。他还大胆揭露蔡京误国的罪恶。后来发生的靖康之难，证明陈瓘的意见是对的。假如当年能听进他的话，也不至于发生那样的惨剧。今天任命你当谏官，希望你能继承先辈的遗志，不辜负朕的厚望。

陈渊受命之后，牢记国家兴亡匹夫有责。凡是涉及国家乱治之本源，学术之邪正，君子小人朋党之争，中国和外国的逆顺之理，他都积极奏言。当时秦桧独专朝政，正准备接受金人所提出的苛刻条件议和。陈渊不顾被迫害的危险后果，连奏五章，旗帜鲜明地加以反对。他指出秦桧的所作所为，实质是向金人投降，误国乱政，违背民意。秦桧对陈渊的多次上奏，极为恼火，曾告诉亲信，这个陈渊，太不识相了，他要是少发些议论，保持沉默，本来是可以再升官的。秦桧还想让监察御史陈楠去做工作，晓之于利害。陈楠深知陈渊的为人，没有去。他说，陈正言是天下最正派的人，怎么有可能为利害祸福而动心呢？

差不多与此同时，曾在金人扶持的伪政权"大齐"任"工部侍郎"的郑亿年，逃回南宋投靠秦桧。秦桧出于私利，恢复郑亿年降金之前的资政殿大学士官位。陈渊知道后立刻上奏，指出郑亿年有"从贼之丑"，不可复官。秦桧因此对陈渊更加怀恨，处处想抓他的把柄。其亲信了解主子的心事，即告发陈渊，说他曾讲过汉武帝尊重谏臣汲黯以及前朝苏轼抨击奸臣的故事。秦桧便用"以古讽今"的罪名，罢掉陈渊的右正言官职。

绍兴十三年（1143年），京城临安修建国子监，宋高宗任命陈渊为秘书少监兼崇正殿说书，要他讲解《左传》。此时的陈渊，因遭秦桧的迫害被贬回故里已有四年之久，加上年老体衰，便以"曾祖父陈世卿也任过秘书少监，自己应当回避"作为托词，上表婉言辞谢，宋高宗随即改任他为宗正少卿兼崇政殿说书。陈渊再次上表辞谢，高宗不准，只得上京赴任。然而在京的两年间，因为与几位知心同僚在底下议论朝政，被秦桧的党羽以"朋附非议"的罪名参了一本，结果又丢了官。绍兴十五年（1145年），陈渊遭人无端攻击，精神上受到刺激，走完了人生历程，享年79岁。

作为杨时的学生和女婿，陈渊学识渊博，是宋代理学的代表性人物之一，著有22卷的《默堂先生文集》。他的诗词也很有特色，稍后于他的宋代大诗人杨万里给予很高的评价，称"其词质而达，其志坦而言，其气畅而幽。"（见《诚斋集》卷七九）。《四库全书总目》的编撰者认为，其诗"不甚雕琢，然时露真趣，异乎宋儒之以诗谈理者。"陈渊则自称写诗乃师法晋代的陶潜，说"渊明吾之师"，"吾师陶靖节"。在一首旅游诗里，他这样写道："渊明已黄壤，诗语余奇趣；我行田野间，举目辄相遇。谁云古人远，正是无来去。"

他们的精神超越历史

　　走进永安市贡川镇，看过复建的"大儒里"牌坊，回榕后细读陈瓘与陈渊的生平，既为这对叔侄的高尚人格与渊博学问所折服，又为他们生不逢时而慨叹。陈瓘处于北宋末年，民族矛盾与阶级斗争错综复杂，又因皇帝的无能与奸相蔡京等人的弄权，国家岌岌可危，陈瓘虽然力谏，还是无济于事，最终乃至蒙冤而死。陈渊的后半生处于南宋初年，宋高宗赵构的偏安思想与奸相秦桧的卖国行为，导致这个诞生不久的政权，软弱无能，对北方强敌一再采取低三下四、称臣纳贡的姿态。陈渊继承先辈的爱国精神，对投降派不断痛加抨击，但改变不了局势，以至于抑郁而终。

　　呜呼，历史倘能改写，让陈瓘与陈渊生活于政治清明、国家富强的年代，贡献或许会更大一些。然而历史没有"如果"，陈瓘、陈渊的一生只能定格于今人所看到的历史框架里，而他们的精神却可以超越历史，流芳后世。

中国航空事业的先驱者

——记李宝焌、刘佐成

罗建兴 洪顺发

他们代表了中国清朝政府官方首次也是最后一次筹办的航空事业。

他们设计建造的飞机制造厂棚，是中国国内最早的航空工厂。

他们设计制造并试飞成功的单页飞机，是国内首架。

他们发起成立中国最早的航空研究会。

李宝焌发表了中国首篇航空研究论文《研究飞行机报告》，提出了喷气推进理论。

刘佐成撰写出版了《中国航空沿革纪略》。

我有一个飞行梦想

李宝焌，字昆甫，1887年3月生于永安贡川的商人世家，家境殷实，自幼聪颖异于常人，在家里接受中国传统启蒙教育。他爱思考，幼时就喜欢坐在坑头小溪边看舂米的水车旋转，看流水翻腾；也喜欢躺在屋后的大树下，眺望蓝天高远，白鹭悠然掠过，他最感兴趣的事是制作风筝和孔明灯。

那时李宝焌就想，人类为什么不能飞在天空？

与他有同样科技梦想的，还有另一位大他3岁的少年——刘佐成，他出生于1884年9月，原名佐臣，永安曹远镇人，从小对机械制造情有独钟，对家里的"洋盆"、"洋火柴"、"洋油

222

灯"、"洋钉子"等生活日常用品冠"洋"字很不解，大人告诉他：因为这是从洋人那里进口的。

"为什么这些要从洋人那里进口，难道咱们中国人就造不了？"刘佐成那时就立誓要找出答案。

光阴荏苒，岁月如梭，1900年，13岁的李宝焌到贡川龙山学堂求学。龙山学堂是永安第一所新式学堂，由思想开明的清末举人刘德骥创办，开设有国文、修身、算术、地理、历史、英文等课程，还有工艺、图画和体操三个技能科。

李宝焌在学堂很快结识了一批志同道合的同学，这里就包括刘佐成。两人一边学习，一边探讨，他们隐约认识到，中国目前工业基础薄弱，百废待兴，要振兴中华，就必须学科技、求变革，才能使中华民族自强复兴。

1903年，李宝焌和刘佐成考入福州全闽师范学堂。该学堂由清末著名的政治家教育家陈宝琛创办，陈宝琛是末代帝师，官至礼部侍郎，同时也是福建第一条铁路——漳厦铁路的筹建者。学校聘请许多外籍教师，除正常科目外，还注重外文、时事和科学的学习与传播，使李宝焌和刘佐成大开眼界，如鱼得水，一头扎进近代知识的海洋中。

1905年，延续了1300年的科举制度被废除。

听到这个消息，李宝焌松了一口气，但和所有士子一样，都陷入了迷茫，没有了科举，他们的人生目标在哪里，寒窗十年，还不为了金榜题名？

于是，他去询问师范学堂监督陈宝琛先生。

陈宝琛问他："读书就是为了功名？"

"难道不是吗？"李宝焌说，"那读那么多书有什么用？"

"读书首先是为了掌握知识，明白义理，知道爱护国家、建设国家，自强自立。"李宝琛语重心长地解释说："现在最重要的，是学习和掌握西方先进的科学知识！"

福州是临海省会，是福建最重要的港口，李宝焌见多了洋人的颐指气使和国人的积弱无奈，陈宝琛的一席话，让刘佐成和李宝焌恍然大悟。

从此他们有了一个目标：报效国家；从此他们有了一个人生理想：掌握最先进的科学知识，使民族强大。

1904 年，李宝焌从报纸上看到美国有一对叫莱特的兄弟，发明了飞机，并试飞成功，令全世界瞩目。这是最使他兴奋的事，因为，他喜欢飞机，也想有朝一日驾着自己发明的飞机飞上蓝天。

刘佐成也被李宝焌的理想所感动，他对小他 3 岁的好友说："昆甫，咱们一起努力，制造中国人自己的飞机，建立中国人自己的航空工业吧！"

1906 年秋，李宝焌和刘佐成因为成绩优异，被政府选派到日本留学，这是永安县历史上第一次被选派的官费留学生。

这一年李宝焌 19 岁，刘佐成 22 岁，与他们同时代出生并参与到时代大变革中的青年还有鲁迅（1881 年生）、宋教仁（1882 年生）、冯如（1884 年生）、邹容（1885 年生）、蒋介石（1887 年生）、胡适（1891 年生）等。

锲而不舍地留学研究

李宝焌到东京后，先入同文和弘文书院，刘佐成则进入了工兵航校，之后由清政府安排，两人进入早稻田大学"中国清朝留学生部"进行攻读。

当时早稻田大学的中国留学生主要学习政法和商学，这令李宝焌和刘佐成极不满意，他们赴日留学是为了航空梦想，因此对物理化学的课外书深读精研。在刘佐成的影响下，李宝焌对机械的原理也深入研究、逐渐痴迷，两人在科学杂志报纸上搜集了许多资料，特别是刘佐成，他一到日本就进入工兵航校学习，对飞机相关的机械知识接触得比较多，也有一些现成的课本和资料。

于是，两个同道的热血青年在一起，交流、研讨常常起早贪黑，没日没夜。

两人当中，李宝焌擅长理论研究和绘图设计，而刘佐成则擅长制造和操作，他们配合默契，相得益彰。

为了广泛了解各国研制飞机的情况和吸取别人的长处，他们将生活中节省下来的资金用来购买相关的报纸和杂志，从理论和技术上攻克一个又一个难关。

一年后，他们开始绘制设计图，等到要动手进行制作的时候，两个没有社会经验的学生才发现发明创造是如此地困难，没有资金，没有场地。万般无奈，两人决定先扩大影响，他们以研究笔记的形式，在《朝日新闻》等日本报刊上发表研究心得，希望能让更多的有识之士关注他们的研究活动，寻找实业家投资他们的发明创造。当时世界各发达国家都在研究制造飞机，日本自然也不例外，报刊也积极报道此类文章，但由于清朝政府官员腐败无能，在国内并未引起关注。

那时，中国的革命家、启蒙家、改革家云集日本，各种革命组织方兴未艾，各种革命活动风起云涌，李宝焌和刘佐成在革命志士的感召下，毅然加入了孙中山领导的同盟会。但他们对革命起义推翻清朝政府并不热衷，而是希望同盟会的会友能够扶持他们对飞机的研究制作，继而建立航空工业。但同盟会资金本来紧张，会友们对此并不重视。

1907年9月，冯如在旧金山奥克兰办起了中国人的第一家飞机制造公司，开始了研制工作。

听到这个消息后，李宝焌和刘佐成在为冯如感到骄傲的同时，心里也异常焦急，他们也希望自己尽快地为中国的航空事业尽自己的最大贡献，于是更加频繁地将研究心得登在报刊上，并发表了一些有创造性的原理和设想，渐渐引起一些政治家的注意。

促使这件事发生转机的是清政府驻日本大使胡惟德。他一方面将此种情形向清朝廷汇报，一方面鼓励他们继续研究，还答应给予经费上的支持。

两个年轻人异常兴奋，信心倍增，毫不犹豫地接受了资助，在学校附近租起场地，建起飞机制造棚，购买材料和发动机，两人热火朝天地将自己多年的研究和设计付诸实践中去。

1909 年 8 月，秋高气爽，李宝焌和刘佐成设计并制造出第一架单页飞机，准备试飞，但却找不到合适的场地，不是没有开阔的地方，就是当地人不肯借用。日本人见是两个中国学生做出了飞机，有意对他们进行限制。

没经试飞的飞机不叫飞机，那叫玩具，两人一筹莫展。胡惟德大使也毫无办法。弱国受歧视的滋味，令他们气愤。

1909 年 9 月，冯如在奥克兰市驾驶新飞机试飞成功，世界瞩目。听到这个消息后，李宝焌和刘佐成备受鼓舞，同时也感到时不我待，他们要超过冯如，就必须在国内建设属于中国自己的飞机制造公司，试飞在中国国内制造的第一架飞机，要继续实现自己的航天实业梦想，回归祖国是唯一的选择。

这个时候，腐朽无能的清朝皇室内阁无心政事，胡惟德的报告石沉大海。胡大使只好一再发电，强调它的重要性。

1910 年 8 月，清政府终于发来电文："召刘佐成、李宝焌二人，回国制造飞机。"胡惟德大使立即动身，带他们两人回到北京。刘佐成在《中国航空沿革纪略》中这样记载这件事："宣统二年八月，刘佐成、李宝焌在日本制造飞机，因飞行场使用不便，由驻日公使胡惟德咨送回国。"

姗姗起步的航空实业

1910 年 8 月 15 日，李宝焌、刘佐成带着自制的单页飞机、相关的飞机研究资料以及大量配件器械回到北京，国内的多家报纸对此事进行了报道。之后，由军咨府拨款，在南苑庑甸毅军操场建筑厂棚，让他们在那里研制飞机。这是清朝政府官方首次、也是最后一次筹办的航空实业！

南苑庑甸毅军操场位于北京南郊，他们在那里设计并建立了中国第一个飞机制造厂棚，快马加鞭，希望尽快造出飞机，让中国人扬眉吐气。

他们将 4 年多的研究资料汇集成册，筹建中国第一个航空研究机构，并将一篇篇理论文章重新论证；他们周密计算，利用自己所掌握的空气学和动力学理论知识，设计出了一套又一套飞机制造方案。

1910 年 9 月 16 日，他们在《大公报》刊登了《节述研究飞行机之宗旨并声明帝国报七月十八日所载"行踪诡秘"一条之失实》一文，其中有一段表明了他们研制飞机的目的："优胜劣汰，天演公理。迩来列强竞争，陆军则有穿山炮，海军则有潜水艇，今创制飞机，精益求精，以佐海陆军所不逮。鄙人留学日本，研求飞机，诚以海陆军枪炮虽利，尚有山川之险阻，两军之对抗；而飞机则翱翔空际，任其所之，自上而下，我可以袭人，人难攻我，诚世界军械唯一之利品也。鄙人眷恋宗邦，痛深积弱，窃思此机不早仿造，则事事落人之后，列强必以我地界为其试验飞机之目的场，用是忧惧交并，寝馈彷徨，竭力专心发明利器……"真诚报国的赤胆忠心，昭昭可见。

10 月份，两人合作制造出第一架飞机，但因缺乏资金，也因急于求成，很多部件只能就地取材，临时替代，飞机未能飞离地面升空，首次宣告失败。

北京的冬天严寒刺骨，两个南方人，在四面透风的简陋厂棚里工作和生活，艰苦是不言而喻的，但他们怀着火热的激情，克服着一个个困难。

1910 年 11 月 19 日，他们再次在《大公报》上刊登了《航空研究会发起及简章》，简章认为"二十世纪之最令人注目者，莫如航空事业。"他们对飞机在军事上占重要地位做了大量的准确的阐述，比如可以"居高瞰下，可了然察敌之要害"，"其在攻击，则抛掷炸弹固其所长，而安置机关枪炮射击，近亦着着进行"，破坏"陆军之集团部、军司令部、军用制造场、交通线路、海军根据地、舰队等"，他在文中最后憧憬航空事业若能大力发展，"必使四千年神圣帝国，一跃而为宰制全球之空中帝国，是则鄙人之满望焉"！

大力发展航空工业，使中国成为"宰制全球的空中帝国"，是李宝焌、刘佐成自始至终的强国梦想！

1910 年 12 月 15 日，李宝焌在《东方杂志》（第 7 卷第 12 期）上发表这样一篇《研究飞行机报告》，这是一篇被航空界公认的我国第一篇航空论文。在该文中，他重视各种问题的研究，如风气之力（空气动力）、活机（发动机）、向后焚烧而推前（喷气推进）、螺丝车拨（螺旋桨）等。特别是他对喷气推进理论的预见很有见地，直到 1939 年世界上第一架喷气式飞机才试飞成功，而李宝焌、刘佐成的理论创建早了 29 年。

1911 年 3 月，他们制造出第二架飞机，飞离地面只丈把高，就失去平衡，跌跌撞撞落下。这一次又不成功。清政府已无暇顾及这里的事情，没有分文资金。可惜的是，李宝焌虽然是商人的后代，但他把所有的精力都用在了飞机技术的研究上，没有学到贡川李氏家族的商业资本运作和实业管理的本领，这成为了李宝焌和刘佐成的致命的弱点。由于没有官方和社会资金支持，李宝焌、刘佐成只能四处筹措，但皆失败，最后只能向家里要钱，才购买到相关配件。

1911年5月底，第三架飞机制成。6月2日，飞机在开阔的毅军操场腾空而起，转眼，却在一片欢呼声中坠落，令人歔歔不已。主要原因是发动机出现故障，驾驶飞机的刘佐成摔成重伤。在此后几十年的空军生涯中，刘佐成不敢再驾驶飞机。之后，飞机研究与制造就以李宝焌为主角了。

失败了重新再来。刘佐成住院治疗，李宝焌到上海筹钱和购买配件，然而，革命风暴到来了，同盟会要求他参加反清的革命活动。这样，李宝焌和刘佐成只能将研制飞机暂时中断，把好不容易筹措到的资金用在起义上。

辛亥革命成功后，孙中山召李宝焌来南京，任命他担任飞行营营长。与此同时，在南京临时政府的大力支持下，李宝焌以饱满的热情工作，一边训练学员，一边继续研制飞机。

这时，刘佐成在武昌担任航空队长，应约前来协助。

所谓有志者事竟成。1912年初，飞行营机场，李宝焌和刘佐成制造的新的一架单页飞机成功。

3月6日，在上千民众和记者的瞩目下，李宝焌开始试飞自己的营部驾机，飞行很顺利，在李宝焌操纵下，飞机不仅腾空而起，还平稳地飞行了上千米后，安全降落在地面上。"成功了！革命万岁，祖国万岁！"围观的人们欢呼跃雀着拥向飞机，把李宝焌高高举起来，抛向天空。

"终于成功了！我终于完成了飞行的梦想！"望着蓝天白云，李宝焌恍然回到了童年，不禁泪流满面。

随着成功飞行，人心振奋，万人瞩目。这是中国人驾驶着自己制造的飞机在祖国的蓝天第一次成功飞行，南京临时政府为了表彰李宝焌的光辉业绩，向他颁发了奖状和勋章。

在民国诞生之初，这件事令国人深感自豪，中国航空史从此翻开了新的篇章。

无尽遗憾的先驱者挽歌

正是守得云开见月明，李宝焌和刘佐成两人事业初步成功，他们踌躇满志，准备大力发展航空工业和建立空军。

然而，袁世凯窃取了革命的果实，孙中山被迫辞去临时大总统职务，飞机制造一时失去政治上和资金上的支持，顿时陷入困境。

同时，刘佐成因反对袁世凯，密谋刺杀李厚基事泄出逃，和李宝焌暂时分道扬镳，李宝焌没人交流，无处倾诉，国家积弱，好好的事业得不到发展，他时刻感到迷茫和痛心！

李宝焌的父亲和大哥在上海有一些资产，生意场上也有一些朋友，他决定通过大哥宝镛来寻找投资商，把飞机制造搞成一个公司，一面生产飞机，一面培训学员，建立强大的飞行军队，实现强国的夙愿。宝镛十分支持弟弟的事业，拿自家的资产抵押贷款，又找到生意上的朋友章庆侯，得到他倾心帮助筹措的巨额款项。

筹到了资金，李宝焌的心里颇感安慰。他回到南京，顾不上休息，又全身心地投入到飞机制造厂的策划与兴建之中。由于操劳过度，不幸染上痢疾，为了工作，一时忽视了治疗，等到病情严重送入医院，已成不治。1912 年 10 月 6 日，李宝焌在南京碑亭巷共和医院去世，年仅 25 岁。

李宝焌去世后，由南京政府治丧，同时通知其兄宝镛领柩回乡归葬。南京政府签发的护照上写着"俾得遗骸，荣归故里"，同时派 4 名卫兵护送，拨发抚恤金银元 600 元。走水路由南京到福州，由福州逆闽江到贡川，再从崎岖山路抬回洋峰，共花了 3 个月时间，才安葬在家乡的盂子窟。从南京随带回来的遗物有：大小指挥刀各一把，地球仪一个，晴雨表一架，飞行风镜一副，飞机试飞成功时在机场上留影的 6 寸照片数张，小型无声手摇摩擦电影机一架，书信笔记若干。

听闻李宝焌逝世后，刘佐成悲痛欲绝。没有了挚友的引导，刘佐成在人生道路上似乎失去了方向，在军阀混战的年代回到了福建故乡，之后又到了日本，漂泊不定。

1920 年，刘佐成接受北洋政府任命，成为北洋航空大队长，第二年在天津创办出版发行《飞行杂志》。1928 年，随着国民革命军北伐胜利，刘佐成又到南京政府任航空署参谋，并继续主编《飞行杂志》。

1934 年，抗战前夕，刘佐成被派往福州，主持修建王庄机场，后任福州飞机场场长、空军将乐办事处主任、衢州航空站股长、福州空军中校场长。抗日战争时期，随着 1938 年福建省政府内迁，刘佐成也回到永安，在老家休养。

刘佐成洁身自好，一生清廉。在追随孙中山时期，他将他父亲在上海等地卖笋卖木材的钱都取走买了军火，支援革命党人。

1943 年，刘佐成修缮祖屋，无意间抬头，望着蓝天的飞鸟，好像一架原始的单页飞机从空中掠过，他突然觉得头晕目眩，下意识地喃喃说："昆甫，我看到咱们的飞机了，它好美啊！"然后中风倒下。

当年 9 月 20 日，刘佐成离开了人世，也离开了他在旧中国难以实现的航空强国的梦想，时年 59 岁。

青山绿水篇

穿林度影踏歌来

林爱枝

　　当我徜徉在永安九龙万亩林海时，这句话突然在我脑海中冒出。只觉得它切合斯情斯景，便用了它。

　　大约三四年前，曾在荧屏上看到壮观的蜀南竹海，甚被吸引，想着，应找个机会到那里去看看。不曾想，这次在永安如愿以偿、饱足了眼福。

　　这九龙竹海国家森林公园有 1704.6 公顷，进一步询问，全市竟有 100 多万亩竹林，还有其他林木，使永安森林覆盖率达 83.2％。那么，林竹成为永安大宗资源就名副其实了，成为了全国之最，成为国家级森林公园、毛竹之乡……

　　那天，天气好，既无雨，亦无骄阳，灰灰的天体上这里那里一块块湛蓝。偶尔阳光还从云缝中露出微笑，甚觉晴好宜人。那竹林一片挨一片，随座座山头拐弯抹角，逶迤而去。那竹子笔直挺拔，竿竿林立，穿过空隙，却能透视很远很远。这使我想起多年前的一次画展，女画家韦江琼的那幅工笔画《竹喧归浣女》：几个少女结伴浣沙，归途，在竹林中嬉戏、喧闹，有羞答答地在一旁静观的，有提起裙裾穿梭追逐的，青翠的竹子灵动了，活泼了，成了她们中的一个个，无限的青春……

　　在竹林中漫步，胸中悠然。微风掠过，飒飒细语。可想，如逢艳阳，那筛落的光影，团团簇簇，游移蹦跳，是何等的怡然生机，何等地使人惬意清爽！如遇甘霖，淅淅沥沥，飘移竹海，满头满身淋透，又是别样滋味。南方人不怕水！

国家级优秀旅游城市

笔者走访了永安市景区管委会主任吴小雄。

直问：什么资格得了国家级优秀旅游城市之荣誉？

答曰：2001年1月，国家旅游局批准了这个称号。是具备了相关的条件：

一是旅游6要素——吃、住、行、娱、购、游，永安都具备，而且档次还不低；

二是自然资源丰富，地貌结构多样：丹霞、喀斯特、石英岩、温泉；森林覆盖率高；天宝岩那一带，为生物基因库，科普基地……

三是人文景观：抗战文化，堪称东南抗战文化中心；贡川是历史文化名镇，是先有贡川，后有永安；非物质文化遗产——大腔戏；青水乡畲族文化；安贞堡——建筑奇葩，前方后圆。

吴小雄又细说了这6个要素的建设情况：已经做的，正在做的，还没有做的，有的做了，但层次不高，有的做了，但不够满足发展的需要。

游：有8个重点景点：桃源洞、鳞隐石林、地质博物馆、天斗山、天宝岩、安贞堡、玉带龙泉、甘乳岩。

住：已有四星级酒店两家，三星级若干，二星级的就更多了，正在报批要建的五星级酒店一家；

行：高速公路、高铁通车后，永安又将一次成为交通枢纽（铁路时代，永安就已是交通枢纽）；

购：目前还比较凌乱，将建设购物、小吃一条街；

吃：永安小吃亦是丰富多样，独具特色，只是如今还未很好地推广出去；

娱：一部分含在"游"里，一部分是娱乐设施，永安也在规划、建设之中。

更详细情况待看该市"十二五"规划中旅游业的建设设想。永安的经济社会建设规划是 5 + 2，其中的"5"，旅游业放在第"5"，能否以第 5 的思路、观念、人力、物力、财力去谋划它、运作它，只能看他们将来的动作了。

永安旅游业的前世今生

查询资料，得知永安的旅游颇有来历。

早在近 1300 年前的唐朝，御史中丞陈雍就开发了贡川。同时，唐头陀僧结草访庐居于葛里，至今还有头陀墓。

公元 940 年，五代后晋，僧人在葛里建有栟榈寺。

公元 1551 年，明知县郭仁为纪念南宋名臣左正言邓肃又在葛里建立栟榈书院；永安坂尾人饶登隽于此开辟修竹湾。

公元 1605 年，明两郡司马陈源湛捐资建桃源洞，以"世外桃源"之意取名，并在入口处峭壁上刻有"桃源洞口"。

公元 1628 年、1630 年，著名旅行家徐霞客两度到永安，并将桃源洞写进他的游记。

公元 1729 年，清，大湖人赖晓千、赖允升兄弟开发鳞隐石林，取"天故隐其迹"之意，又因石芽表面呈鱼鳞状，故名"鳞隐"。

公元 1885 年，安贞堡动工建设，由乡绅池占瑞、池云龙父子所建，历时 14 年竣工。

操办这些事，不论他们有意无意，都为永安留下了文化积淀，都为今天的旅游业开了先河、打了基础。

从 1979 年永安设立园林管理处，开始桃源洞风景区的建设至今，几乎年年有进步，年年有提高，如：

1986 年，永安市成立了旅游局；

1987 年桃源洞被批准为省级风景名胜区；

1991 年安贞堡被评为省级文物保护单位；

1994 年，桃源洞——鳞隐石林风景区被国务院评为国家重点风景名胜区；

2001 年永安市被国家旅游局评为"中国优秀旅游城市"，桃源洞风景区被国家旅游局批准为 4A 级旅游区，安贞堡被批准为全国重点文物保护单位；

2003 年，天宝岩被批准为国家级自然保护区；

2005 年，国土资源部批准永安建立国家地质公园；

……

抄录了这些，可以看到永安市为发展旅游业所做的工作，所留下的足迹。

永安旅游资源丰富，按特质分为几大类，如山林类、水域类、文化类、岩洞类、摩崖石刻类、民间传说类，每一类又有诸多景点，如山林类又包括：桃源洞、石林、竹海、鞋王山、普禅山等等，又如水域类，含有多个温泉，又如文化类，包括堡、镇、乡、桥、文庙、遗址……

从永安市委、市政府工作角度看，近几年来花了不少精力，投了不少资金，取得了可观的成效。

首先，他们充分认识到旅游资源得天独厚。永安旅游构景地质地貌齐全，在不大的地理空间里，同时交织着丹霞、喀斯特、花岗岩、火山岩等构景地貌，山、林、溪、泉齐全，空间组合有序；拥有地质遗迹丰富的国家地质公园、国家级风景名胜区桃源洞、鳞隐石林，还被誉为"东南奇秀"；有被誉为"绿色植物基因库"的国家级自然保护区天宝岩；有国家级九龙竹海森林公园；有被专家誉为"建筑艺术瑰宝"的全国重点文物保护单位安贞堡、明代古堡贡川驸马城、会清桥、笋帮公栈、吉山抗战文化等一批古建筑和地域文化遗址；有国家首批非物质文化遗产、被誉为民俗文化活化石的青水"大腔戏"；永安还是中国魅力城市、中国优秀旅游城市。

第二，产业集聚初见成效。近年来，永安市通过抓有效投入、政策启动等多管齐下举措，引导各种要素跟进旅游产业，加速推动旅游产业的集聚和发展。一是产业有新起色。据不完全统计，近年来，先后引进了永安万年、闽水缘公司、创世纪集团等近10家企业、近10亿元资金加盟永安旅游业，整个行业初步形成了政府主导、多元投入、协调并进的格局。二是景点有新拓展。如开发了天宝岩旅游主题，扩大了知名度、美誉度。三是管理增效。全市齐抓共管旅游产业的发展局面初步形成。风景区管委会经市政府授权负责全市旅游行业管理和风景资源开发、旅游宣传促销等工作。

他们采取的措施：

一是强化项目支撑。近年来，主要抓好桃源洞封闭式管理配套设施，栟桐度假村、甘乳岩、下湖口温泉、地质博物馆、燕江国际酒店、宝华林酒店等项目建设，并规划建设上坪旅游度假村，旅游商品、永安小吃、酒吧一条街等一批旅游产业项目，不断提升城市品质。

二是规范服务标准。重点实施服务提升工程。通过开展"诚信旅游管理系统"、"星级饭店礼仪大赛"、"优秀服务质量月"等活动，做好星级饭店、旅行社的评定管理工作，协助企业提升等级，规范服务；建立旅游安全、保险救援、管理教育有机结合的旅游安全体系和旅游案例预警系统；加大对旅游重点区域、重点节点问题的查处力度，规范旅游市场秩序，确保游客合法权益，不断提高旅游"六要素"水平。

三是推进区域联动。扎实抓好线路整合，架构精品线路，凸显生态之旅和文化之旅，开发天宝岩农家乡村游、森林生态游、畲族文化游、安贞堡建筑文化游等。通过线路整合、部门（乡镇、街道）联动、项目促动等举措，促进全市旅游"一盘棋"的加快形成，拓展旅游业规模和质量同步提高。

四是创新营销举措。加大了对央视和粤东、闽南等重要客源地的平面媒体广告投放，协调旅游企业进行捆绑推介营销。与省内外资信、物流企业及周边知名景区进行横向联合营销。满足"五一"、"十一"等不同节庆、假期和会议、商务、自驾车等不同对象和形式群体的需求。

笔者从永安市"十二五"旅游业的发展规划中看到，从指导思想到目标和战略的设置，都很明确，应该说都有利于旅游业做强做大，有利促进这个新兴产业的发展。

指导思想着眼于大旅游、大产业、大市场的理念，继续实施项目带动战略，盘活存量，丰富产品类型，理顺管理体制，优化产业结构，完善基础设施配套，提高竞争能力，使旅游成为战略性支柱产业，把永安建成旅游经济强市。

在产业规模方面，主要指标要保持高于全省平均增长速度，旅游人次和旅游业总收入都要跨越式增长，即到2015年，全市旅游接待人次达350万人次，年平均增长12％，旅游总收入年平均增长16％，占永安生产总值的10％。

为了达到这样的成果，他们考虑形成"一纽带一核心三片区"布局。

一纽带：九龙溪——沙溪滨河休闲旅游风光带。

一核心：永安市区旅游核心区。

三片区：一是桃源石林休闲度假区。二是竹海林涛生态旅游区。三是岩洞温泉养生休闲区。

更具体地说：

一是主推8大旅游产品。

二是建设10大项目。

不论是 8 大产品，还是 10 大项目，归纳起来有两个特点：一是老景点、老项目着意于扩大、提高，或充实内容，或扩大范围，往精品方向发展。二是根据自己的优势、特色，开发、增加新产品，往集群产业方向发展。可以憧憬，再一个五年计划后，永安旅游业有望成为该市的支柱产业。

要使文化内涵更丰富

旅游业在我们国家属新兴产业，都处于起步阶段，只是有的步子大些，有的步子小些。

旅游和文化紧密相连，文化一直被认为是旅游之魂。

旅游之初，人们的足迹、情趣、愉悦都留在山水间，或走马观花、或伫立细看、或于僻静处坐观揣摩，驰骋想象，哪怕一句不咸不淡的话："太美了！"也算是寄情山水，抒发胸臆了！

山水是有文化的，蕴含深厚，丰富多彩，为历代文学艺术提供了取之不尽的创作素材。历代文学家、艺术家歌咏、描摹山水的作品琳琅满目，传世传代。仅以诗歌言，还形成了田园山水诗派。

从陶渊明、谢灵运创始后，直至宋代，许多诗人、词家都有丰硕的山水田园诗词作品。形成了以陶、谢为首的晋代田园山水诗派，以王维、孟浩然为首的唐代田园山水诗派。尤其是唐朝，那是诗歌的朝代，几乎每个诗人都有田园山水诗作。诗人们以山水田园为审美对象，把细腻的笔触投向静谧的山林，悠闲的田野，创作出一种田园牧歌式的生活画面，借以表达自己对现实的态度，对宁静平和生活的向往。

在他们笔下，山水有思维、有精神、有品格、有形象，活灵活现。读了他们的作品，怡情山水，如历人生，所得多彩，如经社会，感情丰富，意蕴鲜明。如陶潜的《归田园居》，塑造了一位于晨雾暮霭中，菅衣芒鞋，荷锄归来的老者，一派甘于淡泊、守拙归真的气度。而谢灵运以其句秀辞巧之长，模山范水，雕镂字句，把山水描摹得意态绵绵，云霞夕霏，各得其秀："白云抱幽石，绿篠媚清连"（《过始宁野》）、"池塘生青草，园柳变鸣禽"（《登池上楼》）、"野旷河岸净，天高秋月明"（《初去郡》）……对山水姿态，昏晓阴晴变化，真可谓穷貌极形、精雕细刻，让人领略了一种细微独到的自然美的艺术境界。

孟浩然是一位穷则独善其身、流名千古的山水诗人，"北山白云里，隐者自怡悦。相望始登高，心随雁飞天"，一幅神形兼备的自画像。"故人具鸡黍，邀我至田家。绿树村边合，青山郭外斜。开轩面场圃，把酒话桑麻。待到重阳日，还来就菊花"（《过故人庄》），好一幅农家乐！

……

总之，田园山水诗的创作一波又一波，风格异呈，为历史留下了斑斓的艺术长廊。

人们在行踪中，发现了许多文物、历史遗迹，如寺、庙、塔等，文化就很直观了。特别是寺庙中的对联，再加以故事、传说、民间信仰资料，文化内涵就更丰富了。因此，不少专家认为文化既是旅游之"魂"，就应该努力挖掘，使景、文交融，形成地方性的、地域性的特色，可与别地相媲美，不与他处相重复，不仿制、不似曾相识。此后，操办、发展旅游产业的地方，人们也开始有意识地关注文化的充实、文化的提升。

但到目前，总的是，仍注重硬件建设，讲求为游客的服务，这不可少，但只是一个方面，是客观的，却是表层的。而更重要的是你用什么吸引人家，来了看什么？怎么看？才不虚此行？笔者以为，这里有个主观、客观的问题，主人是谁？客人是谁？这是不可移位的。这实际上说的是主人要拿自己有特色的东西招待客人，让客人留下美好的印象，记住你，以至于还想再来。

同时，也请客人不要把城里的东西都搬到山水间，不要用城里的眼光、意识来改造景观。

在笔者看来，永安的旅游业也还是处于起步阶段，只是他们已紧锣密鼓地走步。同样也有如何饱满文化内涵、提升文化档次的任务。

依以往看了不少景点的印象，笔者建议：

首先，要有做强文化的观念，已有的景点如何充实、丰富，新的景点如何创造文化氛围，如一纽带、一核心、三片区，本身就很有文化基础了，通过建设使其强化，而不是弱化。笔者走过不少旅游景点，比较多地存在着开发即破坏，建设即走样，有的原本是文物，为了当政者的政绩，拆了重建，不伦不类，很崭新，但断了文脉。这种思路、做法都应该避免，保留它的原生态、原汁原味，才有历史文化，才值得游玩、观赏。

其次，要有一支训练有素、有水平、有品位的导游队伍。他们是旅游景区的鲜活形象、代言人，是与游客相见的第一面。导游要熟知这一方的历史沿革，各个景点的特色，有深度、有逻辑地介绍给游客；一些对联、题词要能讲解、赏析；还可以请一些文字工作者依传说编一二个让人听信的故事，以便形象感人；还要按游客的不同而作或深或浅的讲解。而不是或浅表性地作流水账介绍，或随心所欲，胡乱讲解。

第三，不宜把所谓的现代化元素都搬进山里，不伦不类，不是添景加趣，而会使人扫兴。眼下人们十分反感千城一面、百景相同；景区商业化浓厚，有的甚至高声吆喝买卖，破坏了四周的宁静，这些其实已有很多游客反映；游客喜欢追寻特色。再就是许多景点看到的纪念品也是千篇一律，原来是从义乌小商品市场批发来的，难怪买不到有特色的、令人满意的、值得纪念的纪念品。永安既有独特的地貌优势，又有丰富的资源，不妨自行开发富有特色的纪念品，发动群众做，也是组织当地农民参与旅游业，也可算民生工程的一部分。

第四，还可以扩充一些类别。据介绍，永安在新中国成立后，逐步形成了交通枢纽、工业基地，这些也可以考虑开辟新的景点、景区，把北京、上海等工业发达城市的理念、创意学习过来，在旅游中不仅游山玩水，还可以展示永安社会事业，经济建设的进步史、发展史，同样有感染力，是教育。

第五，还要加强宣传，让人们受到吸引，慕名而来。如笔者这般再到了永安，才知道好处的人恐怕不在少数。宣传方面应该说做得不错，把永安的基本情况编写成了《旅游知识读本》，各景区、景点还有彩页，还有专门书籍。但这些只有到了永安才能看到。如果更加名声在外，更有吸引力，确实要走出永安宣传永安，那么到永安的人就更加络绎不绝，就会产生"你认为永安好，请告诉朋友和他人"的效应。

总之，旅游几个要素，都应有文化内涵，都应有个性。

自然风光与文化景深

——游永安桃源洞·鳞隐石林随想

少木森

    永安有个桃源洞，知道的人一定不少。倘若以时下流行的"名片"说法论之，桃源洞可谓是永安的几大名片之一，而且古已如此。一到桃源洞口，只要抬头一望，洞口绝壁上就刻有明朝两郡司马陈源湛所书"桃源洞口"四个大字，还有他的题诗也嵌刻在高高的山崖上。单从这一点看，就可知道明朝时期桃源洞风景区已经开发比较完善了。若再从文字细考，更会发现永安桃源洞在宋朝时就已经是闽中驰名的风景名胜之一，抗金名相李纲在此写下吟咏桃源洞的七律诗，说这里"山水人称小武夷"。到了明朝，大旅行家徐霞客的足印踏上了这个景区，更是对永安桃源洞"一线天"写下了那几句传颂千古的经典词，他把这"一线天"与武夷、黄山、浮盖等处的"一线天"对比，称"未曾见若此之大而逼、远而整者"，从此，永安桃源洞"一线天"闻名遐迩，到了 2002 年，永安桃源洞"一线天"终于被上海吉尼斯大世界确认为世界上"最狭长的一线天"。

    而永安又一张名片当属"鳞隐石林"景区，它包含鳞隐石林、洪云山石林、十八洞景区等等的石灰岩石林群。虽然开发于上世纪的 1984 年，开发时间较晚，而产生的影响却很大，已经成为福建的标志性景区之一，有当年的省领导为之题名："福建石林"，镌刻在鳞隐石林入口处的高高石崖上。

    那么，桃源洞与鳞隐石林到底"名"在哪里呢？首先，是自然风光的奇特。其次，是有一定的文化积淀，有深远的文化景深。

先看看这里的自然风光。桃源洞奇峰峭壁、碧水丹山、风光绮丽，属于干燥气候条件下的陆相漂流沉积的丹霞地貌，而鳞隐石林满是蚀洼、钟乳、石芽、石锥、石柱、石笋与鳞壁，是典型的石灰岩溶喀斯特地貌，属于浅海、半浅海相沉积。桃源洞与鳞隐石林在永安城区的西南和西北的不同方向，各离城10公里左右，在各自相距不到20公里的地方，聚集着如此不同的地质地貌，堪称世界一绝。据说，它确是我国唯一的融丹霞地貌和岩溶喀斯特地貌为一体的风景名胜区。

游览桃源洞和鳞隐石林，游人自然先是游览自然风光，流连于山水之间。这桃源洞本无洞，那些似洞非洞的裂隙，或陡深莫测，或中裂一隙，多数留有天光。天光一线者，即为"一线天"，横穿者多要低头拾阶，侧身而过，颇有探奇幽趣；而天光如漏斗而下者，又常诱人抬头仰望，放飞心情，颇让人意气飞扬。还有那些拔地而起的山岩，或如髻如簇，纵目一望，气象万千；或壁立千仞，峰回路转，柳暗花明。而且，整个景区植被丰富，真可谓峰奇壑深，壁峭路险，山清水秀，造就了雄、绝、秀、幽的景色特征，移步换景，让人目不暇接。而鳞隐石林被称之为凝固的动物园，石猴抱桃、黑熊护笋、神龟窥洞、蟠虬迎宾、八戒相亲，无不惟妙惟肖，不时会给游人不同的惊喜与妙趣。从规模上看，鳞隐石林仅次于云南的路南石林，而与云南的路南石林相比，鳞隐石林植物更加丰富完善。那些千奇百态的石芽、石锥、石柱、石笋掩映在婆娑绿意之中，有一种特别柔秀的韵味，加之鳞隐石林的景观很集中，就让人觉得相对的小巧与精致，步入其中，犹如阅赏品位极高的盆景作品。大自然这鬼斧神工的制作，真叫人拍手叫绝！

然而，游桃源洞与鳞隐石林，你既可以把侧重点放在自然景观上，览胜纵情，恣意放飞心情；更可以把侧重点放在文化景深上，探幽索微，发古之幽情，观今之世态。游览桃源洞，我们可以想起许多古人的名字，陶渊明、李纲、邓肃、陈源湛、徐霞客、李如鸿，等等。而进入鳞隐石林，我们也可以链接项羽、朱熹，以及清雍正年间在此建有鳞隐书院、隐居读书的赖翘千、赖允升等古人。

由桃源想到《桃花源记》，想到陶渊明所创的桃花源般美好社会理想，显然是极自然的事。据有人考证，中国各地叫桃源、桃花坞的村以上的地方数以千计，大多数就是从《桃花源记》衍生而来，足见陶渊明影响之深远，也足见中国百姓对"和谐无争"的美好社会理想的期望值之高……我们入桃源洞，不妨也看桃花，也说桃花源，说陶渊明，在"桃源"这样的文化景深里，谈古说今，自是一种淡泊，一种放松，一种和谐，也是一种陶冶，对涵养达观淡泊人生情怀一定是有作用的，对和谐社会、和谐人际关系的构建，也一定是有所裨益的。

在桃源洞里一定还会很自然地想起李纲和邓肃。邓肃是永安本地人，是宋朝抗金名臣之一，宋徽宗大造御花园，命民间贡献"花石纲"，民不聊生时，太学生争先献诗颂圣，独邓肃上诗11章批评皇帝劳民伤财，触怒了皇帝，被革出太学。宋高宗时，他升任左正言，在不及3个月里，他连上20余疏，直陈时弊，要求改革，多被采纳。后来，投降派势力抬头，力主抗金的宰相李纲被宋高宗罢去相职，贬出京城，任福建沙县盐税官。邓肃不顾个人安危得失，力陈抗金与投降的利弊，并上书挽留李纲，高宗盛怒，也罢了邓肃的官，遣回故里。归乡后，邓肃多次约请在沙县的李纲同游桃源洞，寄情山水，各留下诗篇。据说，两位忠臣的游览，很快惊动了当地民众，许多乡绅纷纷来邀请李纲到村里做客、讲学、题字，但由于当时政治黑暗，动辄以言语文字惹祸，邓肃替李纲一一婉言谢绝了。贡川一乡绅心巧，叫人烧煮了清水田螺汤，一盆河里拾得的石螺，一把岸边采摘的菖蒲青草，没花几个钱，却做出了鲜美的佳肴，还寓着"一清二白"之意，这一片人间真情让两位忠臣感动不已，应那位贡川乡绅的要求，李纲还是挥笔写下了一条幅："清白做人"。听说这条幅也曾经镌刻在桃源洞某处的岩壁上，可惜已被岁月风雨所蚀，不可考也。而李纲吃过的清水田螺汤流传了下来，成为永安人日常的汤羹和一些馆店的特色小吃之一。

桃源洞里，还有一则关于清官的传说。游人一上桃源洞的望象台，一般要做两件事：一是指点观赏邻近的一个著名景点——象鼻岩，整个山体由一块巨大山岩组成，形如一只大象伸长鼻子要吸喝山下清碧的燕江水，惟妙惟肖，颇有意趣。二是租借望远镜，眺望江对面葛里风景区修竹湾方向一块丹崖石屏。那石屏上刻着"乾坤清气"四个大字，笔势飘逸，面江临风，如其字义，少一些烟火味，多一些平淡恬静，多一些清正之气，望之，顿感心胸朗阔。相传，这四个字出自明朝天启年间永安首任县令李如鸿的手笔。李如鸿到任后多次乘船巡察，了解民风民情，到各村庄穷苦百姓家问寒问暖，一心做一个体恤民情、为民办实事的好官、清官。一日夜间，他与随从行船至石崖往西约500米的一个回水处，见水流不再喧哗，旋转回流，婉约如歌，如泣如诉；夹岸修竹也瑟瑟有声，其音清越醇净。李如鸿觉得稀奇，问随从说："这是什么地方？其境如此高洁邈远，与别处不同。"随行的师爷说："这叫修竹湾。当地人说，有一年永安发大水，曾经有一位清官亲自从沙县押运救灾物资来永安，在这里翻船遇难。说来也怪，自那以后，这险滩的水流变得平静多了，流水总在打着转，像是留恋什么，低回浅唱，迟迟不肯离去；那片竹林也从此唱吟不绝，纪念这位清官。"这与其说是在追忆一个故事，不如说是借题发挥，专说给这新到任的父母官听的。李如鸿在昏暗灯光下望了望师爷，觉得师爷的话说得意味深长，师爷的目光更是意味深长！细细想来，这既是这位忠厚正直的师爷对自己的期望，也是永安百姓的心声啊！李如鸿什么话也没有说，只叫铺展纸墨，挥笔写下了"乾坤清气"四个大字，并题诗一首："洞口门常闭，高山满白云。惟存千古意，夜月照江滨。"字里行间含有"高山仰止"之意，既表达了李如鸿对那位传说中的清官的敬仰，也表露了自己决心做一个清官，留一股清气在人间的心迹。

不管这些传说是真是幻，其实我们都不用去计较，哪怕可能是编造和附会，那也是民心的呈现，是民意的表达。这样一些反映民意民心的"清官文化"，在中国的许多景区里也都有，但由于多数带着当地的生活气息和文化特色，而保有了文化活力，使人虽百见百听而并不太厌烦，反倒觉得是一种反复的印证，强化了整个民族的"清官文化"的内涵与魅力。我觉得，在永安桃源洞发掘这样的文化已经是"恰逢其时"了，无疑对时下的廉政教育、廉政建设，以及青少年一代的正气清气的培育涵养，是会有"无形功效"的。

以桃源洞景区景名而反观鳞隐石林，虽然它没有这些清官史迹与传说，但也有自己的文化景深，比如霸王别姬、石猴抱桃、八戒相亲、十笋朝天、蟠虬迎宾等，都有一定的历史感和沧桑感，也可以引领游客链接一些历史文化名人或事件，而起到文化的濡染作用。只是相比之下，在鳞隐石林的文化景深里，地方特色似乎稍显弱了些，诸如霸王别姬、石猴抱桃、八戒相亲等，都似乎少了那么一点永安的地方特色，也就使景区的文化感染力没有达到应有的高度。如今，越来越多的人有了这样的一种共识，不能只知道利用文化，而不知道涵养文化；也不能只知道发现和涵养共性的文化，而不知道涵养有自己地方特色的文化。我们是不是可以这样设想：假使在鳞隐石林中多涵养一些具有永安地方特色的文化，或许能使鳞隐石林具有更让人注目和回味的文化景深，更能让游人悦读这一风景?！比如，可不可以扣紧永安是笋竹之乡，而发掘与涵养"黑熊护笋"、"接笋"等地方文化？再比如，可不可以把鳞隐石林里曾经出现的"折桂赠别"与各地约定俗成的"折柳赠别"相对照、相映衬，涵养这很具地方特色的"一枝桂香"的文化？又比如，可不可以针对很有诗意的"鳞隐书院"，使其"取'天故隐其迹'之意，又因石芽表面呈鱼鳞片状，而取名'鳞隐'"这样的文化特征更加彰显出来，而形成一种有别各地书院的文化特质呢？细想想，这一些似乎都是值得探索的，可这要放在平日游览时，也就是想想而已，此次恰要为景区写文章，也就算是顺便给景区开发和管理提一条建议吧。

神奇·神秘·神圣

——记永安地质博物馆

汪 兰

　　龟山脚下，栟桐湾畔，有一座神奇、神秘、神圣的地质科学殿堂——永安国家地质公园地质博物馆。

　　金秋 10 月，秋云淡淡，秋阳软软。他，就像一位满腹经纶的学者，从绿树繁花中站起来，彬彬有礼地欢迎我们。抬头望去，几幢似断实连的高大建筑物，其墙基、台阶连同呈"之"字形缓缓上升的无障碍通道，全都用灿若云霞的丹崖石铺砌，令人想起这里的桃源洞，就是一个以丹霞地貌著称的国家级风景名胜区。其灰白色的墙体立面，朴素大方，全用永安优质石灰岩所生产的优质水泥。细看，水泥墙面上，还嵌进几竿又粗又直的线条，分明是大毛竹竹竿的印痕。于是，又令人想起永安是全国著名的笋竹之乡，人均拥有竹林面积居全国第一。设计师就地取材，着力彰显永安的地域特色，如此匠心独运，不能不令人佩服。

　　永安国家地质公园面积约 220 平方公里，由桃源洞景区和大湖景区组成。如果说，它是一部卷帙浩瀚、气象万千的百科全书，那么，坐落在桃源洞的这一地质博物馆，就是它高度浓缩的精华本。

　　这座占地面积 145 亩、总投资 3000 千万元，于 2007 年竣工的地质科学殿堂，是目前全省最大的地质科学博物馆。它分为地质文化展示区、外景园区和水上游览区三部分，以陈列丹霞地貌、喀斯特地貌的地质科学、地质景观为主，以展示永安地方风情、人文历史为辅，既是开展地质科研和科普教育的基地，也是观光游览、休闲娱乐的好去处。据介绍，它每年接待的参观人数已超过 3 万人，其中，有来永安观光旅游的国内外宾客，有本地的中、小学师生，也有南京地质大学、省地质大队和福州地质职业学校等从事地质科研和教学的大批专业人士。当然，由于这里丹崖灼灼，碧水幽幽，充满柔情蜜意，也吸引不少来此谈情说爱、欢度蜜月或专门选此拍摄婚纱照的青年男女……

有趣的是，在博物馆门前的广场上，还有一条生物进化大道。大道两旁矗立着 7 座白色的石雕，上刻许多似鱼非鱼、似鸟非鸟、似兽非兽的古生物，可惜，我一种也不认得，面对博大精深的地质史，只能感叹自己太无知了。好在当我们沿着"之"字形的无障碍通道上楼时，总算认出墙体上的装饰性浅浮雕，是"史前巨无霸"恐龙的图案，其中，有陆上恐龙、水中鱼龙、空中翼龙，也有地球上的最后一只角龙。

地球厅：母亲的恩赐

现在，我们进入永安地质博物馆的室内展厅。穿堂入室，我们发现这占地面积 3000 平方米的大展厅，实际上是厅中有厅，厅外有厅，由楼上楼下共 9 个厅所组成，分别为：主厅、多媒体展示厅、品绿厅、地球厅、溯古厅、丹霞厅、喀斯特厅及民俗厅、休闲厅。

不巧，今天停电，主厅中的大沙盘和多媒体展示厅只好忍痛割爱，又因时间有限，我们只能重点参观其中的地球厅和最具永安特色的丹霞厅、喀斯特厅和品绿厅。但就从这 4 个厅的走马观花中，我们也不能不感叹，大自然对永安实在是太厚爱了。

地球是人类的母亲。我们走进地球厅，就意味着投入母亲的怀抱。在这里，我们得知：覆盖在地球表面层层叠叠的岩层，地质学上叫做"地层"，它是一部地球演变留下来的"地史全书"。其中，岩石就像书中的"文字纪录"，化石则如同考古发现的"文物"。地质学家正是借此去追寻地球的历史，探索地球的奥秘。

永安地质公园拥有十分丰厚的地质遗产，拥有十分珍贵的地质资源。你看，地球诞生的历史已有46亿年，而人类目前所能知晓的不过5亿多年。就在这漫长的5亿年中，永安的地层，除志留系缺失外，上自寒武纪，下至新生界第四系全貌，皆有出露分布，是福建省地层出露最齐全的地区之一。其间，永安又同时拥有两种截然不同的地貌景观：即丹霞地貌与喀斯特地貌，为铸就国家重点风景名胜区奠定基础。因此，内涵丰富、品类众多的永安地质博物馆，也被人称之为："集5亿年地质史于一身，融丹霞岩溶地貌于一体"。

当然，大自然赏赐给永安的，不仅仅是引人自豪的历史和可供观赏的风景。它更有丰富的矿产资源，尤以煤、石灰岩、重晶石和铁、锰及温泉等为贵重，使永安成为我省重要的矿产基地及工业重镇。在这里，通过许多实物、图片及其文字说明，我们可以知道，距今5亿年至2亿年前，即从寒武纪至中三叠世时期，永安地区还是一片波涛汹涌的海域。此后，地壳的震荡，海水的进退，形成巨厚的海相沉积岩和陆相（河流、湖泊）沉积岩。到了4亿多年前，一次强烈的构造运动（加里东运动），才使永安地区上升为陆地……就在这一系列沧海桑田的巨变中，永安的森林变成了泥炭，泥炭又变成了无烟煤。原来含锰的岩石经风化富集后，受地形控制，又逐渐形成埋藏浅、适合露天开采的锰矿。而全国储量第三、全省储量第一的永安重晶石矿床，也是古代永安海盆地的边缘，在氧化条件下沉积，经后期成岩、变质作用形成的。可见，地球母亲对永安是多么钟爱，多么慷慨！

正因为永安有如此得天独厚的地质条件，使它成为我国地质科学研究的一方宝地。我国现、当代最著名的地质学家李四光先生，就曾在永安工作过，他对永安的地质历史情有独钟。1940年，福建历史上第一个地质机构——福建省地质土壤调查所也在永安诞生。老一辈地质学家们在永安命名了8个地层单位，选定了6条成型剖面，令人自豪的是，这些剖面都成为福建省地层单位的命名地。而国土资源部之所以选定永安设立国家地质公园，也可谓实至名归，当仁而不让了。

丹霞厅：神奇的碧水丹山

丹霞厅，是博物馆内色彩最为瑰丽的一个厅。从褐黄、砖红、大红到紫红，真是万紫千红，美不胜收。

所谓丹霞地貌，指的是由白垩纪陆相红色粗碎屑岩构成，受断裂构造控制，以流水侵蚀作用为主的岩石地貌，其主要特征是赤壁丹崖，以广东丹霞山为典型代表，故名。目前，全国已发现丹霞地貌有650多处，永安的桃源洞与闽北的武夷山、闽西的冠豸山齐名，都是其中的佼佼者。

丹霞地貌，若按其发育演化进程，可分为形成期、幼年期、青年期、壮年期及老年期等。目前，永安红色盆地大致处于青年期向壮年期过渡的发育阶段，可谓血气方刚，前程似锦。

若按地貌划分，永安丹霞地貌又可分为正地貌、负地貌、微地貌和丹霞熔岩地貌四大类。

正地貌，包括丹霞崖壁、石堡、石墙、石柱、石峰、崩塌堆积等。作为永安国家地质公园重要组成部分的桃源洞，属于干燥气候条件下的陆相沉积岩，实际上，它就是由北东、近东西、近南北几组方向赤壁所围限的石堡。

负地貌，包括线谷、巷谷、峡谷及峡谷曲流。其中，线谷又叫"一线天"，以桃源洞"一线天"为代表景点。它全长120米，高90米，共200级台阶。徐霞客曾用"大而逼，远而整"来概括它的特色。2002年，它被誉为"世界最狭长一线天"，入选上海大世界吉尼斯之最。永安的峡谷曲流，以桃花洞最为典型，这条全长7公里、绕过18道弯的断裂带峡谷，两岸满是古树名木，奇花异草，清新怡人。据传古人曾在两岸遍植桃花，每到春暖花开季节，岸上赤云腾飞，水中红云飘浮，故而赢此美名。

微地貌，包括洞穴、凹槽等。其中，洞穴发育以葛里景区为最，拥有喇叭洞、牛鼻洞、穿洞等各种类型；凹槽发育则以栟榈景区的香泉一带为代表，其顺层凹槽进一步沿软岩层风化、剥蚀、崩塌，使槽顶逐渐增高，形成水平状或倾斜状的岩槽，其深度可达10余米。

至于丹霞熔岩地貌，在永安地质公园内比比皆是。各地所出露的紫红色厚层砂岩，都不同程度地含有可溶性盐。在高温多雨条件下，大气降水沿裂隙渗入，并溶蚀砂岩、砂砾岩中的盐分，当这些含碳酸钙的裂隙水从岩石中裂隙渗出后，受到减压及蒸发作用，使碳酸钙结晶成钙华，就形成了石钟乳、石笋、石柱及石幔等奇观。

水绕山转，山因水媚，丹山碧水相映生辉，这就是永安山水风光魅力之所在。

喀斯特厅：神秘的石林溶洞

如果说，丹霞厅以神奇的红色耀人眼目，那么，喀斯特厅则以石林和溶洞的神秘莫测而慑人魂魄。

当我们步入喀斯特厅时，由于停电，厅内光线较为暗淡，虽有一些玻璃天窗承接来自上方的自然光，但毕竟，眼前四处的岩影与洞穴，全都影影绰绰，隐隐约约，在昏暝幽暗中更显得如梦如幻，给人以扑朔迷离的感觉。

喀斯特地貌，是指地表可溶性岩石（主要是石灰岩）受水的溶解而发生的溶蚀、沉积、崩塌、陷落、堆积等作用，形成石林、石峰、石芽、溶洞、地下河以及湖泊等各种特殊的地貌。由于此类地貌在东欧斯洛文尼亚的喀斯特高原发育最为典型，故有此命名，而在中国，也称之为熔岩地貌。

永安地质公园的熔岩地貌，主要发育在大湖一带，是由距今2.9亿年至2.5亿年前浅海环境沉积的船山组、栖霞组石灰岩形成的，以深切的溶沟、嶙峋的石芽、峻峭的溶柱构成典型的溶柱状、剑状石林地貌。其中，与桃源洞丹霞地貌齐名的鳞隐石林，就是这一喀斯特地貌的杰出代表。它由鳞隐、洪云山、寿春岩和石洞寒泉等4片石林组成，面积约1.65平方公里，有三大特点：一是地上石林，地下溶洞；二是植被异常丰富；三是怪石拟人状物，惟妙惟肖。鳞隐石林就因有许多象形石，如飞禽，如走兽，如戏曲舞台上妇孺皆知的古今人物，拥有美猴寿桃、黑熊护笋、霸王别姬、千年之吻等景点，妙趣横生，被人誉称为"天然动物园"。

其实，永安的岩溶地貌，还可按其具体形态，细分为山地景观、溶洞景观与水体景观三类。

其中，山地景观以石芽、石林为主。石芽或耸露于地表之上，或埋藏于红土之下，其形态多种多样，有针状、剑状、刀刃状、犬牙状、圆锥状，等等。而比之高大、孤立而又分散的石灰岩柱状体，参差不齐地兀立于山岩坡面上，呈笋状、塔状、柱状、城堡状或其他种种不规则状，远望如林，则称为石林。

溶洞景观，在小陶的甘乳岩发育类型较多，它是岩溶区地下水沿着岩层的层面和裂隙，进行溶蚀和机械侵蚀而形成的大型地下空洞，其形态有厅堂状、廊道状、竖井状等。在漫长的地质历史中，溶洞内的地下水，以渗滴水、隙状水或片状水等不同形式，从灰岩的裂隙中溢出，溶解在其中的碳酸钙发生沉淀，又逐渐形成石钟乳、石笋、石柱等不同形态的钟乳石。乳白色、浅黄色的钟乳石，晶莹璀璨，千姿百态，把溶洞装点得宛如仙山琼阁。

与山地景观和溶洞景观并称的，还有水体景观。这又是大自然母亲赐给永安的一份厚礼。它以别处罕见的地下暗河与地下瀑布，为永安的风景锦上添花。所谓地下暗河，指的是地表以下沿地下溶洞和裂隙流淌的河流，其形态有树枝状暗河、锯齿状暗河、线状暗河和网状暗河，等等，有时，在同一含水层中，可发育成多条不连通的暗河。至于地下瀑布，顾名思义，它就是溶洞地下暗河，在流经陡崖地段时所形成的跌水或瀑布。

中国的地上瀑布比比皆是，吉林的长白山瀑布，贵州的黄果树瀑布，黄河的壶口瀑布，西藏的雅鲁藏布江大峡谷瀑布，广西中越边境的德天大瀑布，可谓举世皆知。但若要观赏"养在深闺人未识"的地下瀑布，还是请到永安来吧！

品绿厅：神圣的生命之色

素有"金山银水"之称的永安，除了神奇的丹霞地貌、神秘的喀斯特岩溶地貌之外，造物主还送给它一份神圣的美：绿海林涛。

永安是我国南方48个重点林区县（市）之一，其森林覆盖率和林木蓄积量，均属福建首位，并位居全国前茅。众所周知，绿色，是人类的生命之色。而永安所获得的一系列"国字号"品牌，大都与绿色有关：全国绿化先进单位，全国园林城市，中国笋竹之乡，中国魅力城市，以及国家地质公园、国家级重点风景名胜区……走进品绿厅，那无边无际的绿色，如涛如浪的绿色，无不给人以生命的庄严与神圣。

永安，四季如春的永安，可真是无山不绿，无水不清，而誉称"绿色植物基因库"的天宝岩，国家级自然保护区天宝岩，堪称永安的骄傲。

天宝岩地处中亚热带和南亚热带的过渡地带，是全球湿地生物多样性保护的圣地。在这里，植物种类非常丰富，原始的常绿针叶林长苞铁杉林，是第四纪冰川期的古老树种，为中国特有的渐危物种，其纯林分布面积为全国第一。它优良的材质，挺拔的树形，对古生态、古气候及林业生产等多方面都有重要的研究价值。在天宝岩保护区陡峭的山体上，还分布有一种原始的猴头杜鹃林，是亚热带山地苔藓矮取林中最为典型的植被类型，春暖花开季节，满山遍野，姹紫嫣红，这也是天宝岩风景的又一绝佳之处。此外，天宝岩还有银杏、金钱松、金线莲、半枫荷及南方红豆杉等30多种国家级及省级重点保护的珍稀树种。而永安的市花含笑、市树香樟也都在此让你一见钟情，终生难忘。更令人惊叹的是，在这高山丛林间，还生活着20多种珍稀动物：华南虎、金钱豹、蟒蛇、大鲵（娃娃鱼）……其生物资源的古老性、特有性、多样性，对研究全球气候变化、生物多样性等都具有不可多得的重要意义。

自古以来，永安人对绿色的大自然就具有良好的保护意识。至今，保留在永安境内的，就有37块明清时期的禁伐碑。而广为传唱的山歌《禁伐歌》，堪称人类与生物圈和谐共处的"森林物语"。绿色，以它博大的胸怀，拥抱着人类的全身心，而人类，也以各种方式表达对大自然母亲的敬畏与感恩之情。

走出博物馆，夕阳以它无比的和煦与柔美，温暖了天地间的一切。宁静而安详的湖面，两只野鸭戏水逐波，搅起圈圈涟漪。一群白鹭，从湖畔的草地上展翅飞上晚霞绚丽的高空。正是渔歌唱晚时辰，一条白色的归舟，缓缓地驶进河汉。静穆中，天风徐来，林涛微涌，也许，它们正用一种绿色的语言在诉说彼此的心曲。一对新人，正在湖边的花丛中拍婚纱照，他们的笑靥点缀了如此多娇的江山。我们融入这温暖的光波之中，心事悠悠，化作一缕炊烟……

如诗如画天宝岩

洪顺发　冬　青

天宝岩自然保护区管理站坐落在西洋镇桂溪村的西北角上。初听桂溪的芳名，就好喜欢，想，那里是有玉桂生香，那里是有清溪潺湲。对于现代人来说，这种吸引力远远胜出一时的物质享受。真要感谢为村子取这个名字的人，只用两个字就把这片山林、这片土地的灵和肉捕捉准了，把它古朴久远的清香和绵绵流长的灵气留予后人。更要感谢天宝岩自然保护区的员工们，他们远离繁华便利的闹市，默默地驻守在僻静的乡野，伴清溪，友兰桂，以高度的自我牺牲精神，守护着一方净土，守护着这里的碧水蓝天。

今天，我们一行将深入名闻遐迩的天宝岩采风，感受并采撷自然圣手播撒在俊山秀水之间的诗情画意。曾两次到过桂溪，山青葱，水潺湲，棕榈和石径，旧厝与门楼，都有资格向你讲述村庄悠久的历史。稍事休整，换上登山鞋之后，正式进入国家级自然保护区，先以车代步，跋涉颠簸在林区公路上，有茂林修竹，有巨木参天。至核心地带主峰山腰的哨所已是上午10点。补充给养，接下来就是艰巨的登顶活动。

登 山 览 胜

这是保护区，不是游览区，登山本无路，但谁都拒绝不了登顶的诱惑，更何况那里有稀有且成林而壮观的长苞铁杉和猴头杜鹃，而猴头杜鹃又正值一年一度的花季。其实，偌大一座自然宝库，不知有多少平日见所未见、闻所未闻的稀世珍奇。如今有缘邂逅，谁舍得交臂而失之？

久居都市的眼睛，来到这里，左边有新鲜，右边是惊喜，使人目不暇接；久在都市的耳鼻，来到这里，清脆的啼鸣，清纯的气息，令人神清意惬。保护区的同志在前面带路。陈年的落叶积起厚厚的一层，倘若在稍平的地方，顿一顿脚，很有弹性，走起来很舒爽。可惜绝大部分是陡坡，很滑，援藤扶树、拄杖牵手之余，还常有人失足跌跤，表演老顽童乘滑梯，却没有一个气馁，不论是青年抑或老叟，探奇览胜之天性蓬蓬勃勃。

谷雨季节，清荣峻茂，生机蓬勃。大树脚下，古木身边，站着，躺着，横七竖八的枯树残枝也不少，正是病树前头万木春的景象。自生自灭，生生不息，原始状态，自然界的本来形态，充满诗情画意。

你看那长苞铁杉，笔直的树干直冲云天，铁名字，铁汉子，我平生没有见过如此高而直的树，真不愧是树中的伟丈夫。在这上山的路边，这里聚着一片，那里散着一群，随处可见它的英姿。行进在它们的视野之内，有时也靠在它的身上歇脚、憩息，不由人不挺直腰身，精神振作，油然感觉自己也挺拔起来。

你看那猴头杜鹃，虬曲的枝干像游龙腾舞，婀娜多姿，正似纤腰细臂的一群舞女。海拔低处，它的花事已过；再往高处去，就可以看见舞女的秀臂末端执着花束，欢迎你来。迎风一嗅，阵阵清香盈怀，仿佛自己的身上也要开出花骨朵来。

在这深山里，鸟和山风、流泉一样自由。仔细一看，仔细一听，我们发现，众鸟之中，有唱有和的现象十分少见，几乎全部是"叽叽"、"喳喳"、或"叽哩呱啦"、"叽哩呱啦"，不是互相问候，不是耳提面命，也不是交流思想，那么，它们在干什么呢？完全是随心所欲。有的自言自语，有的信口开河，有的放声歌唱，无拘无束。那声音只是心情的真实流露，并不向谁倾诉。因为它不需要听众，并不讲究音质音色；因为它不需要表达效果，并不注重文采和风格；它不需要名声和荣耀，它跟人类完全不同。它爱说就说，爱唱就唱，爱叫就叫，发乎本心，无掩无饰。因为真，所以美。只要人类不来袭击它们，有了安全，它们就自由，它们就快乐无比。感觉到鸟儿的快乐，我们一行人油然而生羡慕情。

世之奇伟瑰怪非常之观，常在于险远处，付出艰辛将获得丰厚的回报。再往上登，人到了高处，俯视，猴头杜鹃漫山遍野，也有的点缀在参天大树身边，千山万岭，蔚然大观。

临近山顶，一片柳杉纯林，树阴浓茂，团团绿云，蓊郁蔽日，大树小树比肩牵手，真的看不见一株杂树，仿佛园林处育在苗圃里的树苗，天地造化钟神秀，纯粹得令人惊讶万分。那地面上，没有小草，没有藤萝，褐色的柳杉落叶堆积成厚厚的一床大棉被，一条大地毯，蓬松得很，比学校里体育课时学生用的海绵垫要松软得多。这棉被护着树根，也抱守着山顶上不多的水分，柳杉才能如此青葱。在上面跳一跳，坐一坐，呼吸浓浓的陈年腐叶的气息，感觉清凉无比。

中午 12 点抵达海拔 1604.8 米的天宝岩顶峰，登临送目，天朗气清，日暖风柔。

请看，那崇山峻岭间的林间哨所，远远望去，玲珑小巧而别致，像筑在高大树杈间的一个鸟巢，艺术家们定然要赞叹不已。但是，请想一想，如果让你住在里边，不是一天半日，不是十天半月，而是三年五载，而是八年十年，在这不见人烟的地方，有何感受呢？

辛苦了，自然保护区的员工们。谈起物种来，你们如数家珍，滔滔不绝，充满自豪；跋山涉水时，你们健步如飞，脚步轻捷。山不会辜负你的汗，水不会忘记你的情，所有热爱生命、热爱家园的人都会感激你们的工作。

下午 2 点多，汽车送我们到大山深处的沟墩坪农家吃饭，那里只有 4 户人家，10 余口人。身在其间，这种桃树梨树屋边种，开门见山听天籁的生活，令人想起世外桃源来。特别是，那竹笋的脆和甜，那米饭的白和香，那野菜的清和苦，别后思之，仍然齿颊生津。

顺 水 流 连

上午登高临远，下午顺溪流连。

离开村庄时的那一段路是鹅卵石铺就的古老石径，据说是一条古道，一条交通要道，早已废弃，渐被荒草淹没了。在这条路上，走过商贩，走过流民，走过劫匪，纷纷扰扰，鸡犬不宁，那是旧时代的故事了。路边尚留下两座清光绪年间的小庙，业已百余岁高龄。现今，社会进步，人民安康，山水也宁静下来，美丽起来，回归本原状态，正是一种人与自然的和谐。

在盘旋如羊肠的山路上，在湍流激石的小河边，几粒蠕动的"人"，真是微不足道。巍巍山高，茂茂树碧，绝巘多生奇松；幽幽花香，肥肥草嫩，幽谷遍育兰蕙。最妙的是路弯水绕，水转路随，小路与小溪仿佛携手并肩，于是，一路清凉，一路鲜活，一路诗情画意。路伴溪行，新鲜而灵动。它在这里纳一挂叮叮咚咚，在那里收一束涓涓细水，攒聚在沟底，一路跌跌撞撞地向前走去。我们跟着它。

记得英国哲学家罗素说过这样的话：每一个人的生活都应该像流水一样，开始是细小的，被限制在狭窄的两岸之间，然后，它冲过巨石，滑下瀑布，渐渐地，河道变宽了，河岸扩展了，河水流得更平稳了……这样想着的时候，正看见溪水被夹在沟底窄小的限制之间，没有自由。沟里有大石头，有烂树头，有乱七八糟的毛竹、树干，溪水小心地左躲右闪，灵巧地迂回穿插，不用心计而不缺心机，不用思想而有智慧在闪光。

前面说发现七叶一枝花，几个人就围在一起端详，一根茎杆高挑，离地40厘米左右有一圈排列呈圆形平面的绿叶，一数正好七片，再往高约20厘米处，又有一圈小叶，中间簇着一朵黄色的花。如伞，如亭，形貌独特，使人一见难忘。这是民间常用的蛇药，外敷对付无名肿毒有独特疗效。一留心，路边溪边，七叶一枝花不少，这儿一伞，那儿一亭，灿然美丽着自己的美丽，自然而然地展示天生丽质，就如空谷幽兰一样，不因为游人不至、知音未来而藏秘芳香。

路边盘着一条蛇，有人惊恐不已。护林员轻描淡写地说，别怕，我们从不伤害它们，它们也从不伤害我们。他边说边走过去，用脚轻轻把它扫开，看得惊心动魄，终于相安无事。这个人与蛇和谐相处的细节，十分耐人寻味。

听到惊叹声从前面传来。原来，另一条山沟里有一股水走到崖前，来不及收住脚步，瞬间就把自己牺牲成一道水帘洞似的瀑布，接下来还有更低的二道、三道，然后与我们脚边的小溪亲密无间地拥抱汇合。这时，我看到，水明显多了，胆子也更大了，迎面遇到大石头也不畏缩，而是正面撞上去；遇到有落差时，不仅敢于勇敢地跳下去，还发出轰隆的呐喊，声势大增。

对面山崖上，一挂珠帘从岩石的圆肩上披滑下来，毫无声息，跌到峡谷，如雾如烟，在阳光下，氤雾蒸腾，润泽着周边的山花野草，使它们鲜润得流香滴翠，恍如仙境一般。

山回路转，林深苔滑，大树或龙钟老态，藤须如髯，或秀颀矗立，争高直指。翻不完的画册，看不尽的新鲜。

山一梁，水一脉，道道山梁绿成林海，脉脉细水汇成溪流，涓涓淙淙，潺潺流远，渐成小河。一路跌跌撞撞，摔摔打打，总不停留。望着水在大大小小的石头间奔忙地穿梭行进，执著而又乐观，前面的已经走远，后面的将继续走来，并且保持相同的姿势，相同的精神。"千岩万壑不辞劳，远看方知出处高。溪涧岂能留得住，终归大海做波涛。"这样想着，我对这活水更加敬佩起来。罗素说的生活哲理都蕴涵在其中。

一路走来，管理局的李局长和几位保护区的同志，如数家珍般滔滔不绝地介绍着身边的各种生物物种，面对珍稀物种红豆杉，连它们的质地，生活习性，甚至于年龄和在保护区里的数量，都能一一道来。这不，护林员捡起一个小石子，往溪流中的一个小潭抛去，一边叫大家注意看。看什么呢？咚的一声，石子入水，十几双凝神的目光，看见一群手指般大小的游鱼，皆若空游无所依，摇头摆尾出来迎接客人。他说，我知道哪个潭里有鱼，还说，只能用小石子跟它们打招呼，不能惊扰它们。我想，虽然整个保护区有 1.1 万多平方公里，但 10 来名护林员对它们熟悉得像自己的家一样，这就是爱岗敬业的精神。望着他们矫健的步伐和强壮的身影，我心里暗暗钦佩。

同样是火红的杜鹃花，开在峰巅的，那是山姑髻上的发饰；开在山腰的，那是山女裙带上的流苏；开在瀑布旁的，是献给英雄的花束，笑得热烈；开在深潭边的，是揽镜自照的淑女，嫣然静美。

峰回路转，迎青接翠，层层出新，画意无穷。

在路上，我们还有幸遇到了求之不易得的阳光雨，穿林打叶，潇潇洒洒，道是无情更有情。

龙潭瀑布的震撼人心在于，一股大水柱直落 28 米撞击出轰然巨响，而潭水如海水一样蓝，原来潭深还不只 28 米！四周都是岩石，三面壁立，一股强劲的水柱突然间直插而下，一汪蓝盈盈的水碧波荡漾，空气中弥漫着纷纷扬扬的水雾。在它面前，因感到渺小无力而不敢吱声。

同样是瀑布，百丈纱却是别样一种美。仰望，一匹宽幅白纱从天而降，镶嵌在两侧的绿树之间，轻盈柔美，洋洋洒洒，无声无息。静如处女，不乏矜持，却又善解人意，不声不响地给人一个莫大的惊喜。那样高蹈而来，那样轻柔曼妙！缥缈间若有若无。说其有，绿壁之间一道白，赫然醒目；说其无，仔细看时，它背后油亮的岩石，岩石间偶尔滋生的小树和青草又隐约生动。刚说恍然如梦，还说如在梦中。再看脚边时，原来只一股不大的水，却能幻化出这等美妙的风光！

走在这山水之间，我对山水的血脉相连感触更深了。山，可以巍峨峭拔，可以玲珑秀美；水，可以汪洋恣肆，可以清流漱石。如果有山没有水，那山必定干涩，生硬，苍凉。如果有水没有山，那水要么森森无依，不知何去何从，要么单调孤独，就像一挂钻石项链没有合适的佩戴对象，只那么寂寞地待着。像今天这样，山在水的唇边，水在山的腰间，水是山的飘带，山是水的归依，山水相依偎，是阳刚和柔美的天然组合。山是水的骨骼，水衬山俊；水是山的血液，山映水活。

山欢水迎，一路画卷，十分陶醉。有人说，真理是由一根丝线织成的花朵。今天，从桂溪到天宝岩峰顶再到沟墩坪，又从沟墩坪到青水乡龙头村，行程约8个小时，走的就是一条线，这条线，会不会编织成一朵朵天宝岩的山水与文化交融的花朵？

呵，真情不泯，青山不老，自然永存。

永安大森林

厉 艺

永安，是一个以吉祥嘉语命名的地方，寄寓着人们对祥和昌吉生活的祈盼，祈祷和平、祈望富足、祈求安康。

当你走进永安市，便会惊奇地发现：这里没有狭隘，没有界限，视野中满是奇异的绿，与蔚蓝的天空融为一体，壮阔无垠的大色彩、大交汇、大融合，明亮不失柔和，浩淼不失线条，缠绕不失壮阔，这一切，又交融为和谐的整体。

森林覆盖率高达83.2％，人均拥有毛竹林面积居全国之首的永安，宛如神奇的绿都仙境，在这里读山读水，品评风景，都可以使人心灵永安。

国家级自然保护区福建天宝岩，位于永安市西洋、上坪、青水三个乡镇的交界，地处中亚热带和南亚热带的过渡地带，是全球湿地生物多样性保护圣地。每立方厘米空气负氧离子含量达1万个以上，有"天然氧吧"之称。境内千米以上山峰22座，最高峰天宝岩，海拔1604.8米。猴头杜鹃生长在海拔千米以上的山坡上，是天宝岩国家级自然保护区的主要保护对象。每当四月草长莺飞的季节，天宝岩的猴头杜鹃花就是天下绝美的风景。热情奔放，团团簇簇，姹紫嫣红的"十里花海"，把整片浩瀚的原始森林点缀得娇艳浪漫。

永安魅力之最——桃源洞、鳞隐石林，濡染了永安人的性格。一线天余缝狭窄，宽仅余尺，须低头拾级，侧身而过，蕴涵着"处事让三分天宽地阔"的处世哲学。鳞隐石林的千奇百怪，如凝固的历史，赋予了永安城开放兼容、海纳百川的城市特征。放眼四周的莽莽丛林、绿海天涯、苍劲古木、巍峨群山，更是让人顿悟到一种回归自然的朴质和真实。

永安是古典的，每一处的山水都会勾起人们心中久藏的"桃花源情结"。土地、水源和山林，在永安人的心中，是至上的财富。先人们根据农业耕种的需要，开林辟田、修筑水利、建造房舍。许多建筑就地取材，依山而建，临水而居。如山之木，田之草，整座城市就像是从山水大地中生长出来的一样，美得让人心动。永安境内，至今仍有许多保存完好的明清时期的古屋、甬道、老街、风雨桥、凉亭、古旗杆、书院、酒坊等等，处处透出清幽古朴的文化气息。而与之相对称的城市现代建筑，也充分体现"阅山、闻水、感绿、怡情"的理念。充分利用自然山水和林竹的优势，在仅 18 平方公里的城区内，8 个城市公园从南到北形成"点、线、面"结合，四季花繁叶茂，生态环境良好，为此，谁不赞叹，永安城在林中，楼在树中，人在绿中。

近年来，永安市委、市政府高度重视生态环境建设和城市园林绿化工作，扎实推进城市森林公园建设。

位于城西的东坡森林公园，总面积 794.8 公顷，分为森林度假区、科普教育活动区、登山健身休闲区、森林野趣区、抗战文化区等 5 个功能区，公园内森林覆盖率达 90.94% 以上，森林植被以人工林为主，共有维管束植物 422 种，隶属 120 科，属国家重点保护的南方红豆杉、伯乐树、香樟、花榈木、穿山甲、蟒蛇等野生动植物资源丰富。

位于城东的九龙竹海国家森林公园总面积 1704.6 公顷，森林覆盖率达 90.25%，是野生动植物的天堂。有胸径达 1.9 米的南方红豆杉，有紫云山顶绝壁上的"迎客杉"，有成片的猴头杜鹃林盛开的鲜花灿烂美丽；林海内还蕴藏着南方红豆杉、三尖杉、柳杉、金毛狗蕨等珍稀植物群落。

永安人爱自然，爱绿色，爱自己的家园。自古以来，就有良好的保护森林的意识。

清乾隆四十七年（1782年），当地百姓就把天宝岩一带的山水视为风水宝地，多次立下禁伐碑，自发采取措施严格保护森林，形成了自然保护区的雏形，这在我国自然保护史上极为罕见。在永安境内至今还保留着37块明、清时期的"禁伐碑"、上百座的"风水林"。在永安民间，广为传唱的山歌《禁伐歌》，是永安人保护自然、爱护树木的"森林物语"。

　　　　翁 měi　　翁个 tō 兄送供
男：阿 妹 哎，阿哥要上山冈
　　　　翁个　　翁 měi 琼翁个 tiōng
女：阿哥哎，阿 妹 唱阿哥 听
　　　　lǔ xiao gěi dou 送史 wò 求
合：绿 色　的 大 山是 我 家
　　　　兄送安 gǒng lōng qǔ kǒng
合：上山不 敢　把 树 砍
　　　　翁 měi gěi xiá gi 善 dèng
男：阿 妹 的 话 记心 中
　　　　翁个 shèi 霞 měi xī （m）
女：阿哥 懂 事 妹 喜 欢
　　　　果 ki 兄送 zā 骗 qǔ
合：一 起上山 栽 片 树
　　　　shuē kē 之算 gō 也 （m）
合：　留 给子孙 家业　旺

"金钱不是太阳，绿色才是希望"。永安人以对大自然的虔诚与尊重，创造了一份世代相传的宝贵的绿色财富。

如今，永安城市建成区绿化覆盖率达44.78%，绿地率40.7%，人均公共绿地面积 10.8 平方米。一条条"春花、夏荫、秋景、冬树、观花、观果"的绿色风景线，构成了永安城市点、线、面有机结合的立体型绿化格局。

亲近大自然，与自然和谐相处，是人类生命永续衍生的立身之本。大自然是公正的，对于所有热爱大自然的人，那些对她敞开心扉的人，大地都会付出她的力量，用她自身原始生活中的勃勃生机来支撑他们"诗意地栖居"。

曾有人用这样的语言来表述对永安的感受："这是一座将城市变成森林，将森林变成资本的城市；这是一座在恬静安宁中彰显魅力，正在建设最适合人居的城市。"

一望无际的森林，绿浪翻波，仿佛潮进潮退。置身于莽莽的竹海中，听风、听雨，清风盈袖，清新入怀，怎不令人心旷神怡呢？

大森林永安，永安大森林，绿色永驻，魅力无穷！

后　记

　　金秋 10 月，正当全国上下深入贯彻党的十七届六中全会精神，更加自觉、更加主动地加强文化建设的重要时刻，由福建省炎黄文化研究会和福建省作家协会组织的作家、记者采风团，应邀来到永安市采访、写作。

　　近年来，为了反映福建发展、海西建设的宝贵实践，反映我省各个有特色的县域经济和历史文化沿革，福建省炎黄文化研究会和福建省作家协会已多次联合并共同组织作家、记者进行系列的采风活动，收到良好的效果，产生强烈的反响。这次在永安市采访，作家、记者更是本着"走基层、转作风、改文风"的精神，对永安的历史、经济、文化等进行认真的探寻、深入地感悟。采风之后，作家、记者们经过各自认真思考、潜心创作，终于捧献出这部值得一读的作品。

　　在本书付梓之际，我们谨向热心关注、支持本书编写和出版的三明市委、市政府和永安市委、市政府，以及为本书提供各种素材、接受采访的永安市各有关单位和个人，向参与本书采访、写作、编辑以及出版社的同志们，一并致以衷心的感谢！

编　者

2012 年 2 月